德黑蘭文具店

The Stationery Shop

Marjan Kamali

瑪里安・卡馬利 ———著 李麗珉 ———譯

致　卡姆蘭
你是我的愛

他們輕快地陷入了一段永遠無法從中復原的親密關係。

——法蘭西斯・史考特・費茲傑羅，《塵世樂園》

除了你所不知道的歷史以外，世界上沒有什麼新鮮事。

——哈瑞・杜魯門

第一部

第一章

2013 老年中心

「我預約了要去見他。」

她說得好像她要見的人是牙醫、心理治療師，或者咄咄逼人的冰箱銷售員，那個向她和華特保證，只要他們買下那款新型冰箱的話，他們這輩子都可以喝到冰涼的牛奶，吃到清脆的蔬菜和新鮮起司的那個銷售員。

華特把盤子瀝乾，目光停留在廚房毛巾和印在毛巾上那隻撐著一把雨傘的黃色小雞上面。他沒有和她爭論。華特．亞契對邏輯思維的偏好，他那理性至上的能力，就是羅雅當年做出正確判斷的最好證明。她不就嫁給了一個理性，而且天哪，還善解人意到令人難以置信的男人嗎？她最終不是沒有嫁給那個男孩，那個幾十年前她在德黑蘭一家小文具店裡認識的男孩，而把自己的一生託付給了這個出身麻省、穩如泰山的人嗎？這個華特。這個幾乎每天早餐都吃一顆全熟水煮蛋的男人，正一邊瀝乾盤子，一邊在對她說：「如果你想見他的話，那你就應該去見他。我覺得你最近看起來狀況不太好。」

現在，羅雅．亞契幾乎已經變成了美國人，不只是因為她嫁給了美國人，更因為她住在美國已經超過了五十年。她還記得在德黑蘭那些燠熱又滿是塵土的街上度過的童年，也記得和她妹妹札里在街上玩捉迷藏的遊戲，不過，她現在的生活已經認真地落腳在了新英格蘭。

和華特一起。

就在一星期前，她去了一家商店——為了購買迴紋針！——而這趟購物的行程卻撬開了一切。她再度陷入了一九五三年。那個備具爭議的夏天裡，在伊朗最大城市市中心的那間大都會電影院。大廳裡有張圓形的紅色沙發，沙發上方懸吊了一只吊燈，一顆顆的水晶宛如晶瑩剔透的淚珠在閃爍，香菸的煙霧一縷縷地飄散在空氣裡。他帶著她上樓走進電影院，銀幕上出現一個個外國明星的名字。電影散場之後，他陪著她一起走在夏日的暮色裡。薰衣草般的天空裡，渲染著看似不可能的各種紫色。就在那座茉莉花綻放的樹叢裡，他曾經開口向她求婚。甚至在叫喚她的名字時還一度破音。他們曾經給彼此寫過無數的信件，計畫著他們的結合。但是，最後卻無疾而終。她的生活也因此而完全改變了。

不用擔心。

羅雅的母親總是說，在我們出生時，命運就已經寫在了我們的額頭上。雖然看不見、讀不到，但是，那道隱形的墨水就在那裡，而生命也將跟隨著命運而行。不管發生什麼事。

她已經把那個男孩擠出她的腦海好幾十年了。她有自己的生活要過，有一個國家等著她去認識。也有華特。還有一個孩子要養育。那個德黑蘭男孩可能被壓到了桶子最底下，就像一條沒有用、而且已經破爛的毯子一樣，被深深地壓在了桶底，甚至在隔了一陣之後就幾乎被遺忘了。

不過，現在，她終於可以問他，當年，他為什麼把她留在了廣場中央。

✦

華特努力把車子開到被雪堆覆蓋到只剩一道窄距的光滑路面。當車子猛然停住時，羅雅根本打不開車門。不知怎麼地，在這段長途駕駛中，他們竟然被鎖在了車裡。

他繞到車子另一端打開車門，因為他是華特，因為他母親（愛麗絲：仁慈、甜美、身上總是帶著馬鈴薯沙拉的味道）在他成長過程中，總是教育他要如何對待女士。因為七十七歲的他無法理解，為什麼現在的年輕人不能像對待脆弱玻璃般地對待他們的妻子。他幫羅雅下了車，並且確認她的針織圍巾有好好地包裹住她的鼻子和嘴巴，讓她不會被冷風吹到。他們小心翼翼地穿越停車場，爬上達斯頓老年中心那棟灰色建築的階梯。

大廳裡一股過熱的空氣迎面而來。一名將金髮盤成髮髻、年約三十的女子坐在一張桌子後面。她的胸前別了一張塑膠名牌，上面標示著她的名字克萊兒。在她桌子後面的一張公告欄上，張貼著各式各樣的傳單，包括「電影之夜！」、「巴伐利亞午餐！」每張傳單上都印著振奮人心的驚嘆號，即便傳單的邊角已經捲起，即便坐在輪椅上的人縮成一團地在油氈地板上努力前進、即便還有一些人不時得要推擠著別人好讓自己免於跌倒。

「嗨！要參加我們今天的週五午餐嗎？」克萊兒大聲地和他們打招呼。

華特張開嘴，準備回答她。

「哈囉，他不會參加。」羅雅很快地搶先開口。「我丈夫要去丹德里恩熟食店試試他們有名的人造龍蝦捲。我是在Yelp點評網上看到的。在大冬天的時候很難找到供應龍蝦捲的餐廳，不是嗎？即便是假的龍蝦捲。」她漫無邊際地閒扯，試著不要露出自己的緊張。「點評上給了五顆星呢。」

「那家熟食店？」櫃檯的接待員面露驚訝。

「他們的龍蝦捲。」羅雅嘟囔地說。

華特嘆了一口氣。他對著克萊兒舉起五根手指，示意他的妻子相信五顆星的評等。

「喔，好吧！龍蝦！」克萊兒點點頭，把龍蝦的發音唸成了龍笑。「是得相信那些Yelp的點評！」

「去吧。」羅雅溫和地對丈夫說道，然後踮起腳尖，在丈夫剛刮好鬍子的臉頰上吻了一下。吻在他那片散發著愛爾蘭春天肥皂味的發皺皮膚上，好讓他安心。

「好的。」華特點點頭。「那我走了。」不過他卻動也沒動。

她捏了捏他的手，那是她這輩子再熟悉不過的動作了。

「別讓她遇到太多麻煩。」華特終於對櫃檯的克萊兒說，聲音裡帶著一些緊張。

當華特走出大廳的雙開門，往結了冰的停車場走去時，一陣冷空氣吹進了大廳。

羅雅不安地站在櫃檯的桌子前面。她突然聞到一陣濃濃的阿摩尼亞味和某種燉菜的味道。牛肉？一定是牛肉燉洋蔥。為了對抗新英格蘭的冰冷，室內調高的暖氣加重了燉菜的味道，讓大廳裡瀰漫著揮之不去的燉菜味。她無法相信自己真的會來到這裡。暖氣的嘶嘶聲和輪椅的吱吱聲縈繞在耳邊，讓她突然覺得這似乎是一個可怕的錯誤。

「我可以幫你什麼忙嗎？」克萊兒問她。她的脖子上掛了一條十字架的金飾項鍊。她帶著一抹奇怪的表情看著羅雅，彷彿認識她一樣。

「我和人約好了在這裡見面，」羅雅回答她。「一個受到你們協助照護的病患。」

「啊，你是說我們的住戶。太好了。請問是哪一位？」

「巴赫曼．阿斯蘭先生。」這幾個字彷彿活生生的煙圈一般，從羅雅口中緩緩吐出。她已經好多年沒有這樣說過他的全名了。

克萊兒脖子上的十字架在螢光燈下閃閃發亮。此時，華特應該已經離開停車場了。

克萊兒起身繞到桌前，面對著羅雅。她輕輕地拾起羅雅的雙手握在自己手裡。「終於見到你了，亞契太太，真是太好了。我是克萊兒．貝克，達斯頓中心的行政助理。謝謝你來這裡。我聽了好多關於你的事。你能到這裡對我來說意義重大。」

這麼說，她並不是這裡的櫃檯人員——她是行政人員。克萊兒．貝克怎麼會知道羅雅的名字？應該是會客簿上有寫吧。畢竟，她事先預約了。但是，這個年輕的女人為什麼表現出好像認識她一樣？她又是從哪裡聽到那麼多關於她的事？

「請過來，」克萊兒柔聲地說。「我直接帶你去見他。」這回，她的語氣裡沒有帶著那種必然的驚嘆號，來掩飾這個地方的悲慘氛圍。

羅雅跟著克萊兒穿過一條走廊，來到一間擺了一張長桌的大房間，長桌兩邊還圍繞了一圈塑膠折疊椅。不過，沒有人坐在桌邊玩著賓果遊戲或閒聊八卦。

克萊兒指著房間遠處的盡頭。「他一直在等你。」

窗戶旁邊有一名男子坐在輪椅上，輪椅邊上還有一張空著的塑膠椅。他背對著她們，因此，羅雅無法看到他的臉。克萊兒開始走向男子，不過隨即停下了腳步。她歪著頭，從頭到腳把羅雅打量一番，彷彿在衡量著她對安全、受傷和戲劇化的潛在接受度。克萊兒把玩著自己的項鍊。「你需要喝點什麼嗎？水？茶？咖啡？」

「喔，不用了，我很好，謝謝你。」

「你確定嗎？」

「謝謝你這麼好心問我，不過不用了。」

現在，換克萊兒猶豫不決了。天啊，沒有人想要把羅雅單獨留下來，和這個……住戶在一起。天啊。彷彿她，一個七十來歲、身材嬌小的婦人，對他或者其他人還具有什麼影響力似的。彷彿她，羅雅．亞契，她的存在就足以把這個地方燃燒殆盡，只要她待在這裡，就會造成一股極大的撼動。

「我很好，」她對克萊兒說。她早已從美國人身上學會了這些話：我很好、我沒事、一切都很好、沒問題。這些簡單輕鬆的美國精神。她知道要怎麼做。她的心臟在狂跳，不過，她依然穩穩地看著克萊兒。

克萊兒低下頭，最後終於轉身走開。她喀噠喀噠的腳步聲，正好呼應著羅雅胸口大聲作響的心跳聲。

她還可以跟著克萊兒離開這個發臭的地方，她還可以在華特吃完他的午餐前趕去找他，和他一起回家，然後爬上床睡覺，假裝從來沒有做過這個奇怪的錯判。現在還來得及。她想像著華特一個人坐在熟食店裡，彎腰駝背地喝著他的薑汁啤酒、吃著龍蝦捲——可憐的傢伙。不過，她不能一走了之。她來這裡是因為她終於可以找到答案。

一隻腳踩在另一隻腳前面，只要像她平時那樣走路就好。她強迫自己走向窗邊的輪椅。她的鞋跟並沒有發出咔嗒咔嗒的聲響；她穿的是那雙她喜歡的灰色厚底鞋。華特堅持她應該要穿雪靴，但是她拒絕了。她可以接受很多事情，但是，要她在六十年後首度和她的舊愛見面時穿著那雙笨重的愛斯基摩靴子，這可是少數幾件她所不能接受的事情之一。

那名男子完全沒有察覺到她的出現，彷彿她並不存在一樣。

「我一直在等待。」空氣裡突然冒出一句波斯語，讓羅雅渾身感到一陣激動。在他們形影不離的那段日子裡，這個聲音曾經帶給她許多的活力和安慰。

那是一九五三年的時候。那年的夏天。當時，她才十七歲。新英格蘭逐漸遠去，戶外的冰冷和室內的熱氣都蒸發了，羅雅的雙腿曬成了古銅色，他們站在一起，她和他，就站在那些柵欄旁邊，聲嘶力竭地在那些削尖了的木頭上方吶喊著。群眾像海浪般地推擠著，烈陽灼曬著她的頭皮，她的兩條髮辮垂在胸口，彼得潘的衣領早已被汗水浸濕了。他們身邊的人群個個握緊了拳頭，整齊劃一地大聲吶喊。她內心裡充滿了期待，期待著某個全新的、更好的東西即將來到，她確定自己將在一個自由、民主的伊朗成為他的妻子——那會是屬於他們的國家。他們所擁有的未來、他們的命運，都將在一個即將大膽蛻變的國家裡發生。她對他的愛熾熱濃烈。她無法想像一個不能每天都聽到他聲音的未來。

羅雅看著自己站在油氈地板上的雙腿，她突然認不出那雙腿——穿著小老太太的灰色厚底鞋，鞋面上還有小小的蝴蝶結。

那名男子轉過輪椅，臉上出現了一抹笑容。他看起來很疲憊；他的嘴唇乾燥，額頭上還有深深的皺紋。然而，他的眼睛卻洋溢著歡喜、充滿了希望。

「我一直在等待。」他重複說著這句話。

回到過去有這麼容易嗎？他的聲音如昔。是他，就是他，那對眼睛、那個聲音，那是她的巴赫曼。

不過，她記起了自己為什麼來這裡。「是嗎？」她的聲音比她所預期的要有力量。「不過，我只是想要問你，你那次究竟為什麼沒有等我？」

她陷入他旁邊的椅子裡，彷彿這輩子從來沒有這麼疲憊過。她已經七十七歲了，她覺得精疲力竭。然而，當她想起那個殘酷、幻滅的夏天，那個她一直無法釋懷的夏天，她覺得自己彷彿還是十七歲的她。

第二章

1953

那個將會改變世界的男孩

「我會喜歡的，」老爹在早餐的時候說著，他們正在吃現烤的印度烤餅佐菲達乳酪和自製的酸櫻桃果醬。「讓你們這些女孩成為這個世界的下一個居里夫人。我會很高興的。或者甚至成為作家，」──他說著對羅雅笑了笑──「像那個美國女人：海倫．凱勒？」

「我又不是聾子，老爹。」羅雅對他說。

「她不是瞎子，老爹。」札里也說道。

「聾子和瞎子和這有什麼關係？」媽媽對兩個女兒做了手勢，示意她們快點吃。

「你得又聾又瞎才能成為海倫．凱勒。」札里眉開眼笑地為自己對美國女性偉人的知識感到驕傲。

「而且還得是啞巴。別忘了這點。」羅雅喃喃自語著。

「我指的不是這部分。」老爹放下手中的茶杯。「我是指天才的部分。我是在講寫了十一本書的部分。那才是我的重點！」

命運只給了媽媽和老爹兩個孩子，而且還是女兒。老爹的開明在他那個時代裡算是相當的不尋常：他希望他的女兒可以接受教育，而且有所成就。教育是他的信仰，民主則是他的夢想。

身為高中生，羅雅和札里所接受的教育，是女性在一九五三年的伊朗所能得到的最好的教育了。這個國家正在快速地改變。他們有了一位民選的總理：穆罕默德．摩薩台。同時，他們也有一位國王，持續地在倡導自他父親禮薩王時代所展開的女權主張。「國王把石油拱手相讓給該死的英國人，他簡直就變成了英國人的僕人！」老爹向來都這麼說。「不過，沒錯，他是真的幫助了女性。這點我必須承認。」

老爹和媽媽的開明觀點招來了家族成員中較為傳統派的輕蔑和批評。阿姨們在廚房裡低聲地對媽媽說，他們怎麼可以允許十幾歲的女兒在沒有長輩的陪伴下到處走動？對於這樣的問題，媽媽早已練就一套應對的方法，她總是一笑置之。早在一九三〇年代，當禮薩王實行了去面紗政策時，媽媽立刻就把頭巾摘了下來。婦女解放的改革受到了她的支持，儘管那些宗教信仰虔誠的親戚們對這些擁抱外國的作法完全不敢恭維。

媽媽和老爹把他們的兩個女兒送到了德黑蘭最好的女子高中就讀。每天早上，羅雅和札里都會在媽媽煮茶的時候開始她們的一天。羅雅只是簡單地洗臉，然後把那頭厚重的黑髮紮成兩條辮子，至於札里則會在唇上塗抹一點顏色，並且滿意地把前一天晚上用廢報紙分捲好的頭髮，像波浪般地披放下來。

在妹妹精心打扮的同時，羅雅看著鏡子裡的自己。過去一年裡，羅雅改變了很多。她的臉龐失去了一些嬰兒肥，她的顴骨也變得明顯。至於偶爾會冒出幾顆青春痘的皮膚則光滑了起來。她那頭黑色的長髮呈現著自然的捲度，她可以像札里經常建議的那樣，讓她的長髮從肩膀上自然流瀉而下。不過，羅雅還是習慣綁辮子。這讓她在生理上出現了那麼多變化之後，還能覺得自己依然像過去的自己。雖然她嬌小依舊，但是身形已經出現了曲線，而這陣子以來，她的胸部也變大了——或者，套句札里的話，發育了。

札里把羅雅擠開，佔據了鏡子前面的所有空間。她拍了拍自己的頭髮，然後噘著嘴說：「這個髮型讓我看起來活像蘇菲亞．羅蘭。不是嗎？」

除了說是，羅雅還能怎麼辦？她把長袖棉襯衫的鈕子扣起來，套上她的制服，然後拉起討人厭的及膝長襪。羅雅必須承認，就算她很想穿長度只到腳踝的短襪，亦即女孩們口中所說的「美國」襪，但是，穿短襪的女孩總是會受到學校女校長的懲罰。因此，羅雅至今還沒有勇氣敢穿著短襪，抬頭挺胸地走進校園。

「他是我們的希望！」老爹把麵包和菲達乳酪塞進嘴裡。「摩薩台總理把石油國營化，這樣我們就可以擺脫AIOC的壓制。」AIOC，英伊石油公司是老爹的宿敵。「這是幾十年來第一次，伊朗人可以感到自己掌控了他們的天然資源，而不再被那些帝國主義國家所利用。總理是唯一一個可以站起來對抗那些外國勢力的人。在摩薩台的領導下，我們很快就會變成一個完全民主的國家了。現在，如果你們這些女孩也去研讀歷史、化學和數學的話，你們就可以加入這個偉大的國家有史以來最棒的專業階級了。你們相信嗎？你們看得見你們可以擁有的資源嗎？那些我們現在可以提供給年輕女孩的機會？身為一個政府的雇員，我能做什麼？傳送公文？坐在座位上喝茶？」他又喝了一大口茶。「可是，你們，我的女兒！你們將會走得比我和你母親所夢想的還要遠！不是嗎，瑪尼吉？」

「一個早上！」媽媽回應地說。「我們就不能有一個不說教的早上嗎？單純吃早餐就好？」

老爹看起來似乎有點受傷，不過他並沒有因此就完全閉嘴。「我的瑪莉．居里！」他對札里點點頭。「我的海倫．凱勒！」然後又對羅雅眨了眨眼。

這對年齡相差十八個月的女兒，她們對父親過度的期望太了解了。雖然，十七歲的羅雅試著不要辜負老爹的期望，然而，她真正想要閱讀的是諸如海明威和杜斯妥也夫斯基這類作家的翻譯小說。或者他們自己偉大的波斯詩人，像魯米、哈菲茲或者薩迪的詩作。羅雅還喜歡烹飪，她喜歡站在媽媽旁邊，跟著各種食譜烹煮最棒的伊朗燉菜。

至於她的妹妹距離成為未來的居里夫人就更遙遠了。札里迷戀上一個名叫約索夫的男孩。她想要嫁入豪門，想要跳探戈、學習華爾滋。她想要花五個伊朗托曼金幣買一張門票，去參加最受歡迎的孩子之一所舉辦的派對，然後跳上一段森巴舞，讓自己的舞姿驚豔全場。在大部分的夜晚入睡前，札里都會躺在床上對羅雅細述她的夢想。

「快走吧！」媽媽親吻著女孩們的臉頰，然後拿走她們手裡的玻璃茶杯。

札里舉起手對老爹行禮致敬，假裝對他的理想表達自己的忠誠。老爹不僅沒有覺得好笑，還慢慢地、嚴肅地給了她一個回禮。

札里偷偷對著羅雅做了個鬼臉，其中的含義只有姊妹倆才心知肚明。羅雅和札里在門口穿上鞋子。雖然羅雅和札里都已經是高中裡的高、低年級生，但她們仍然被要求要穿黑色的娃娃鞋式皮鞋，因為那也是學校制服的一部分。羅雅拉上鞋帶，緊緊地繫好。

女孩們從房子內部的生活空間部分，穿過一條走廊，走下通往花園的階梯，來到房子的外部公共空間。當她們走過鋪著青綠色磁磚的錦鯉池時，羅雅不禁對池塘裡的魚兒心生嫉妒。這些魚只需要在涼爽的藍色水池裡悠游就好。牠們不需要被寄望成為這個國家有史以來最專業階級的佼佼者。

羅雅關上門，和妹妹走過一條巷弄，然後走上了大街。她們挨著彼此並肩而行，把各自的書籍緊緊地抱在胸前。

在這麼早的早晨裡，街上還沒有示威人士，不過，地上還是散落著前一天遊行所留下的小冊子。總理摩薩台的照片——他尖銳的鷹鉤鼻、他那博學而厭世的眼神——就散落在地上。羅雅實在不忍心看著他那張臉就那樣在地上任人踐踏。她拾起幾張照片，小心翼翼地讓每一張照片的臉都朝上地握在手裡。

「喔，拜託，你真的以為你可以救得了他？」札里問她。「今晚會有一場共產黨的示威活動。在那場示威之後，還有另外一場活動，國王的支持者會參加那個活動。你救不了總理的。有兩個陣營都希望看到他下台，他寡不敵眾的。」

「他有數以千計、數百萬的支持者！人民、我們，都是支持他的！」羅雅說道。

「人民沒有什麼權力，你也知道。這個國家有太多不為人知的秘密交易和腐敗了。」

羅雅把她的書和總理的照片緊緊地抱在胸口，繼續往前走。當然，札里說得沒錯。就在上週，學校裡召開了一場特別的集會。女校長雙手扠在髖部地站在講台上，要求學生們指認是誰在她們之間散發共產黨的傳單。沒有人開口。羅雅知道是賈萊．塔巴塔巴伊在桌子底下以及課間休息的時候，把那些傳單藏在羊皮紙裡傳遞給其他人。她很好奇賈萊怎麼會有管道接觸到那種政治文件。又怎麼敢在第一時間蒐集那些東西。集會結束的時候，帶著擴音器、槍枝和水管的警察出現了。學校的警衛阿巴斯幫忙警察把水管接到庭園裡的水龍頭上。就在賈萊走出學校時，警察打開了水管，將強力的水柱對準了她，一開始，賈萊出現了驚訝的表情，好像有點畏懼的樣子。但隨即轉為一股堅決的意志，在源源不斷噴過來的水蛇中閃躲。但是，她終究還是遭到水柱擊中。幾秒鐘之後，賈萊的身上已經濕透了，她的制服緊貼在她的曲線上，頭髮也濕漉漉地在滴水。

一名警察開口說道：「這是在教訓你不尊重自己的國家、到處散播共產黨的謊言。不要以為我們最終沒辦法把你們這些和蘇聯有所勾結的叛國賊一個個都揪出來。你們這些女孩應該要力求成為莊重的年輕女性，而不是變成政治的猴子。」

語畢，女校長拍手鼓掌。

那些支持君主、效忠國王的女孩們，也成群地聚集在庭園裡拍手歡呼。擁護國王的女孩裡有幾個是來自於富裕的家庭，她們的父親都在石油產業工作。另外少數幾個宗教信仰很深的女孩也跟著一起拍手。這是長久以來，神職人員的家庭和國王的粉絲首度站在了同一邊。

等警察和校長一離開庭園，親共的女孩們立即跑向賈萊，圍繞在她身邊。她們試著用自己的羊毛衫、手帕和制服的褶邊幫她擦乾身體。賈萊渾身雖然還在滴水，不過卻站得挺直，叫她們不用擔心。她甚至還在大笑。羅雅知道，賈萊現在只會散發更多的馬克思主義傳單，而絲毫不會減少她的行動。這就是標準的圖德共黨女孩。無懼、堅決，而且總是主張伊朗應該要追隨蘇聯的腳步。

羅雅、札里和其他支持總理的女孩聚在一起，既震驚又害怕。如果有同學問她支持誰，羅雅會說：「摩薩台總理和國家陣線」；如果她不這樣說的話，就會傷了老爹的心。摩薩台總理可以讓他們的國家走向完全的民主。他曾經在瑞士研讀過法律，後來當上了外交部長，然後長途跋涉到位於美國的聯合國，去為英伊石油公司應該讓伊朗擁有自己的石油主權而發聲。羅雅喜歡摩薩台的獨立和自主。她甚至連他的睡衣都讚賞有加（他有時候會被拍到穿著那件睡衣）。

在羅雅和札里走向學校的路途上，她想起了賈萊和水柱的事件，她真希望這些對立和頻繁的政治對抗能夠結束。政治已經滲進了每一間教室。她的同學現在已經分邊分派了，就像這個國家一樣，分成了親國王、親總理，以及親共三個派別。對此，她已經感到了厭倦。

當羅雅和札里走到學校大門時，門衛阿巴斯神情嚴厲地站在門邊。他的工作是確保沒有人擅闖校園，他需要保護這個學校的聖潔和女孩們的安全。雖然拉開他的褲襠，亮出他那綁著整齊粉紅色緞帶的小弟弟並非他的工作內容之一，但是，眾所周知的是，他偶爾還是會做出那樣的舉動。

當阿巴斯微笑著幫她們開門時，札里渾身僵硬地走進了學校。等她們經過他身旁，走到沒有人聽得到她們說話的地方時，札里才低聲地告訴羅雅：「他上星期又對我露出了他的小弟弟。」

「綁了緞帶嗎？」羅雅問道。

「向來都綁著。男人怎麼有辦法吊著那種東西走路？」

「一定很痛。」

「那東西那麼大，我真驚訝他們那裡不會磨出疹子。」

「你只看過門衛的而已。」

「是啊。」札里似乎對這句話思考了一下。

「你告訴校長了嗎？」

「她說，像我這樣的女孩說謊，這種行為實在是太醜陋了。她說，阿巴斯甚至早在我出生以前就已經在這裡工作了，我應該要為自己編造這種下流的故事而感到羞恥。」

「是嗎？那就是她慣有的反應。」

「沒錯。」札里嘆了一口氣。

✦

課間休息的時候，男孩們毫無困難地知道怎麼從他們自己的學校走到女校的門口徘徊。阿巴斯對著一群男孩大吼，發出噓聲要驅離他們。「你們這些狗兒子！」他大聲吼叫道。「不要來打擾這些女孩，你們會在地獄裡被燒死的！」

對於那些一路跟著她們回家的男孩，羅雅向來無視於他們的存在，不過，札里就會確認那些長得好看的男孩有注意到她那一頭厚重的黑髮像波浪般在舞動，特別是如果約索夫也在那些男孩的行列之中時。有些時候，那些男孩會出現在每個街角，每道轉彎。油腔滑調、狡猾機靈的男孩會對著她們眨眼、吹口哨和打情罵俏。英俊、聰明的男孩則會對著她們報以微笑。安靜害羞的男孩就只是偶爾偷瞄她們一眼，然後在被她們看到時羞紅了臉。羅雅對這些男孩的反應，就像常人對惱人的蒼蠅一樣，這意味著她從來不曾習慣過。

在整個德黑蘭裡，羅雅最喜歡的地方就是那間文具店。文具店座落於邱吉爾街和哈菲茲大道交叉處的轉角，就在蘇聯大使館的對面，也就是在她學校的對街。

羅雅喜歡手指撫摸過店裡那些便條紙光滑頁面的感覺。她喜歡那一盒盒聞起來充滿知識味道的鉛筆。她可以花上一整個下午的時間，只是看著鋼筆和墨水瓶，或者只是翻著那些詩篇，以及訴說著愛和失去的書籍。那間店的名字很簡單，就叫做文具店——沒有什麼花俏的名字——不過，它不僅只是一家文具店，還是一間書店。當政治的分歧在那個冬季裡加深、激動的民眾忙著在辯論、街頭到處充斥著示威活動之際，那間文具店就成為了安靜和學習的完美之地。那是一個寧靜的聖地：從來不會太亮，也從來不會太吵。

在一月某個起風的日子，為了躲避共產黨在街上的示威活動，羅雅溜進了文具店裡。她只想安靜地閱讀一些詩作。

「今天要看魯米的詩嗎？」法赫里先生從櫃檯後面問她。五十幾歲的法赫里是一個冷靜仁慈的人，他有著一頭黑白相間的頭髮、蓄著濃密的小鬍子，還戴了一副圓框眼鏡。法赫里先生的鞋子總是擦得很乾淨。打從羅雅有記憶以來，他就一直經營著這間文具店，並且還是書籍方面的專家。法赫里先生在書櫃上塞滿了波斯古典文學和詩集，還有來自世界各地的文學翻譯作品。

「是的，麻煩你。」羅雅是這裡的常客，因此，法赫里先生很清楚她的閱讀喜好。他知道羅雅喜歡波斯古詩，但無法忍受某些現代短篇小說。他知道她會把最後一點的零用錢花在一本全新的便條紙上，而她最喜歡的文具是那些德國進口的商品，因為那是顏色最繽紛、也最具現代感的。他還知道，她不只會逐字逐句地閱讀那些古詩，還會不時地在向他買來的便條紙上，默默地寫下她自己的創作。法赫里先生知道所有的這些事，除了那成堆保存狀況良好的書籍，以及鉛筆和便條紙之外，他這種不帶批判的冷靜，也是吸引羅雅走進這間文具店的原因之一。

「給你。」他遞給她的魯米詩集印製在全新的光滑紙面上，暗綠色的封面上印著金色的字體。「這本是他最好的詩選之一。你要確保自己能找到一個安靜的角落，不會被任何人打擾到。如果你真的想要好好認識他的話，你會需要相當程度的專注。」

羅雅點點頭，把手伸進皮包裡，此時，文具店門上的鈴鐺突然響起。店門被推開，街上吵雜的叫喊聲和一陣大風頓時闖入了店裡。羅雅手上的魯米詩集也被風吹得一連翻了好幾頁。一個和她年齡相仿的男孩匆匆忙忙地走進了文具店。他穿了一件白色領子的襯衫和一件深色長褲；頂著一頭蓬鬆散亂的濃厚黑髮，臉頰則被戶外的冷風刮得發紅。他一邊吹著口哨一邊走進來，口哨聲中充滿了惆悵和渴望。那是她從來沒有聽過的曲調，也和他的步伐與自信的外表格格不入。

法赫里先生很快地採取了行動。他蹲到櫃檯後面，抓起一疊紙張，用繩子綑好，然後把它們遞給男孩，彷彿他這一整天都在等這個特別的客人來到。男孩停下了口哨聲，手探進口袋裡，然後付了錢。這個交易既快又急，而且完全沒有對話。男孩在幾乎走出店門口的時候轉過身來。她以為男孩會對法赫里先生道謝。但是，他只是看著她。他的眼裡充滿了歡喜和希望。「我很幸運能遇見你。」他說完就踏出文具店，走進了風中。

在男孩出現所帶來的影響消失之後，法赫里先生和羅雅靜靜地站在恢復正常的店裡，彷彿兩人剛才搭的熱氣球此刻已經著陸並且正在消氣之中。

「那是誰？」羅雅出聲詢問，沒來由地覺得有點激動。那個男孩不過就是短暫地停留了一下，卻讓她升起一股興奮感，這讓她覺得有點迷惑，彷彿失去了方向。

「那個，我親愛的女孩，」法赫里先生回答她。「是巴赫曼．阿斯蘭。」他的臉上出現一抹憂慮。他用手指敲了敲櫃檯。「一個想要改變世界的男孩。」

羅雅小心翼翼地把魯米的詩集放到她的小背包裡。她看著門口，覺得自己好像受到了一點感染，彷彿她剛見證到了什麼強大的、令人驚訝，但同時也極為個人的東西，那是一種希望、生命和能量在跳動的感覺。於是，她在迷迷糊糊中向法赫里先生道了再見。

✦

一連好幾天，她都在街上找尋著他。鼻涕蟲侯賽因老是跟著她們；這讓她覺得好惱火。大膽又吵雜的賽洛斯堅持要幫她和札里開門。當她們過街的時候，約索夫偷看了札里好幾眼，然後又假裝他其實是在看路燈。彷彿她們不管走到哪裡，都可以看到來自男校的學生們充斥在街頭。那些男孩們成群地參加了不同的示威活動。然而，那個闖進文具店的男孩，那個帶著大量活力、讓這個世界轉動的速度稍微加快了一點、稍微輕快了一點的男孩，即便那只是短短的幾分鐘——卻絲毫不見蹤影。

羅雅每天都和札里一起上學、一起回家，吃著她母親煮的伊朗燉菜，聽著老爹對她們說著總理穆薩德所有的計畫。總理即將讓他們的國家再也不受到外國的影響，這樣一來就沒有人能再偷走他們的石油了。他會把他們帶向一個民主的未來！

羅雅在研讀幾何學的同時，也隨筆寫了一些詩句，並且在老爹一再重複說她將會成為下一個居里夫人而忘了海倫．凱勒時報以一笑，天曉得她會。不過，她依然沒有再見到那個眼裡流露喜悅的男孩——那個讓法赫里先生迅速而且鄭重其事地遞出一疊紙張的男孩，彷彿法赫里先生是在把武器交給一位戰士一樣。

隔週在文具店裡，羅雅拿起了一支金屬的削鉛筆刀，用拇指滑過刀緣兩端那些細微的線條。當店門被推開時，一陣強風再度捲入店裡，讓斜堆在店裡的書頁都被翻開了，然後他走了進來。

這次，當他一看到她的時候，口哨聲立刻就停止了。他似乎有點失去自信，而且多了一份害羞。「魯米。」他雖然對著法赫里先生在說話，但是目光卻很快地瞄向她。他那頭深色的亂髮小心地梳到了一邊。他的白色襯衫也熨燙過了。他的眼裡閃爍著光芒，然後禮貌地笑了笑。

法赫里先生以同樣的快速和取悅的心情拿出了一本書，那正是他上星期交給羅雅的那本書。他清了清喉嚨。「你的東西，巴赫曼。」

這回，巴赫曼向法赫里先生道了謝，再朝著羅雅微微地點頭致意，然後便走回了大街。

「他為什麼這麼急？他要去哪裡？什麼事那麼重要？」當她鎮靜下來時，她立刻提出了問題。她要讓法赫里先生知道，這個男孩並沒有讓她說不出話來。

「我告訴過你了，尊敬的羅雅。那個男孩想要改變這個世界。那就得要快一點。」法赫里先生拿起一條抹布，擦拭著櫃檯上的灰塵。「還得要警覺。」他停下手裡的動作。「得要——」他直視著她。「非常小心。」

羅雅有點嗤之以鼻。她放下手裡的鉛筆刀，挺直了背脊。「我不知道他打算如何改變這個世界。他走路走得太快了。他也不是很有禮貌。他無緣無故地吹口哨！上星期二他來這裡的時候，甚至沒有開口和你說話。他表現得好像自己很重要一樣。他的頭髮很可笑。我不確定像那樣的一個男孩將會改變世界。」

「要非常」——法赫里先生把雙手放在櫃檯上，傾身向她靠近——「小心。」

✦

她已經被警告了。她在那間店裡又看到過幾次巴赫曼——每次他都是在星期二放學後出現，彷彿知道她會在那裡一樣。每次，羅雅都佯裝在忙著翻閱書籍，或者檢視新到的文具，或者就只是看向除了他以外的其他地方。每一次，當然，她都忍不住要偷看他，直到第五個星期二，她再也無法忍受他們之間的那份沉默。

她假裝有個關於詩集的問題要問法赫里先生，但是法赫里先生不知道為何沒有回應，因此，那個男孩就必須要回答她的問題。

那個將要改變世界的男孩試著回答，「火。」她引用了薩迪古詩裡的某一段，然後想要知道緊接在這段詩句後面的是哪個字。

她的臉頓時發燙。

「火。」男孩又重複了一次。

他當然說對了，那就是薩迪那段詩裡的下一個字。他說得那麼篤定，羅雅半希望他答錯了，又半希望著可以和他坐下來聊個幾個小時。但是她得走了；她的妹妹在等她。

當羅雅在對街見到札里時，札里顯然不太高興。她抱怨說，當她姊姊在那間該死的店裡流連於那些鉛筆和書籍之間時，她在街上聽那些政治示威者的喊叫聲聽得耳朵都要聾了。她說她得回家抱著熱水瓶躺下來，因為她痛經痛到想死，她在街上等了那麼久，也許羅雅需要學著去尊重別人的時間。在回家的路上，羅雅一路聽著札里的抱怨。不過，她還是忍不住四處張望，好奇地猜想她何時才能在文具店以外的其他地方看到那個男孩，如果可能的話。

2013

羅雅把頭靠在車窗玻璃上，望著冰冷的新英格蘭街景在窗外飛馳而過。她想要把注意力集中在華特身上，以及他們將會如何開心地共享晚餐。她會煮他喜愛的炸魚排。她想要忘了那個男孩，忘了她剛才在老年中心的那場會面。然而，他信裡的那些話卻一直盤據在她的腦海裡。早在六十年前，她就已經在不知不覺中背熟了那些字句。

我向你保證，我的愛。到瑟帕廣場來和我會合，在市中心……星期三……中午十二點。或者稍微晚一點點，如果我趕不及的話。和我在那裡碰面，然後我們就可以永遠合而為一了。一想到即將見到你，這股興奮就可以讓我撐過接下來的這幾天。

「喔，華特。」她說著，把額頭靠在窗上，哭泣了起來。

第三章

1953
愛：它是如何地糾纏

看看愛情
它是如何和墜入愛河的人
糾纏在一起

看看靈魂
它是如何和賦予它新生命的大地
融合在一起

羅雅再次唸著魯米的詩，等待著巴赫曼的出現。自從他第一次闖進文具店以來，到現在的每一個星期二，他都沒有錯過。這讓一個冬天充滿了期待、對話和興奮。你是何時墜入愛河的，姊姊？告訴我。他從一首詩裡背誦出一個字，就是從那時候開始的嗎？

當然不是，羅雅告訴札里。不是從一個字、也不是從某個時候開始的。那種事只會發生在美國電影裡，她難道不知道嗎？

羅雅想要一種完整感，她想要溫暖，想要逃脫和慰藉。那間文具店和店裡的書籍給了她這些。然後，巴赫曼出現在了文具店。如果她必須明定她到底是哪一天無可救藥地陷入愛河的話，那就是第七個星期二。那天象徵著冬天的結束。就像這個季節的寒意、冰霜和消沉的意志，都被花開、綠意和新的開始所取代的那個日子一樣。那是一個準備好要破冰的日子。整個國家都準備好要慶祝春季第一天的來到：波斯新年。

在第七個星期二那天，法赫里先生帶著極度的渴望和緊張的心情在店裡輕快地穿梭，幫那些母親們購買新年禮物給她們的孩子，他包裝著一盒一盒的鋼筆，在收銀的同時衷心地對他的顧客說：「祝你永遠快樂、長命百歲！」

「我要買禮物給我兒子，」一名女子咕噥地說著。「他成績單上的數字太好了，而且他向來都喜歡看書。」女子臉上的驕傲讓巴赫曼露出了微笑——羅雅看到了。法赫里先生把另一名男子買的彩色鉛筆像花束一樣地包起來，還在上面綁了一條綠色的緞帶。當然了，詩集是最熱門的選項——人們對波斯詩集的渴望向來都是永無止境的。當店裡的人群在放學後大為增加時，羅雅和巴赫曼雙雙避開了彼此。他在櫃檯附近埋首於一本小冊子上的政治論述；而她則待在文具店後方外國翻譯文學的區域。

之後，當人群減少的時候，店裡也不再那麼擁擠。買完書、選好禮物、得到了建議——店裡的顧客開始稀落了起來，而他們就在那裡，他們兩個人，全神貫注在他們自己的讀物上，不過，當然也意識到對方的存在，除了彼此的存在，他們什麼也感覺不到。法赫里先生關上他的收銀機，發出了一聲巨響。

「我的天啊，大家最近都為了諾魯茲節而大肆採購。這個城裡的每個小孩成績都好到家長得在新年的時候買那麼多禮物給他們嗎？」

羅雅和巴赫曼在各自安然的位置上繼續保持著沉默。

「聽著！」法赫里先生環顧店內，彷彿他是在和一大群聽眾說話一樣。「一個店老闆不能抱怨銷售太好，不過，我得把這些現金存到銀行去。」

羅雅和巴赫曼動都沒有動一下。

「我想要出去，也許得把店門關起來。」

「我會留在這裡。」巴赫曼靜靜地說。

「什麼？」

「我可以待在這裡。如果有顧客上門的話，我會告訴他們你馬上就回來。」

「喔。」法赫里先生看著巴赫曼，然後不安地看了看羅雅。

羅雅感覺到了法赫里先生的不自在。和巴赫曼獨處的想法讓她嚇呆了。當然了，她不能和他單獨待在店裡。「我得回家了。祝你有個美好的一天，法赫里先生！」

「呃，如果你要走的話……好，尊敬的羅雅，祝你今天愉快！」法赫里先生看起來似乎如釋重負。他再度看了看手錶。「銀行快要關門了。我沒什麼時間了。謝謝你，親愛的巴赫曼。我就接受你的提議了。」法赫里先生說著，抓起他的外套和帽子，然後直視著羅雅。「再見，尊敬的羅雅。希望你平安回到家。趁現在時間還不是太晚。」他把那頂黑色的帽子戴到頭上。「親愛的巴赫曼，我很快就回來。」說完，他立即衝出了店門，羅雅也跟著他來到門邊。

「留下來。」

巴赫曼的聲音十分清晰、確定。

「再見。」她在門口停下了腳步。她背對著他。她可以看到法赫里先生的背影消失在街上。

「請你留下來。」他的聲音現在聽起來沒那麼確定了。

她轉過身，打算告訴他自己為什麼不可能留下來。然而，當她看到他的時候，她幾乎無法呼吸。他看起來很緊張。雖然他的表情很友善，但是他的臉卻漲紅了。

她要離開。她有很多事要做。媽媽和老爹需要人手幫忙清理房子好過新年。那些春季大掃除。堆積的灰塵、拍打地毯、用醋清洗窗戶。她怎麼樣都不可能和這個男孩在這裡獨處。她現在就和他在獨處。她和他單獨在這家店裡，突然之間，這個避難所掌握了改變一切的可能性。

「你最喜歡的書是哪一本？」他很快地問她。

「我沒有最喜歡的書。」

「喔，只是……我以為你喜歡看書。」

「我是喜歡看書。我的意思是，我喜歡的書不止一本。我喜歡的書太多了。」

他笑了笑，臉頰依然發紅，不過已經放鬆了一點。

「法赫里先生告訴我，你想要改變世界。」她走向他，意識到自己正在從懸崖上往下跳，不過卻驚訝地發現她的腳正在一步步地往前走。她在靠近他一個手臂的距離時停下了腳步。他的卡其褲、他頭頂上的亂髮，那張持續發紅的臉正在發亮。

「喔，我不知道有這回事。」巴赫曼看著地板。

「可是，你關心政治，不是嗎？」

他抬起頭，臉上出現一絲驚訝。「這個國家裡有誰不關心嗎？」

「我就不關心。」她半說謊了。

「你必須要關心政治。特別是現在這個時候。」

「呃，我不喜歡政治。那麼多爭執，那麼多示威。」

「我們只能那麼做。我們必須要參與。我們不能讓他們把首相摩薩台趕下台……」

「你相信那些謠言嗎？說他會被推翻的謠言？」

「是的，我很擔心。外國勢力可能推翻他。我們自己的國民、那些存在我們之間的叛國者越來越多——」他說著停了下來。「我還是別說這些讓你覺得無聊的事了。」

「我習慣了。我老爹也常常說這些事。」

巴赫曼露出微笑。「是嗎？」

「喔，是啊。我聽太多了。」

他沒說什麼。他緊緊地注視著她的雙眼。他們只是面對面地站在那裡。他的注視讓她感到緊張，卻也讓她感到激動。他們不能碰觸彼此。他們一定不可以碰觸到彼此。

「我知道你喜歡閱讀。你喜歡詩集和小說。」他輕柔地對她說。

「你怎麼知道的？」

「每個星期二，我都會看到你。你喜歡那排。」他朝著法赫里先生擺放外國翻譯小說的區域點了點頭。

「喔，你每週二都來這裡？我沒有注意到！」

他笑了。當他笑的時候，他的整張臉都舒展了。他的眼裡充滿笑意；盈溢著一股令人屏息的善意。「其他的日子我也會來這裡。不過你都不在，你只在週二才來。」

「那是我唯一可以來這裡的時候。」她告訴他。

「那你其他時候在做什麼？」

「念書。」

「真的嗎？」

「是的。」她定定地注視著他。「我父親希望我成為一名科學家。或者一名出書的作家……像海倫．凱勒那樣。」她喃喃地吐出最後一句。

「那你呢？」

「什麼？」

「你自己想要做什麼？」

這是個荒唐的問題。羅雅不確定是不是有人問過她這樣的問題。她有一個那麼支持她的父親、一個在捍衛女兒上如此開明先進的父親還不夠嗎？這難道還不足以讓他這樣一個支持摩薩台的政治活躍分子感到佩服嗎？「我父母希望我完成高中學業，然後上大學，成為一名科學家，可能的話。」

「如果你可以做自己想要做的事，那麼，你想做什麼？」

這個大膽的問題讓她感到困惑。「我會……我會聽從我父母的話。」

他向她靠近。一股混合了麝香和風的氣味讓她覺得自己可能就要跌倒了。然後，他伸出手握住了她的手。她從來不知道男孩子的手是什麼感覺。他用十指包覆住她的手，羅雅的心都要跳出來了。他的碰觸讓她大感震驚，同時卻又讓她感到一種莫名其妙的寬慰。

「你很喜歡小說。我看到過你在閱讀小說。」

「所以呢？」

「所以就盡情地閱讀吧，想讀多少就讀多少。」

媽媽曾經告訴過她多少次，看太多書會讓她的眼睛出血？札里曾經把她的書丟下床多少次，並且發誓說從來沒有看過有人像她那樣把臉埋在書裡，說那種姿勢會毀了她的儀態？天啊，會嗎？老爹曾經訓誡過多少次，說讀書之於在世界上獲得一份受人敬重的職業有多麼重要？他還說，如果一個人當不了科學家並且轉而選擇閱讀書籍的話，那麼，這個人最好能像凱勒女士那樣可以創作書籍？

「除非你真的想當一名科學家或者作家。如果是這樣的話，當然就去這麼做。做你想要的。」她在學校和在家裡的那股擔憂和努力奮鬥的感覺，此刻突然消散了一點點。她想要聽他說更多，想要和他說話，她不想就這樣離開。

店門上的鈴鐺發出清脆的聲響，法赫里先生氣喘吁吁地衝進店裡，連頭上的帽子都歪掉了。當他看到他們的時候，他的臉都漲紅了。他把視線挪開，清了清喉嚨，他們立刻放開了手，彷彿被燒到了一樣，彷彿他們都握了一顆火球。她覺得自己宛如行竊被抓到了一樣。不過，即便她的手垂在身體兩側，即便她努力地看著自己的鞋子，同時囁嚅地說：「我得走了。」隨即匆匆推門而出，但是她知道，她將會持續不斷地再回到這間店來，不管法赫里先生或其他人可能會怎麼想。那份接觸是無法倒流、無可挽回的，而她也不想要收回。

第四章

1953

束縛

在那間佈滿塵埃、不受外界干擾、堆積著書籍、鋼筆和墨水瓶的店裡，他們持續地見面。每個街角都徘徊著她不感興趣的男孩，而唯一讓羅雅心有所屬的那個男孩，只有在週二下午的時候，她才能在那間文具店裡見到。他會問她一些問題，例如她對於薩迪作品真境花園裡的那些詩有什麼看法。羅雅對自己有力的回答感到驚訝。她的聲音比她預期的還有自信和堅強。很快地（這不需要太久的時間，因為羅雅只有十七歲、又身處伊朗，加上她只是單純地夢想著更偉大的事情），她就深信他是她所見過的男孩裡最有智慧、可能也是最好看的一個。

他是一個政治積極分子。他告訴她，他在德黑蘭大學和附近地區的高中，散發支持摩薩台的文章。他在這座城市裡到處發送國家陣線的新聞稿和宣傳小冊。他從哪裡拿到那些政治資料？從法赫里先生那裡。就在他櫃檯後面的儲藏室裡。法赫里先生顯然蒐集了很多危險的政治資料。當巴赫曼第一次告訴她這件事的時候，羅雅感到一陣恐慌。她還記得警察到學校找賈萊的那天，賈萊是如何閃來閃去地躲避水柱的衝擊。又是如何跌倒在一灘水池裡的。警察也可以很容易地就把巴赫曼列為目標，指控他散播反國王的輿論。他們可能逮捕他。並且認為是法赫里先生在幫他！她怎麼都想不到，法赫里先生也參與了這種秘密的政治活動。她一直都低估了這個寡言、冷靜、總是在櫃檯後面的文具店老闆。

巴赫曼告訴她不用擔心。

不同政治群體之間的嫌隙越來越大。集會中的暴力事件也越來越多。少數的示威人士遭到了警方的射擊，他們在警察的子彈下被追趕圍堵到巷子裡。不過，儘管羅雅為巴赫曼的安全感到憂心，他的目標依然受到她的讚賞。他全心全意地相信總理的政策，他甚至比老爹還要熱情，如果那是可能的話。他說，一切正在改變。伊朗擁有一個光明的未來，總理將會給人民所有他們需要的。但是，有些人會阻止摩薩台，而巴赫曼決定不能讓這些人阻擾總理。

巴赫曼說話的時候，羅雅就靠在排滿書籍的書架上，讓背脊陷入在詩集和政治書刊的書背上。如果他持續談論著代表權、賦稅和貿易的話題時，羅雅就會將注意力單純地聚焦在他的雙眼，然後迷失在他的眼睛裡，不過，是以最好的方式迷失。法赫里先生則融入了背景裡，他會說他需要待在後面的儲藏室，而且頻率越來越高。他們因而經常有了獨處的機會。不過，其他顧客突然走進店裡的風險依然存在，而且也確實常常有人推門而入——戴著眼鏡的老先生手持他們需要購買的新文具清單，或者為了尋找更多馬克思小冊子而來的年輕共產黨學生，又或者是支持摩薩台的示威者，想要來此購買更多關於哲學和民主的書籍。有些摩薩台的支持者認得巴赫曼，便會認同地朝他點點頭，臉上的神情表露出他們對他追求目標所做的一切深表感激。

每當他們獨處時，他會在她的耳畔低語，他的身體靠近她，他再度大膽地碰觸著她的手，讓她整個人都融化在了那些書背裡。很快地，除了這裡，她再也不想到其他的地方去。

✦

羅雅在擺放外國翻譯文學的通道上翻閱著小說。文具店的門打開，他出現了。白色襯衫，卡其色長褲，紅通通的臉頰，頭髮被風吹得散亂，一副氣喘吁吁的模樣。他環顧店內，當他的目光落在她身上時，笑意在他的臉上蕩漾開來。

「哈囉，親愛的巴赫曼。」法赫里先生在櫃檯後面和他打招呼。

「你好嗎，法赫里先生？」巴赫曼的眼光依然在羅雅身上。

當巴赫曼和羅雅互相凝視時，法赫里先生顯得有些拘謹。羅雅原本以為他就要斥責他們了。不過，他只是嘆了一口氣，然後說他需要去查一下存貨。當他說這句話的時候，聲音聽起來有點奇怪。隨即，她就聽到他走向了後面的儲藏室。

「你好嗎？」巴赫曼用了波斯語裡親密互動的動詞型態，而沒有使用正式的「你」字。

羅雅困難地嚥了嚥口水。「我很好。」她彎下腰，把安娜・卡列妮娜放回了書櫃上。當她站起身的時候，他已經來到了她身邊。他用一隻手臂環住她的腰，羅雅頓時像雕像般地凝結在原地。

「走，」他對她說。他抵在她纖細背上的手臂既強壯又結實。「天氣很棒。像這樣的日子，我們應該要待在戶外！」

她喃喃地發出羞怯的抗議，但還是讓他帶著她走到了明亮的大街上。

他說得沒錯。天氣很棒。城市裡充滿了春天的氣息，萬物都在生長。美好的世界讓羅雅不停地眨動雙眼。她不敢相信他們竟然一起出現在公共場合。他們既沒有訂婚，也沒有結婚，而且她也沒有對父母提起過巴赫曼的事，只說她在文具店遇見了一個好學的男孩，一個出身良好家庭、並且對總理的目標盡心盡力的男孩。她知道最後這點會讓老爹留下好印象。不過，她透露給札里知道的就更多了，包括他們第一次在週二下午相遇的事，以及後來她在第一次開口和他說話之後，問了他關於薩迪那句詩後面應該接哪個字，而他回答那個字是「火」的那個故事。札里雖然好奇，不過卻很懷疑。她說，積極參與政治的男孩都被高估了，她不在乎他那愚蠢的家庭有多富裕，他似乎就是個迷信於總理的、理想主義的笨蛋，彷彿除了國王之外，誰都可以改變伊朗的政治，老天，而羅雅應該要長大了，應該要了解到如果她想要網住一個男人，至少也要把網撒向一個比較好的人。不過，她還是想要知道羅雅對他的一切感覺。

「巴赫曼，慢點！」他走得太快；她幾乎得要小跑步才能跟上他。

他停了下來。「很抱歉。我是得放慢一點。」當他再度邁出腳步時，速度顯然慢了許多，很快地，他們的步伐就一致了。

「你還好嗎？」他問。

「嗯。我是說，不好。我的意思是，我要怎麼告訴我妹妹？我父母！」巴赫曼似乎覺得好笑。「你就告訴他們，告訴任何人，說你和你的男友一起去散步。」說著，他捏了捏她的手。

她可能會爆炸；她的心臟可能會炸開來。她喜歡他牽著她的手。還有他說的話。她的男友。

當他們轉過街角，走到這個城市眾多主要廣場的其中一座時，四周充滿了叫囂的聲音。又是一場集會。又一場充滿嘈雜吼叫的政治示威。廣場前面架設了許多路障。群眾透過震耳欲聾的擴音器喊著支持摩薩台的口號。羅雅的手在巴赫曼的手裡越來越無力，她覺得自己的耳朵在充血。她當下的本能反應是逃離這裡，避開這些聲嘶力竭的群眾。

「巴赫曼，我們離開這裡吧。」

「你不想看看發生了什麼事嗎？」

「不想。太危險了。」

「我們不會有事的。」

「札里說，警方一直在追蹤示威者。他們在群眾裡安插了一些耳目……」

「別怕。」他緊緊地握著她的手，並且不僅沒有把她帶離人群，還把她帶往活動的中央。廣場裡迴盪著「若無摩薩台，我輩毋寧死！」的口號聲。她渾身緊繃。摩薩台的支持者真的準備好要為他而死了嗎？巴赫曼準備好這麼做了嗎？

「就像這樣，」當群眾的嘈雜聲越來越大時，巴赫曼在她的耳邊低聲說道。「這就是我們確認民主的方式。我們不能只是坐在家裡，什麼也不說，然後讓國王和外國公司奪取更多的控制權。這就是我們讓自己的聲音被聽到的地方。」

他把她拉得更近，然後帶著她經過成排的群眾，走向最前面靠近路障的地方。當他們穿過群眾時，羅雅很驚訝地發現有很多人都認得巴赫曼。他們甚至為他讓道。一兩個年輕的示威者拍了拍他的背，還有一名長者對他眨了眨眼睛。他四處去演講和發傳單嗎？雖然害怕，羅雅還是感到了一股身為同伴的驕傲。那些人對他的敬意是無庸置疑的。當他們走到前面時，巴赫曼讓她貼近在路障上，盡可能地將她和其他的群眾隔開。他的手臂強而有力地抵在她的背上。

空氣中有一股電流的能量：一股同志情誼的感覺、一股目標一致的感覺。沒有他的話，她絕對不可能到這種地方來。她太害羞，也太害怕。或許，巴赫曼說得沒錯。也許，她應該要停止擔心，讓她自己去傾聽、去開口。那有可能嗎？巴赫曼似乎讓這種事變成了可能。

他在這裡看起來似乎適得其所。他完全地受到了吸引，整個人都被點燃了起來。他張開口，她預期他會說出類似這樣的話：「是不是很驚人？」此刻，她正在預測他將會說什麼——想想這一點！那就好像她真的很了解他一樣。不過，她確實認識他。他既讓人興奮又難以預測，但是，他同時也就是……他。

「我們可以擁有一切。」巴赫曼說。

「但是，共產黨反對摩薩台，而且可能——」

「我是說你。還有我。我們可以擁有世界。」

和他一起站在群眾裡，她覺得未來彷彿比她一直以來所敢想像的還要大、還要無限。她靠在路障上，加入了群眾重複的口號聲中。置身在那裡讓人產生一種奇怪的感覺。她體內的每個部分都感到了一份激動、一份承諾感。隨著自信的建立，她的吶喊聲也越來越響。陽光曬得她的臉發燙，她的長辮在她揮舞拳頭時不停地在她的胸前跳動。汗水沿著她的背脊流下，最終濕透了她的彼得潘衣領。她已經躲藏了太久。為什麼？巴赫曼是對的。這些人看起來毫無畏懼。他們都必須戰鬥、必須抗議、必須遊行。這樣，摩薩台才可以讓他的主張通過，這樣，這個國家才能夠得到真正的自由。當她和巴赫曼一起靠在削尖的木製路障時，一切似乎都有可能。他們和彼此結合在一起，也和所有沸騰、團結在一起的群眾合而為一。他們會奮戰。他們兩人都會改變這個世界。

「你似乎很樂在其中！」巴赫曼對她說。

她回以一笑，繼續跟著吶喊。

「我們不需要待太久。我只是想讓你看看而已。去感受一下這裡的狀況。我不希望你覺得你得要害怕這種事。不過就是民眾罷了。和我們一樣的人民。那就是我們所擁有的一切。你懂嗎？」

空氣裡傳來彷彿揮舞刀刃所發出的嗖嗖聲。在接下來的幾個星期、幾個月、幾年裡，每當她回憶起來，她知道當時她還聽到了一陣微小的鏗鏘聲，像壞掉的鐘響一樣。巴赫曼突然彎下腰，蜷曲身體，發出重重的喘息。她傾身靠近，只見他掙扎著在呼吸。當她環顧四周時，發現他們身後有三個人正在冷笑。那三個人都穿著黑色長褲和白襯衫，頭上都戴著圓頂高帽。中間那個人手持了一把吊著鋸齒鏈條的棍子。巴赫曼持續地在喘息。他脖子後面出現了一道很大的傷口正在流血。那三個人一直都在他們身後嗎？或者，他們是推開了人群，一路朝著巴赫曼而來？就在鮮血從那個人的棍子鏈條末端滴下之際，巴赫曼開始咳嗽。羅雅覺得時間好像靜止了，她不停地搓揉著巴赫曼的背、叫著他的名字，終於，巴赫曼花了很大的力氣，才重新站直了身體。他的臉因為疼痛而扭曲。一道淡紅色的血漬沿著他的衣領滲透到他襯衫的頂端。

「只是小小的警告，阿斯蘭先生，」那個手拿鏈條棍棒的男子說。「不要散播那麼多無聊的言論。那對你沒什麼好處。」

羅雅想要撲向他。她想要找警察，叫警察來逮捕這個人，把他銬上手銬拖走。站在中間的那個人聳聳肩。「如果你問我的話，你們這些國家陣線的摩薩台支持者都一樣。你們每個人都沒有價值。這個國家沒有你們會比較好。」他的語氣聽起來很慵懶，甚至好像覺得很無聊的樣子。

巴赫曼摸摸自己的後頸。他看著自己沾上鮮血的手，彷彿那是別人的手一樣。然後，他用另一隻乾淨的手抓住羅雅的手，不發一語地推開那三個人，走出了群眾的行列。他們一路走向遠離示威、遠離廣場的街道上。

當他們安全地來到一條靜謐的小街時，巴赫曼停下了腳步。「你還好嗎，親愛的羅雅？你沒事吧？」

「你需要看醫生，巴赫曼。」

「真的很對不起。我不應該帶你到那裡的。」被血沾濕的襯衫貼在他的皮膚上，鮮血持續地從他的脖子上流下。

「我會和你去醫院。」

「不。讓我送你回家。」

「他們打傷了你！你需要縫合。我們得告訴警察。」

巴赫曼的眼裡閃爍著淚光。「他們就是警察。」

「什麼？」

「他們是國王的人。」

巴赫曼才說完，一個看似和他們年齡相仿的高個子男孩，上氣不接下氣地跑向他們。男孩在喘氣之間對他們開口。「我看到發生了什麼事，親愛的巴赫曼兄弟。我都看到了。這些低賤的平民。沒受過教育的害蟲。真不知道那些有權有勢的人怎麼會雇用這些暴徒。哎，事實上，我知道，你也知道。哈囉，尊敬的小姐，請包涵我的態度。」說著，他對羅雅舉起帽子。「我是賈漢吉爾。很高興見到你。」

賈漢吉爾身穿一件看似昂貴的綠色時尚背心和一件米色襯衫。鬍子也噴上了定型劑。他這一身裝扮看起來像是要去參加一個晚會，而非一場示威集會。

「我叫羅雅。很高興見到你。」她小聲地說。

「很高興見到你。」賈漢吉爾用法語說著，再次碰了碰自己的帽子。羅雅從來沒有聽過這種說法。「尊敬的羅雅，你自己一個人應該會沒事吧？我得帶這個男孩去看醫生。他的狀況很糟糕。我相信你會同意的。」賈漢吉爾扶著巴赫曼的手臂，避免碰到他襯衫上緣的血跡。他把一隻腳踝跨在另一邊的腳踝上，彷彿在擺姿勢照相一樣。

「我也會去醫院。」羅雅告訴他。

「誰說要去醫院了？我是要帶他去我父親的診所。」

「噢。可是我能——」

「你不用跟著來，親愛的羅雅。今天，我已經讓你暴露在太多的傷害之下了。」巴赫曼對她說。

「是啊，你不用擔心。我會好好照顧他的。我向來都很照顧他。」賈漢吉爾笑著說。他的牙齒看起來就像電影明星一樣。

站在這兩個看似交情很好、彼此信賴的朋友旁邊，羅雅突然感到有點怪異，覺得自己格格不入。「好吧，那就這樣。我想——」

「我們會先陪你走回家，羅雅。」巴赫曼對她說。

「你需要消毒，我的朋友！」賈漢吉爾臉上的笑容緊繃。「你還在流血。在你受到感染之前，我們還是趕快走吧。」

「我們得送羅雅回去，」巴赫曼說道。「我根本不應該帶她去示威現場的。」

「我不會有事的。請你好好照顧自己，巴赫曼。」羅雅對他說。

賈漢吉爾對羅雅微微傾斜了他的帽子，巴赫曼也忍著疼痛地點點頭，羅雅這才朝著父母家的方向離開。

她一邊走，一邊在腦子裡回想著示威的現場。巴赫曼完全可以回擊，可以報復。如果他抓住那個襲擊他的人，沒有人會怪罪他。他絕對有權這麼做。但是，他當然沒有那麼做。他知道那只會讓事情變得更糟。而且他還要擔心她。他只想要把她帶離那裡，讓她可以平安回到家。那個將會改變世界的男孩以他正人君子的作風再一次讓她感到驚訝。

她很擔心他的傷勢。她擔心他出血的狀況，他可能會受到感染。她還為這樣的國家感到憂心，因為受雇的暴徒居然可以在群眾之中攻擊一名青少年。

第五章

1953

甘納迪咖啡館

在諾魯茲節的時候，也就是波斯新年，人們會把家裡從頭到尾清掃乾淨。媽媽連著好幾個星期都在熬夜，為她的女兒縫製新衣。在春季的第一天，他們一家人會圍繞七鮮桌而站，桌上則擺放著七樣以波斯字母s為首的傳統物品。羅雅和札里也會換上全新的衣服，包括內衣內褲在內。在冬天轉為春天的春分點那一刻來臨時，他們全都會又跳又叫地彼此擁抱和親吻。然後，老爹會讀誦一段可蘭經，以及幾首哈菲茲的對句詩。象徵著新年已經來到。

在春季第一天開始之後的十三天裡，走訪親友是傳統的習俗之一。他們會先拜訪年老的長者，然後根據年齡順位，繼續拜訪其他的親友。新年假期期間，所有的商店和餐廳都停止營業。因此，家裡會充滿媽媽自製的鷹嘴豆和開心果餅乾，以及玫瑰露米粉所做的糕點香味。

兩星期以後，在商店終於開門營業的第一個星期二，羅雅幾乎是用跑的來到了文具店。城市的容貌已經轉變成一個色彩繽紛的萬花筒。茂盛的花苞在街道上爭相探出頭來，但羅雅只是悶著頭一路往前飛奔。

當她推開店門時，門口那個鈴鐺發出了熟悉的叮噹聲。他就在那裡，正在櫃檯前面和法赫里先生說話，後者則在一疊紙上寫著筆記。他的聲音讓她瞬間感到了墜落的喜悅。

「尊敬的羅雅，新年快樂。」法赫里先生首先看到她，然後放下了手中的鋼筆。

「兩位，新年快樂。」

巴赫曼抬起頭來，臉上立刻露出了一個大大的笑容。「嘿！你好嗎？你家人好嗎？你新年過得開心嗎？」

她走近他，不自主地屏住了呼吸。他的脖子後面看起來像有一排巨大的黑螞蟻。縫線。那些傷口。

「別擔心，」他對她說。「賈漢吉爾的父親用了大量的消毒劑，多到都可以消毒一個沼澤了。我沒事了。」

兩名其他的顧客走了進來，法赫里先生立刻迎向前去。

巴赫曼從櫃檯上拿起一只包著紅紙的包裹遞給她。「這個，」他說道。「我要送給你的新年禮物。」

「你不用送我任何東西！」

「我想要送你。」

她可以看得出來那是一本書。她小心翼翼地打開包裝紙，彷彿她打算永遠收藏那張包裝紙一樣。當包裝紙終於拆開時，她很驚訝地發現裡面是一本筆記本。

「你可以用來寫你自己的詩。」他羞怯地解釋。

她打開筆記本。只見他在第一頁上寫了一些字：給親愛的羅雅，我的愛。祝你永遠快樂，也祝你的日子裡填滿了美麗的文字。然後，底下是他手抄的一段魯米的詩句：

當我第一次聽到愛情故事時，
我就開始找尋你，完全不知道那是多麼地盲目。

愛人們並非終究會在哪裡相遇。
他們一直都在彼此心裡。

「我希望你會喜歡？」他嘗試性地問她。

她想要用雙手捧住他的臉親吻他，讓他知道她有多麼喜歡這本筆記本，但是，法赫里先生和他的顧客就在店裡的另一頭。「太棒了。謝謝你。」她對他說。

「你現在有時間嗎？和我一起出去？」巴赫曼問她。

「我們上次出去的結果並不太好。」

他的臉紅了。「讓你看到那樣的場面，我覺得很難過。不過，今天沒有示威。每個人都還沉浸在新年的氛圍裡。我保證帶你到安全的地方。不僅安全，還很甜蜜。」

於是，他們一起出去了。這次，他和她一起大步向前。新年的新氣氛讓人很容易就忘記了政治上的困境。如果有哪個節日可以讓大家都感到高興的話，那就是諾魯茲節了。每個人看起來都圓滾滾的，而且精神飽滿，顯然是受益於不用工作和不用上學的假期時光。

他們穿過菲多姿廣場。廣場中央的噴水池前，有一名全身穿著紅色服裝的老婦。她穿了一身紅色衣服，連腳上的鞋子都是紅色的。她左顧右盼，彷彿在等什麼東西或什麼人一樣。她的神情既期待又沮喪。

「聽說她要在這裡和她的愛人見面。」巴赫曼牽著羅雅的手說道。

「我以前在這裡看過她。」

「是啊。但是他一直都沒有出現。很多很多年了。我班上的一個男孩甚至還為這個可憐的靈魂寫了一首詩。」

「真讓人難過。」羅雅說道。

「有時候，我甚至無法看著她。」巴赫曼說著，很快地帶著她走開。

經過幾條街之後，巴赫曼在一間商店的窗戶前面停了下來。窗戶的玻璃上有幾個白色泡沫寫成的字甘納迪咖啡館。羅雅曾經不止一次經過這間咖啡館，但是從來都沒有進去過。這間店似乎是那些比較成熟型的人會來的地方，那些喝咖啡、而不是喝茶的人，那些有未婚夫的女孩，還有那些打扮得像是美國電影明星的女孩子們會進去的地方。

巴赫曼帶她走進了店裡。

擺滿成排糕點的玻璃櫥櫃，圓形的小桌，裝飾著粉紅色椅墊的椅子，粉紅色的牆壁，插滿鮮花的細花瓶，沾滿奶油的閃電泡芙和各式小蛋糕——一切都讓她感到目眩。

空氣裡有糖、咖啡和肉桂的味道。巴赫曼帶她走到後面。他扶著她的手臂，彷彿他們是一對情侶一般，當他們行經一張張的桌邊時，他的身體不經意地貼著她。他身上有股麝香和某種羅雅說不出來的味道，不過，在第七個星期二，當他在文具店裡第一次握著她的手時，她就已經注意到那個味道了。她唯一能想到的就是風的味道——一股迅速的、涼爽的、令人興奮的陣風。她扶著他的上臂，他的肌肉讓她感到既安慰又奇特。也許是空氣裡咖啡和肉桂味帶來的感覺，也或許是和這個英俊的巴赫曼．阿斯蘭身處這家時髦咖啡館的事實，是這些事讓她感到了暈眩，但是，當他為她拉開椅子，而她也在椅子上坐下來時，羅雅很確定這個粉紅色的甜蜜空間正在旋轉。

「你想要什麼？」

「茶，謝謝你。」

「你喝過咖啡嗎？」

「什麼？」她幾乎聽不到他在說什麼。他們身邊的情侶各自在聊天。坐在粉紅色椅墊上的時尚年輕淑女，看起來就像那些她只在雜誌封面上見過的外國女演員一樣，每個人都有一頭完美的波浪捲髮（那種札里每天晚上都得努力用舊報紙捲起來才能達到的波浪效果）。這些淑女們自在地和坐在她們對面的年輕男子說話聊天。這個充滿高品味情侶的超現實世界，就和玻璃櫥窗裡的那些糕點一樣讓人陶醉。這些情侶訂婚了嗎？如果媽媽和老爹看到她坐在一張精緻的粉紅色椅墊上，和一名男子面對面而坐的話，他們會怎麼說？

「我馬上回來。」巴赫曼說著，隨即消失在糕餅店的前方。

他在幾分鐘之後回來時，手上端了一只托盤，盤子上擺著兩杯加了奶油、正在冒煙的咖啡，還有一只裝了兩塊糕點的碟子。他把其中一只杯子遞給羅雅，然後把托盤放到桌上，坐下來，看著她啜飲一口咖啡。咖啡燙到了羅雅的嘴唇。不只熱，而且味道強烈又濃厚。

「耳朵給你，舌頭給我。」

羅雅差點把口中的咖啡噴出來。「你說什麼？」她結結巴巴地問。

「糕點。大象的耳朵給你。舌頭的那塊給我。」他停了一下，對她露齒而笑。羅雅看著盤子。其中一塊確實就是大象耳朵的形狀，而另一塊橢圓形狀的無疑就是：舌頭。

「你喜歡你的咖啡嗎？」

咖啡的味道很強烈，和羅雅以前嚐過的任何東西都不一樣。「這……很不一樣。」

「伊朗最棒的濃縮咖啡！」他輕輕彈著桌面。「就在這裡。」他往前傾身，拾起她的手。

「也許這裡可以成為我們最喜歡的第二個地方。嗯？」

羅雅咯咯地笑著，點了點頭。

「我的意思是，我並非不喜歡削鉛筆刀、書籍和魯米的詩集。還有示威活動。不過，你知道……」

她再度咯咯地笑了出來。這感覺好像是一切的開始。她很驚訝他再度帶她走出文具店，帶她走進了明亮的世界裡，彷彿命運註定他們應該要走在一起，要被人看見他們在一起，要坐在一起喝咖啡和吃東西。他們的未來會有蛋糕、泡芙和甜點嗎？他們會品嚐著糕點、一頭栽進這樣的世界嗎？他們會靠坐在椅子上，啜飲著義大利濃縮咖啡嗎？羅雅覺得目眩神迷，但是突然又莫名地相信，和他在一起就是她的命運，不管是在新年還是未來。

✦

「你說你會嫁給他實在很荒唐，」那個星期稍後，當他們從學校走回家時，札里不屑地說道。「你才和他見過幾次，六次？」

「我們已經見面了好幾個月了，謝謝你。總之，時間並不重要。」

「喔，姊姊！」札里停下腳步，帶著同情地看著羅雅。「時間才是唯一重要的。你不能把你的希望寄託在那個男孩身上。」

「為什麼不可以？」

「因為……」札里停了一下。「你不能相信他。那些政治型的人不是你想像的那樣。」

「你怎麼知道？」

「我就是知道。相信我。」

她們在不自在的沉默中走完接下來的路程，羅雅想要相信妹妹只是嫉妒，而不是有先見之明。札里一定是反應過度了，就像她平常那樣。札里只是不喜歡政治型的人，如此而已。羅雅試著想要擊退妹妹的話在她內心所引發的疑慮和不安。她想起了巴赫曼給她的那本筆記本，想起了他題寫在本子裡的詩句。愛人們並非終究會在哪裡相遇。他們一直都在彼此心裡。

一定是札里搞錯了。

第六章

1953 傷痕累累的天空

因為已經快要夏天了，因為樹叢都已經鬱鬱蔥蔥，因為他們正在暮色之中，因為他們正處於十七歲的年齡，因為空氣裡充滿了茉莉花香的味道，因為這些，他們行走在大馬路上的足跡在未來幾年裡，都將會烙印在羅雅心裡。

稍早的時候，他們到位於拉雷札爾街的大都會電影院看了場電影。電影院時尚的大廳裡有著紅色的沙發和閃閃發亮的水晶吊燈，每個人都穿著他們最獨特的服飾盛裝而來，牆上掛著鑲嵌在畫框裡的克拉克．蓋博和蘇菲亞．羅蘭的肖像，大廳裡瀰漫著香菸的煙霧，戴著帽子的淑女們手裡拿著迷你的咖啡杯，這個場所裡所瀰漫的浪漫氛圍，讓羅雅覺得自己彷彿就身處在電影裡。然後，她踏上通往二樓樓座的階梯，和巴赫曼一起坐在紫褐色的天鵝絨椅子上，一起欣賞由維多里奧．迪西嘉所導的義大利電影單車失竊記。

「我喜歡他的作品，」電影一開始的時候，巴赫曼小聲地對她說。「我很好奇你會覺得怎麼樣。」他的嘴如此貼近她的耳朵在說話，這讓羅雅大為分神。她困難地嚥下口水，點了點頭。和這個男孩在一起，讓她的世界出現了好多全新並且誘人的事物。

電影結束之後，他們離開了大都會電影院絢爛的大廳，走入了美到讓她心痛的夏日黃昏裡。天空渲染著茄子的紫色，雲彩的顏色彷彿累累的傷痕。

「這個故事和現在正發生在伊朗的狀況如此雷同，」羅雅在他們沿著大道走的時候對他說。「窮人想要過好一點的生活。但是他們卻卡住了。我們的領袖們需要幫助他們。影片裡的那個人只是想要一輛腳踏車，好讓他自己可以去工作。不過就是這樣而已。」

「我同意。我們自己的人民也像那樣地卡住了。困在他們的階級、他們的命運裡。」巴赫曼牽起她的手，充滿熱情地回應她。「但是，我們可以改變那一切。用民主來改變一切。我們現在正走在正確的道路上。」

「札里說，我們以為人民將可以對我們的資源擁有完全的掌控權，那是不切實際的想法。她說，英國人在這裡有太多的利害關係了。」羅雅說道。

「身為一個不喜歡政治的人，你妹妹具有很好、很深刻的看法。」巴赫曼告訴她。

羅雅聞言笑了。

「現在，我只需要說服她，讓她知道我不是一個可怕的人！」

「不要在意札里，」羅雅對他說。「她有點戲劇化，如此而已。」

在高中生活接近尾聲的時候，羅雅開始邀請巴赫曼參加她和札里在放學後為朋友們舉辦的聚會。沒有什麼盛大的場面：只是切一些水果、說說笑，聊聊天而已。而且巴赫曼也不是聚會裡唯一的男孩。還有其他人——來自他們這個小班級裡的朋友和表兄弟，札里喜歡把他們這個同儕的圈圈叫做小班級。巴赫曼因此被介紹給了媽媽和老爹，一想到他可以出現在她家，和她的朋友聊天，成為他們群體中的一員，就讓她覺得很不可思議。

巴赫曼突然停頓下來，不發一語。

「怎麼了？」

「我一直都想要知道……」他看起來很緊張。「想了好一陣子了。我只是一直都想要問，羅雅……」他的聲音在提到她的名字時破音了，宛如一個正在變聲的十三歲男孩。他把她從人行道的中央拉到一個灌木叢旁邊，灌木叢延伸而出的大片綠葉和花朵構成了一個隱密的角落。他們突然就被包圍在了濃烈的茉莉花香裡。

他看著她，而她很驚訝地發現，站在那裡的他似乎顯得很脆弱。

她沒有讓他把話說出口，沒有這個必要；她從來不玩任何把戲。在茉莉花的花香裡，她吻了他。那就彷彿降落在了一個她長久以來一直都應該要停留的所在，一個不同的時空，柔軟而且不可置信地誘人——一個完全屬於他們的地方，但卻也是她從來不敢探索的地方。

他的味道，他環繞著她的雙臂，他貼著她的身體，這一切在她持續吻他的時候，都彷彿變得無邊無際了起來。當她終於往後退開的時候，他看起來滿臉通紅，一副不敢相信的模樣。

「我想，這是答應的意思。」他看起來就像要跌倒了一樣。

「是的。是這個意思。」一股新的權威感給了她一種解放和驚訝的感覺。直到此刻，她才明白自己對他具有什麼樣的影響力。

「當然，我會去見你父母。」

她猜他以前曾經有過接吻的經驗。不過，也許他從來沒有過。在此之前，她當然沒有親吻過別人，她很驚訝地發現接吻的感覺竟如此自然，彷彿她很久以前就有過這樣的經驗一樣。

「如果你父母准許我的話，我們就可以在夏天結束之前結婚。我只是想要和你更親近。此外，我別無他求。我只想要讓我們的世界合而為一。」

這一定就是一直以來隱形墨水在他們額頭上寫下的命運。她答應了……答應了什麼？答應了那個吻，還是答應了結婚？她的心在狂跳，他傾身靠近她，吻了她。第一次的強烈和震驚在此刻轉化成了某種輕柔的感覺，溫柔到即便樹叢裡細緻的花蕊都可以將之捧起，輕盈到透明的花瓣也能夠承載得起。她融化在了他的吻裡。這原本不應該在結婚之前發生。但是，他們卻這麼做了。天哪，好女孩是不會做這種事的。然而，羅雅並不在乎。她甚至可以在這裡將他一口吞下去。如果他們的餘生都只能這樣親吻的話，那將永遠無法令人滿足。

✦

「你喜歡他的聲音？你說你要嫁給這個人，就因為他聲音破音了？」

「我喜歡他的一切。」羅雅說道。「我們彼此相愛。」

札里和羅雅那天晚上稍晚的時候，躺在關燈後的房間裡低聲交談。羅雅開始在腦子裡重複想著那天傍晚的每一刻。當巴赫曼問她的時候，他的聲音是如何破掉的，還有他們在灌木叢旁邊的親吻——所有的一切。她和札里分享了一些細節，不過，她現在後悔了。

「所以，他的聲音破了，這件事可愛到讓你考慮要嫁給一個從今天開始隨時都可能因為他的激進行為而入獄的人？而你也才剛和他父母見過面不久？」

「不要那麼小題大作，札里。他對這個國家的未來充滿熱情，而且正在為一個值得努力的目標奮鬥。那很讓人欽佩。」

「那他母親呢？你說，你第一次和她見面時，她對你很不禮貌。」

「她也不是不禮貌。她只是身體不舒服。巴赫曼說她一直都在生病。她會好起來的。」

「我不敢相信你答應了。」

「聽著，札里，陷入愛河是很難解釋清楚的。當你知道事情是對的時候，你就是知道。不需要逃避。就好像……你的腦袋被一棵樹砸到了一樣。」

「聽起來很有趣。」

「我的意思是，你不可能錯過。生命就是這樣。巴赫曼是我的命運。我們會在一起……」無論是那天傍晚羅雅和巴赫曼一起陷入的那張溫柔的網，還是他們每一次共度的時光，都是羅雅無法用言語來形容的。即便想要試著對她妹妹描述，都好像貶低了這樣的感覺。

「晚安，姊姊。」札里嘆了口氣。

羅雅依偎在她身邊，很慶幸這段對話結束了。

「我會為你祈禱！」札里補充了一句，然後捏了捏她姊姊的手。

✦

當巴赫曼來到家裡請求她父母的同意時，每個人都很緊張。即便他已經在春季末和夏季初來訪過好幾次，但是當時都還有其他的朋友在場。這次，他獨自來訪。按照傳統，男孩在向女孩求婚時，必須有男方家長陪同在場，但是，巴赫曼告訴他們，他母親身體狀況很不好，而他父親得待在家裡照顧她，因此，他只能自己一個人前來。

在那些和朋友們的小聚會裡，每當巴赫曼提及他對總理政策的熱情時，老爹總像是被火柴點燃一樣。他們在政治上的看法一致，這已經讓巴赫曼深得老爹青睞，並且為他帶來了極大的優勢。但是，這和提出正式要求，希望他們把女兒嫁給他有很大的不同，而他們也都明白這一點。

羅雅十分焦慮，當她為老爹、媽媽和巴赫曼奉茶時，甚至還把茶都灑了出來。巴赫曼在起居室裡，坐在她父母的對面咬著自己的嘴唇，還不時移動著雙腳。羅雅為他感到難過，希望自己可以幫得上他；這一切都太不合乎傳統了。他在沒有父母的陪伴下來到這裡，讓事情變得更加困難。他的父母應該要出現的！根據傳統，羅雅在奉完茶之後就離開了起居室，這樣，巴赫曼才可以在她不在場的情況下和她的父母交談。不過，她把起居室的門留了一小道縫隙，然後加入了等候在起居室外的札里。姊妹倆就這樣透過門縫觀察著起居室裡的動靜。

「親愛的巴赫曼，歡迎你來我們家。」老爹很正式地說道。

「要來點諾格爾配茶嗎？」透過門縫，羅雅看到媽媽拿起一只裝滿杏仁糖的銀碗。

「願你的貴手不會受傷，尊敬的卡哈尼，謝謝你。」巴赫曼遵照傳統波斯文化中慣用的誇張禮俗來表達客氣之意，然後順從地拿了杏仁糖。

接著雙方又來回交換了幾次客套話。老爹提起了天氣。媽媽則說了一些關於水果的話題，問他喜不喜歡，請他享用水果，或者小黃瓜很新鮮等等。巴赫曼很清楚自己不能拒絕。之後是一陣沉默。門後的羅雅屏住氣息，札里則不停地咬著自己的拇指。

巴赫曼咳了一聲。「在過去七個月裡，誠如你們所知，卡哈尼先生、卡哈尼女士，在剛結束的這個冬天裡，我很榮幸認識了你們的女兒。這讓我成為了一個非常好運且幸運的人。」

札里忍住了咯咯笑的衝動。

媽媽和老爹什麼都沒有說。巴赫曼接著說道：「我希望二位知道，我在高中很認真地念書，而且令人欣慰的是，我即將以第一名的成績畢業，我在班上名列前茅。」

「嗯，像你念的這種學校，這樣的成績幾乎可以保證你在專業階級中佔有一席之地！」老爹表示。

「謝謝。是的。不過，」——巴赫曼清了清喉嚨——「我想我應該要讓您知道，我想在秋天的時候，開始到一家支持摩薩台的激進報社工作。」

這句話讓札里一掌打在自己的額頭上。

媽媽不安地挪動了坐姿。羅雅知道，在政治性的報社工作，並不是媽媽對未來女婿的期待。羅雅屏住呼吸，彷彿即便只是發出呼氣的聲音，都可能會毀了一切。

「那只是暫時的。在這個國家安定下來之前。我們得做我們能做到的事。得幫助國家陣線。報社裡有我的朋友。」巴赫曼繼續說道。「這會是一個好的起始點。我希望你們知道，我對你們的女兒是全心全意的，我會盡我一切的能力，確保我們能在一起過著安全而幸福的生活。我會盡一切的努力，讓她別無所求。這會是一種榮幸……能和她一起展開新生活會是我的福氣。我的父母今天無法來此，我知道他們應該要來的，但是，我一定會帶他們來的，如果——如果我們可以成為一對的話。如果你們願意給我這樣的機會，讓我有這個榮幸帶給你們的女兒……」

「你的頭現在是不是被樹砸到了？」札里問她。

羅雅想要衝進起居室，坐在巴赫曼的旁邊。這份說詞他練習了多久？他現在該有多麼緊張？她知道媽媽並不喜歡一直以來的政治激進主義。但是，要想不被巴赫曼的風采迷倒、不吸入他所散發出的氣息實在太難了，更別說不被他的奕奕神采和樂觀所影響了。媽媽和老爹當然會同意的。

「我想要說的是，卡哈尼先生、女士，我會很想要，嗯，我會很感激能有這份榮幸……我想要請求你們同意讓我和你們的女兒結婚。」巴赫曼終於說出口。

「我親愛的孩子！拜託。我的孩子，我的孩子！」老爹大聲地回應。「當然了！好的，當然好。」

羅雅吐出了長長的一口氣。札里則沉默地站在原地，動也不動。

媽媽用手指輕輕碰了碰眼睛。「但願你們長長久久在一起過著幸福的生活。」在媽媽說話的同時，巴赫曼握住老爹的手，頻頻地上下搖晃。

羅雅靠在門上，既覺得如釋重負，卻也感到一絲緊張。她的父母同意了。現在就等他的父母前來，和她父母正式見面了。

✦

幾天之後，羅雅和巴赫曼坐在甘納迪咖啡館的粉紅色椅墊上，一起喝著濃郁的咖啡。

突然之間，她有一種奇怪的感覺，覺得自己被監視了。一想到那些潛行在街上打擊政治異己的暴徒，她不由得全身僵硬了起來。她害怕地環顧著咖啡館內，但是卻沒有見到手持棍棒的人。然後，她留意到坐在幾張桌子之外的一名高個子年輕女子，那名女子戴了一頂綠色羽毛的帽子，帽子上還別了一根很大的別針。女子直視著她。女子長得很漂亮，有著橄欖色的皮膚，一雙大眼睛，嘟起的嘴唇塗著深紅色的唇膏，頭髮像波浪般完美地披垂在帽子底下。羅雅甚至可以看到她的嘴唇上方有一顆深色的痣，就像電影明星那樣。那名女子持續地看著羅雅，臉上不屑的神情越來越明顯。

「巴赫曼，」羅雅小聲地說。「你先不要轉過頭去看，不過，那桌的女人一直在看我們。」

「誰？」巴赫曼說著旋即轉過身。

「先不要轉過去！」羅雅屏住呼吸壓低了聲音。

然而已經太遲了。巴赫曼已經看到了那名女子。他轉過身再度面對羅雅。臉頰和耳朵都紅了。

「她一直在看，對嗎？」

「喔，那只是……」巴赫曼喃喃地說。「別擔心。」

「你認識她？」

「那是夏拉。」

「誰？」

他嘆了口氣。「我母親認為她是我的命定之人。」

羅雅說不出話來。

他往桌上傾靠，然後握起她的手。「重要的是我怎麼想。我們怎麼想。」他很快地補充說道。「我不相信那種老式無聊的媒妁婚姻。這點你是知道的。」

羅雅覺得頭在抽痛。「你從來沒有提起過她。你沒有告訴過我，有人被安排成為你的對象。」

「聽著，我母親心裡有——更正，是曾經有過——一個女孩，就像大部分的母親一樣。不久之前，她選中了夏拉。相信我，那完全不是我想要的。那不會發生的。」

「你之前為什麼不告訴我？你應該要告訴我的。我會想要知道！」

「呃，因為。聽著，羅雅，我母親有些⋯⋯問題。她有時候狀況不太好。情緒方面。精神上。你可能也注意到了。」

羅雅第一次見到巴赫曼的父母是春天的時候，當時他們正在交往，並且和一群朋友在放學後去了他家。巴赫曼的父親和藹又寡言，不過，他的母親卻嚇到她了。她第一次和阿斯蘭太太見面時（之後的每一次也是），就好像從頭到腳都被打量了一番。當她在阿斯蘭太太面前說話時，羅雅覺得自己顯得既笨拙又孩子氣。巴赫曼的母親顯然並不喜歡她。她曾經反對他們訂婚。但是最終，巴赫曼那安靜又謙遜的父親作了主，因為男人說了算。

「你應該要告訴我的。」羅雅推開她的咖啡杯，站起身。「難怪你母親受不了我。她心裡已經幫你選好了對象。這麼重要的事情，你怎麼可以不告訴我？你以為我不會發現嗎？就在這個城市裡？在這裡，像我們這樣的學生所認識的人都是同一群人，來自你學校的男孩會和我學校的女孩約會，你真的以為我不會發現嗎？」

「拜託你，羅雅。我對她完全沒有感覺。比沒有感覺還要沒有。我母親對所有的事情都有她自己的想法。她⋯⋯她很痛苦。」

羅雅再度坐了下來，她不希望讓那個戴帽子的女孩因為看到她和巴赫曼吵架而感到滿足。她想要離開，但是她不能離開。即便她對巴赫曼感到憤怒，她還是不能讓他丟臉。就是這種繁文縟節、拘泥形式的社交要求、以及眾所期待的女性應有的言行舉止，讓她總是覺得自己就要窒息。然而，除了忍受，除了試著從中找出一條路來走，她別無選擇。她只知道必須如此。

「別擔心，我母親會去你家的。給她一點時間，讓她能多認識你。她怎麼可能看不見你所有的優點，全世界都看得到啊？」

「拜託。她覺得你可以找到比我更好的。」

「那是不可能的事，所以她錯了。聽著，那是她一廂情願的想法。我母親無法完全控制她自己的情緒。她有很辛苦的時候。但是，她會去你家的，你終究會明白的。」

當然會有其他的競爭者；阿斯蘭太太心裡勢必幫巴赫曼選好了其他的女孩。在法赫里先生的店裡，在成排的書櫃以及那些幽暗發霉的角落裡，巴赫曼似乎只屬於她一個人。那個穿著白襯衫和卡其褲的男孩，似乎從來沒有和其他的朋友一起出現在那裡過。他們的對話、私下的玩笑、在甘納迪咖啡館的時光，似乎都封存在一個不同的世界裡。由於他對政治十分積極，因此，一開始的時候，她以為他的朋友都是一些對總理摩薩台死忠的國家主義古怪分子。當她想到巴赫曼的社交行為時，在她想像中的畫面裡，巴赫曼總是手持一杯義大利濃縮咖啡，在咖啡館裡和年輕的知識分子進行政治辯論的模樣。不過，賈漢吉爾是他的好朋友，而她已經見識到賈漢吉爾總是在菁英圈裡出入。他以舉辦最好的派對而聞名。她也逐漸知道——巴赫曼也是其中一分子。那麼，如果還有其他女人被視為他的合適對象、還有其他女人想要他，這也都是理所當然的事了。

他往前靠近，在她的臉頰上印下一吻。他的嘴吐露著燒焦的咖啡味。那個叫做夏拉的女孩不可能沒有看到這一幕。就在咖啡館這樣一個公開的場所，巴赫曼把她拉近，彷彿這是他們獨處的世界，彷彿他們根本不需要隱藏。

羅雅應該要推開他的臉，但是，相反地，她讓他親吻了她。他們訂婚了，老天。他們的命運綁在一起。沒有什麼母親事先安排的計畫可以阻擾得了他們。

從眼角的餘光裡，羅雅看到了那個名叫夏拉的女孩站起身，一路衝撞出了咖啡館。

第七章

1953

阿斯蘭太太

在違背她的意志下，阿斯蘭太太必須同意這樁婚約，就像她經常說、卻沒有人聽得進去的那樣，在這個地獄般的世界裡，只要男人同意了，女人的意見又算得了什麼？很顯然地，她無能的丈夫只要同意他們在一起，一切就底定了。這件事就這樣合法了。彷彿她不是那個用力把那個男孩擠出她身體的人，彷彿她不是那個月復一月把他抱在胸前、讓他吸乾她乳汁的人，彷彿她不是那個牽著他的手、帶他走遍這個城市、讓他看見這個世界的人，彷彿她不是那個在無盡的夜晚裡，坐在他身邊，鼓勵他唸詩做數學的人。又彷彿她沒有盡她一切所能，讓她的兒子能表現得更好、在人生中出人頭地！打從一開始，她就在這個嬰孩身上看到了偉大的潛能。他將會擺脫階級和停滯的枷鎖；在這個新的、現代的伊朗，他可以登上更好的社交圈子。這個國家不是正在改變嗎？那不是每個人都在說的嗎？她不是通過了十足的決心和真主的意旨，要逃開一個貧窮的命運嗎？她曾經是一個穿著破舊拖鞋、脖子上圍著襤褸頭巾的小女孩，一個父親是貧窮農民、甚至還是個僕人的女孩。一個曾經失去過那麼多、多到難以言喻的女孩。不過現在，她有了巴赫曼。

她嫁給了阿斯蘭先生（陷在破碎的心所帶來的悲嘆泥沼裡並沒有什麼好處；不管怎麼樣，反正事情就這樣發生了），而透過這樁婚姻，她反抗了階級的困境。她嫁給了一名工程師！她養育了他們的兒子；這個城市裡，有任何人對她兒子的能量、才智和那絕對的天賦感到懷疑嗎？他難道不是太陽和星星嗎？她希望那個叫做羅雅的女孩離開她兒子的生活。然而，她卻必須要忍受那個坐在她客廳沙發上咯咯發笑的女孩。（是的，他們有一張沙發。就是那張沙發；他們有一張西式的傢俱。在她孩提時代的那間小房間裡，他們沒有椅子、桌子，更沒有花俏的沙發。他們只能坐在地上。他們盤腿吃飯，裝著食物的餐盤就擺在鋪了桌布的地板上。）現在，這個女孩就坐在她的沙發上。這讓她抓狂。這讓她生病，一個原本已經無法預期也無可原諒的怪物，現在就被壓抑得更深了。這個彷如海嘯般的可怕精神疾病，有時候會帶著微小的警告將她淹沒。她已經沉潛得太深了，一旦海嘯爆發的時候，即便是她的兒子都無法將她從這樣的情緒裡拖走。雖然他曾經嘗試過。

就在她又陷入某個特別糟糕的低潮期之際，巴赫曼大膽地宣布了他想要向羅雅求婚，而她的丈夫，薄弱又無能的丈夫，竟然屈服了！他甚至還鼓勵他。在情緒低落的時候，阿斯蘭太太沒有什麼能耐；她連一天都很難撐過，甚至一個小時，難道他們不知道嗎？他們怎麼可以在這種時候把這個消息丟給她？也許，他們是刻意選在這個時候告訴她的，這些狗兒子們。她會參加那個可怕的訂婚派對，只因為，一如既往地，女人終究必須服從她的丈夫。即便是一個像她丈夫那樣懦弱、可悲的人。她想要避免這個災難的配對。她那耀眼的兒子是那麼地有能力，他這一生可以成就許多偉大的事業！但是，他卻要娶一個平庸的女書呆子，以為讀俄文或英文翻譯小說是什麼很有價值的事情，她雖然漂亮，卻不夠令人驚豔，而她的父親也只是一名努力保住枯燥工作的職員而已。更糟的是，她父親竟然還沉迷於國家主義和總理，就像她兒子最近那樣。她不需要讓她的兒子更進一步地捲入那些沒用的政治激進主義。她希望巴赫曼成功。加入石油公司，賺錢——可以賺很多很多的錢——那裡對這些年輕人來說才具有無窮的潛力！

「你好嗎，阿斯蘭太太？」那個坐在沙發上的羅雅女孩居然敢這麼問她。「巴赫曼說你傍晚的時候睡不太好。你現在覺得好點了嗎？」

毫無生氣、目中無人又沒禮貌，這個女孩就是這副模樣。

「你期望我會怎樣？」阿斯蘭太太回答她。「你等著吧，我的女孩。生活也會把你打倒的。在你最不預期的時候，它就會把你推倒。你等著瞧吧。這個世界缺乏正義。你知道嬰兒會死掉嗎？」

那個女孩看起來很錯愕，完全不知所措而且大感震撼。她甚至一句話也說不出來。

「這樣就對了。當你勾引我兒子的時候，有人告訴過你這些嗎？當你把他騙到那間塞滿書籍的店裡時？」她在說話的同時，感到了心在緊繃、胃在翻騰。突然之間，她的身體發燙；她想要撕開身上的衣服，想要赤裸地站在窗邊，去感受涼風吹拂過她的皮膚，去感受除了這種令人窒息的失去感以外的一切。

「媽媽，拜託你。拜託你。」巴赫曼的聲音聽起來彷彿來自遙遠的山頭。她汗流浹背地陷入了一陣恐慌對她的攻擊。

「愛，」阿斯蘭先生洪亮的聲音響起。「誠如我們的詩人歐馬爾・海亞姆所說的，愛是——」

「夠了！」阿斯蘭太太打斷他。「閉嘴。」她無法忍受。她丈夫總是假裝沒有什麼不對勁。他是一個懦夫，一個膽小鬼，一個笨蛋。他甚至不敢談論關於失去的話題。她站起身，走出了房間，離開他那些陳腔濫調的詩句和那個目中無人的羅雅女孩。

✦

房門重重地關上。

羅雅坐在沙發上，只是看著自己的雙手。她渾身都在發抖。巴赫曼曾經警告過她，他曾經告訴過她關於他母親的病——她會如何陷入憤怒、對自己的情緒如何失控。未來幾十年，她都得要討好這個婆婆，但是，現在看起來，不管她做什麼，看在阿斯蘭太太眼裡都是錯的。阿斯蘭先生看起來好像被馬踢到一樣。他們已經假裝了好一陣子，假裝一切正常，一起喝茶，並且以傳統的方式來拜訪。然而，阿斯蘭太太卻毫不掩飾她對羅雅的喜惡，而現在，她已經在恐慌和憤怒下衝出去了。這是什麼疾病，這個曾經被巴赫曼形容為「佔據她的情緒怪獸」？阿斯蘭先生一直都為他妻子不禮貌的行為在彌補。現在，他幫羅雅再倒了一杯茶，又給了她一片果仁蜜餅。當羅雅說不用、謝謝的時候，阿斯蘭先生閉上了眼睛、往後靠，擺出很多伊朗人準備背誦波斯古詩時的準備狀態。

阿斯蘭先生就這樣坐了好一會兒，深深地呼氣吐氣。然後他也站起身來。「抱歉，」他微微地鞠躬，淚水濕潤了他的眼睛。「我很快就回來。」

羅雅目視著他拖著腳步離開了房間。她坐在沙發上，坐在巴赫曼旁邊，這個男孩的父母和她所見過的任何夫妻是那麼地不同，他們的處境似乎是如此地艱難、如此地孤寂。

當他的母親出現這樣的行為，當她的憤怒壓過理智，讓她拋棄了社交禮儀時，巴赫曼出現了變化。他變得安靜、變得灰心喪氣。

阿斯蘭太太的哭泣聲像子彈一樣地彈在緊閉的臥房門上。

羅雅捏了捏他的手。「我不介意，」她騙他說。「那也是沒辦法的事。」

阿斯蘭先生安慰和勸說妻子的聲音從隔壁房間模模糊糊地傳來。

巴赫曼什麼也沒說。他只是看著前方。經過了感覺像永無止境的幾分鐘之後，他靜靜地把頭靠在羅雅的肩上。即便隔著她身上那件媽媽為她縫製的襯衫，她也可以感覺得到他的臉頰。他把臉埋在她身上，彷彿想要消失一樣。

羅雅親吻著他的頭，揉了揉他的頭髮。她會把他從這裡面拯救出來。

當阿斯蘭先生終於回來時，他看起來一副心力交瘁的模樣。「現在！」他的語氣裡充滿勉強的愉悅。「誰想再來一杯茶？」

嬰兒會死掉這句話在羅雅的耳邊迴盪。

巴赫曼起身走到廚房去取更多的茶。這都是為了她，這場假裝一切都沒事的遊戲。通往阿斯蘭太太房間的門被關起來，假裝她已經不再哭泣。巴赫曼從廚房拿來茶壺裡新煮好的茶，銀色的托盤裡擺著幾只玻璃杯。他已經習慣了這種場面，習慣了去倒茶，習慣了到廚房去，準備茶，甚至是煮飯。那是女人的工作。他和他的父親比任何羅雅見過的男人都做了更多女人的工作。他們家裡的那個女人生病了。父親和兒子收拾著破碎的場面、收拾著殘局。他們要確保這個家還在運作。巴赫曼告訴她，每個受雇到他們家裡來幫忙的僕人，最終都遭到他母親解雇——她接受不了他們的粗魯、他們的存在。她沒辦法好好接受那些人的幫忙。他說，這樣也好。這是他們家的隱私；最好不要讓其他人知道他母親的情緒問題。當他托著茶盤站在那裡的此刻，很顯然地，他希望能保護羅雅，讓她免於面對這種尷尬的情緒場面，這種失控的場面。

巴赫曼小心翼翼地把托盤放在桌上。

這是值得的。她會接受他的母親，盡她最大的能耐和她相處。為了這個男孩，任何事她都願意做。

第八章

1953
訂婚派對

他們的訂婚派對在七月的一個夏日傍晚舉行，那是在羅雅和巴赫曼雙雙從高中畢業的幾個星期之後。媽媽和老爹邀請了家族的親人和親近的朋友到家裡來慶祝。媽媽和女孩們在廚房裡忙了幾個小時，不停地在烹煮和準備食物。派對當天，一名他們偶爾會雇用來幫忙家事的女人卡塞波，也過來和札里一起上街採購最後一刻所需要的物品，而羅雅和媽媽則專注於製作明星主菜：八寶飯。

媽媽站在廚房的水槽邊清洗著刺檗果乾，一頭棕髮梳成髮髻挽在腦後，那張慈祥的圓臉因為忙碌而汗濕，一雙胖胖的手臂在捲起的袖子底下明顯可見。等八寶飯熟了之後，這些刺檗的小乾果就會被撒在印度香米上面。羅雅站在母親旁邊，呼吸著她身上熟悉的檸檬味。她幫媽媽挑出夾雜在果實裡的塵土和小石礫，然後看著母親把果實放入一個小篩網裡沖水。

「你覺得會有什麼不一樣嗎？」羅雅問母親。

媽媽把篩網放進一個裝滿冷水的碗裡浸泡。

「什麼事情不一樣？」

「我們。你和我。」雖然羅雅渴望著和巴赫曼展開新生活，但是，一想到即將發生的改變，她還是覺得怪怪的。這幢有著白色蕾絲窗簾和整潔廚房的房子，感覺上還會是她的家嗎？一切會不會改變？她還能像過去一樣地和札里開玩笑，還是這個家的一分子嗎？

媽媽嘆了一口氣。「親愛的羅雅，這是必然的。女孩們長大成人。她們嫁人，然後搬了出去。」媽媽說著，把篩網從碗裡的冷水裡拿起，在水槽上甩了幾次。「我想要你和我一起住在這間房子裡直到我老死嗎？我不能說謊。有時候，我確實會自私地想要我的孩子永遠不要離開我身邊！但是，你當然需要展開你自己的生活。你有你自己的未來。希望你和巴赫曼能長久幸福地在一起，阿拉保佑，真主保佑。」

長久幸福地在一起。當她和巴赫曼在夏末結婚的時候，一切將會發生許多令人期待又害怕的改變。媽媽把篩網遞給羅雅，她把刺檗果倒在廚房毛巾上，輕輕地把果實拭乾，再將它們散放在一只大盤子上——這些都是過去幾年來，媽媽教導她的步驟。但是，她很清楚地意識到，雖然此刻她還是一如往常地和媽媽在一起煮飯，不過，這次煮飯的目的卻是為了一件即將把她遠遠帶離母親身邊的事情。

「我們還是會很親近的。你距離這裡不過只是四十分鐘的距離，親愛的羅雅！」媽媽笑著對她說，彷彿可以讀到她的思緒一樣。「如果你想的話，我們每天都還可以見面。如果你不會對你媽媽感到厭倦的話。」

羅雅和巴赫曼決定要在靠近他父母家的一棟分層出租的房子租上一間房。這樣一來，巴赫曼依然可以關照到他狀況不穩定的母親。新房距離巴赫曼要在秋天開始工作的報社有點遠，不過，他可以搭乘公車去上班。他們最終當然還是會找一間大一點的房子，不過，現在這個出租房將會是一個好的起點。巴赫曼拒絕住在父母家，這讓羅雅感到如釋重負；畢竟，按照一般的習俗，新人都會住在新郎的父母家展開他們的婚姻生活。然而，巴赫曼堅持他不想讓羅雅感到自己是他母親的照顧者，只要他們住在附近，他和他父親就可以繼續照料他母親。

媽媽用手背擦了擦額頭。「在這個生命的新階段，當然也要在你丈夫的祝福下，你可以決定你的下一步。很多人會期待你待在家裡，生兒育女，那也是一條好的道路。或者，如果你願意的話，你可以試著攻讀一點你父親很重視的科學研究？」媽媽在一袋米上剪開一道長長的開口，然後把米倒進一只大碗裡。粒粒分明的穀物敲打在碗的邊緣，在碗裡堆積成了一座小山。

老爹和他的那些訓誡。居里夫人！羅雅把填滿米粒的大碗裝滿水，好讓多餘的澱粉釋出。「我知道他對於我們可以擁有學習科學的選擇感到很興奮和驕傲。可是，那從來都不是我……」

「唯一想要學習的？」媽媽幫她把話說完。媽媽的頭髮在廚房窗戶的陽光下閃耀。幾縷白髮在明亮的光線裡清晰可見。「我女兒喜歡她那些小說。喜歡閱讀。親愛的羅雅，你會想清楚的。你知道的，老爹為你感到多麼高興。他很喜歡巴赫曼。」她揉了揉羅雅的臉頰。「你永遠都是我的寶貝。四十分鐘算不了什麼。」

羅雅洗好米，把碗放到一邊。她們會一起把刺檗果放在平底鍋裡稍微炒一下。她們會一起把鹽、胡椒和薑黃撒在雞肉片上，然後煎烤到雞肉呈現金黃色為止。她們會先用滾水煮米，然後把水瀝乾，再把米倒回鍋中，蓋上鋪了布的鍋蓋，好把蒸氣留在鍋裡。她還會和媽媽一起灑一點青檸汁，並且讓番紅花在烤好的雞肉片上融化，最後再將雞肉擺盤。她們會用刀剁碎開心果和銀杏，再把這些堅果鋪在蒸煮好的米飯上面。此外，她們還會拌入幾片媽媽在陽光下曬乾的橘子皮。在她的訂婚派對上，她們所提供的食物其實已經相當於結婚的規模了。這是喜悅的時刻。是一個新的開始。媽媽說得沒錯。羅雅隨時都可以回來打招呼，尋求建議，和她一起坐在廚房裡喝茶。

札里和卡塞波捧著幾個粉紅色的糕點大盒子，在大聲的交談中走進了廚房。

「這些盒子好重；我的背要好一陣子才會復原了！」札里把盒子重重地放到廚房桌上。她看了羅雅一眼。「你怎麼了？表情怎麼那麼嚴肅？你難道不高興嗎？」札里的語氣有點嘲諷，不過卻也透露著關心。

「我當然高興。我怎麼會不高興？」

「你不緊張嗎？」

「有一點點。不過，一個母親還是會——」她打算告訴札里說，媽媽向她保證她們依然會很親密。

札里話都沒聽完就立刻接口說：「是他母親讓你覺得沮喪，對嗎？她覺得我們家不夠好，我知道！她覺得她兒子還可以更好。她就是那種想要爬上上流社會的貪婪女人。她想要更多的錢，更高的地位。對嗎？她覺得老爹身為政府職員的工作低於他們家的階級。她瞧不起我們家！」

「札里，夠了！」媽媽說道。

「才不呢。你打算怎麼和她相處？」札里問羅雅。

「我愛他。」

「她反對你們訂婚！這對你難道沒有什麼啟示嗎？那真的是你想要的嗎？嫁給一個他母親討厭你的人？」

「這些戲劇性的話也說夠了吧，札里，拜託你。」媽媽再度說道。

札里癟了癟嘴，繼續發言：「有時候你真的很天真，姊姊！他母親一直都想破壞你們。每個兒子都很容易受到他們的母親擺布。這個兒子就更有過之而無不及了。『噢，要我幫你拿什麼嗎，媽媽？噢，你還要再來杯茶嗎，媽媽？噢，讓我幫你把那個東西拿過來，媽媽！』」

「好兒子都會這樣做！」媽媽回應道。

「做到這種程度嗎？」

「是的！」羅雅告訴她。「反正，她總算是同意了，不是嗎？所以，她現在也不反對我們結婚了。」

「總之要小心點，知道嗎，好嗎？」

「札里。」羅雅壓低聲音，四下張望了一下，彷彿即將透露一個難以說出口的秘密。「她生病了。」

一直到羅雅和阿斯蘭太太見過幾次面之後，她才了解到，巴赫曼試著對母親和他的家庭盡他一切所能，以彌補他母親脆弱的狀態。他的才能、體貼和慷慨，彷彿都是在直接回應他母親在這些方面的不足。他以穩定的性格對應他母親的神經緊張。以慷慨和寬恕彌補他母親的刻薄和無禮。他母親的脆弱，似乎導致了他必須吞下生活裡的一切，也造就出他必須堅強的性格。這就是為什麼法赫里先生會說，他是一個將會改變世界的男孩嗎？羅雅一直都以為法赫里先生之所以這麼說，是因為他對摩薩台總理所抱持的激進主義。不過，也許是因為他母親飽受疾病所苦，大部分的時候都與世隔絕地待在家裡，無法和別人好好溝通，或者有效地判別社會狀況，才導致巴赫曼萌生了想要改變生活的強烈渴望。想要為自己的船掌舵，想要更正一切錯誤的事情，「改變這個世界」，就像法赫里先生形容的那樣。

「聽著，札里。關於阿斯蘭太太的一些事，你並不知道。所以，也許你可以稍微體恤一點。順其自然吧。你不知道事情的全貌。」羅雅在廚房裡小聲地說。

「我知道關於她情緒瘋狂的事情。誰不知道！那又不是什麼秘密！」

這番話讓羅雅放下手中的鍋鏟，感覺到一股挫敗。

✦

羅雅、媽媽和老爹成排站在入口附近，笑著和每一位抵達的賓客寒暄。帶著鮮花和糕點前來的阿姨和叔叔，以及親近的朋友和其他親戚們，在向羅雅和她的父母道賀完之後，自在地待在起居室裡。婦女們喝著茶，坐在一頭閒話家常，男士們則手拿玻璃茶杯、成群地站在另一頭。羅雅原本期待巴赫曼和他的父母會是最早到達的人，然而，他們卻遲到了。他到哪裡去了？

大門終於打開，一臉疲憊的巴赫曼手挽著他的母親走了進來。他父親則狼狽地跟在他們身後。

「很抱歉遲到了。」巴赫曼向媽媽和老爹打招呼，然後親吻了羅雅的臉頰。羅雅被他的舉動嚇了一大跳。沒錯，他們是訂婚了，但是這麼做依然覺得太過直接、太過大膽。在長輩面前如此示愛會被視為不尊重長輩的行為。不過，這個吻卻讓她的身體暖和了起來，也軟化了她。

「一切都還好嗎？」她小聲地問。

「我們只是有點……麻煩。」巴赫曼喃喃地回應她。

麻煩意味著他的母親。阿斯蘭太太一定又出現了情緒問題。「脆弱而強勢」是巴赫曼曾經用來形容他母親的話。

當她未來的婆婆穿著一身黑色襯衫、黑裙子和厚重的黑絲襪走近的時候，羅雅感到渾身僵硬。在這樣一個美麗的夏日傍晚！其他大部分的女人都穿著淺色的服裝：媽媽的身上是一件優雅的藍綠色連身裙。札里則穿了一件粉紅色的衣服，就像她向來讚賞的好萊塢明星一樣。羅雅自己穿的是媽媽為了這個場合特別幫她縫製的綠色洋裝。然而，阿斯蘭太太卻打扮得像在參加一場葬禮一樣。她的肩膀上甚至還圍著一條深色的針織披肩。她的臉頰上有兩片圓圓的紅暈，身上則散發著花香的古龍水味道。

媽媽向來不贊同化妝。她總是嘲笑那些需要用「化妝品」來證明自己漂亮的女人。每當札里站在鏡子前面，努力用那些撕成條狀的舊報紙幫頭髮製造波浪效果時，媽媽總是教訓她說：「美麗是不言而喻的。沒必要改造真主的作品。」

「有些人就是需要改造，媽媽。」札里會回嘴說道。「得有人幫幫真主的忙。」

「噢，阿斯蘭太太，那件披肩不會讓你覺得很熱嗎？」媽媽謹慎地問，然後用手肘輕輕推了推羅雅。「親愛的羅雅，去幫阿斯蘭太太拿那件披肩。」

在羅雅接過披肩之前，阿斯蘭太太揚起一邊畫著腮紅的臉頰讓羅雅親吻，然後是另一邊。她未來的婆婆臉上那團紅暈，味道聞起來就像枯萎的玫瑰。羅雅親吻過她的臉頰後，伸出手打算接過披肩。但是，她的手卻硬生生地被摑了一下。「別動！」阿斯蘭太太斥喝道。

「噢，我很抱歉。」羅雅覺得臉頰發燙。

巴赫曼很快地抓住他母親的手臂。「我帶你去坐下吧，媽媽。你需要喘口氣。」說著，巴赫曼把他母親帶向遠遠的起居室一角，然後將一把椅子靠在牆邊，遠離其他的賓客。

「好奇怪！」札里端著一盤她原本在招待賓客的堅果，悄悄來到羅雅身邊低聲說道。「外面簡直熱透了！誰會圍那種東西？」

「她可能只是……算了！你還是把堅果拿給客人吧。」

札里揚了揚眉毛，搖搖頭，然後快步走開了。

「我的女孩，別擔心，阿斯蘭太太只是還沒準備好要面對今晚的慶祝而已。」阿斯蘭先生走向她。「她的狀況時好時壞。你得原諒她。看到你們這些年輕人，讓我們的心裡充滿了喜悅，這才是最棒的。」

他看起來像他說的是真心話一樣。羅雅為他感到難過。阿斯蘭先生正在對她微笑，他的眼神是那麼地和藹。他們雙雙把目光轉向房間的遠端，看著巴赫曼安頓他母親的那個角落。

他彎身站著，一手拿著她的手提袋，一手幫她調整著椅子。阿斯蘭太太一直在說話。巴赫曼則堅決地搖著頭回應她所說的話。不過，阿斯蘭太太並沒有停下來；她看起來彷彿在懇求一樣。巴赫曼只是安靜地盯著地板。阿斯蘭太太生氣地指著她的手提袋。巴赫曼終於打開袋子，從裡面拿出了一個東西。羅雅瞪大了眼睛。那是一支長方形的竹編扇子，那種烤肉時用來搧煙的東西。巴赫曼讓自己彎腰站穩，然後緩緩地用那支竹扇對著他母親的臉搧風。阿斯蘭太太不再講話，閉上眼睛，往後靠在椅背上。

羅雅挪開了目光。

「但願，」阿斯蘭先生的聲音裡帶著些許悲傷。「她可以脫掉那條披肩。她就是不聽，羅雅。她就是不讓步。請你原諒。她自己也無法控制。」

✦

廚房的流理台上擺滿了來自甘納迪咖啡館的粉紅色盒子。卡塞波和札里把她們那天稍早買的那些大象耳朵和舌頭形狀的糕點從盒子裡拿出來，媽媽則小心翼翼地把糕點放在盤子上，彷彿一點碎屑都不能擺歪了。她抬起頭，臉頰因為在悶熱的廚房裡忙碌而泛紅。「你在這裡做什麼，親愛的羅雅？回到起居室去，去和客人們打成一片。你應該要和去所有人聊天。去吧！」

「我想要幫忙。」

「不行，你是即將成為新娘的人！拜託你了，出去和賓客們聊聊天。特別是阿斯蘭太太。你現在不可以沒有禮貌。如果你想要有幸福的婚姻，你就得取悅你的婆婆。這是不容爭辯的事實，所有的女人都知道這點！」

「尊敬的小姐，所以我才說，如果我要結婚的話，我希望找一個正人君子的孤兒當我的新郎。」卡塞波插嘴說道。

札里同意地爆出笑聲。「真是個好計畫。」

媽媽搖搖頭。「親愛的羅雅，你需要有禮貌。去和阿斯蘭太太說話吧，你不能忽視她。」

羅雅想要和她母親、妹妹以及卡塞波一起待在舒適而熟悉的廚房裡，被印度香米和番紅花的香氣所圍繞，把大象耳朵和舌頭形狀的糕點放到盤子上，討論鍋底的鍋巴飯是否夠香脆。準新娘的身分讓她感到很不自在。當她的母親繼續擺放糕點時，羅雅不禁納悶事情怎麼會發展得這麼快。她和巴赫曼走出文具店、走進了甘納迪咖啡館、和雙方家人見面，然後訂婚，這一切幾乎都以快轉的速度在進行，就像在電影院裡重播的查理．卓別林的舊影片一樣。

「快去吧！」媽媽催促著她離開廚房。

羅雅不情願地走回起居室。

巴赫曼已經不再幫他母親搧風了。他現在和一群包括老爹在內的男士站在一起，成為眾人的焦點。羅雅很高興看到他又變回那個原本大膽的自己。那個順從地幫母親搧風的男孩真的讓人不忍卒睹。老爹的笑聲在眾人的喧鬧聲中響起。他顯然被他未來的女婿迷倒了。羅雅不禁對巴赫曼心生感激：他的精力、他的體貼，以及他讓他的觀眾感到滿意的能力。她當然可以去和他的母親說話。

她從賓客群集的這一頭，走向阿斯蘭太太所在的角落。她可以很有禮貌，她不會爭辯，她會盡職地傾聽阿斯蘭太太抱怨房間裡有多熱，即便是她自己要在大熱天裡圍著冬天的披肩。

當她走近阿斯蘭太太的椅子時，羅雅很驚訝地發現有一名男子正彎身站在她身邊。她看不出那是誰；她只看到了男子的背影。男子穿了一件俐落的亞麻西裝。他是一名親戚嗎？巴赫曼曾經告訴過她，他母親之所以會過得那麼辛苦，有一部分的原因是她太寂寞了。他母親的親戚都在南方，因此，她很少有機會見到他們。阿斯蘭太太一個人在德黑蘭，由於阿斯蘭先生的膽怯和她自己難以相處的性格，因此他們只能依賴少數幾個鄰居以及一個人數寥寥無幾的社交網。

羅雅向阿斯蘭太太以及那名男子靠近。現在看起來，阿斯蘭太太的抱怨似乎不僅止於房間裡的溫度。她用極快的語速和那名男子在說話，一手抓著披肩，另一手則不時地比劃著手勢。當她看到羅雅時，她立刻停下來，癟著嘴對那名男子做了做動作。他立刻轉身。「這不是那位年輕的新娘子嘛！」

羅雅還來不及看清他的臉，就先認出了那個聲音。「法赫里先生？」

她從來沒看過他打扮得這麼時尚。他在店裡永遠都只穿著一件簡單的襯衫和舒適的褲子，而且總是一副專業的模樣，然而今晚，他卻盛裝而來。他看起來很光鮮。

「噢，女孩，不用一副那麼驚訝的樣子！」阿斯蘭太太的語氣聽起來並不高興。

羅雅瞬間臉紅了。這場訂婚派對是為家人和親近的朋友所舉辦的。這不是什麼大型宴會；只不過是在家裡辦的小聚會，純粹是和他們親近的朋友分享糕餅和茶飲的一個機會。只是，按照媽媽典型的作法，她實在沒有辦法不準備得像一場盛宴一樣。除了傳統的糕餅和茶以外，她還煮了她最拿手的烤雞肉串。當然，她還準備了米飯，而且還不只是白飯，按照媽媽的說法，她無法不在飯上添加刺檗果、銀杏、開心果和橘皮的裝飾。「親愛的瑪尼吉，這不是婚禮，這只是一場訂婚派對而已！」老爹曾經對她提出抗議。「我只會煮一點小東西而已！」媽媽在匆忙的準備工作中曾經保證過。「我們不想在此時做得太過頭，這樣會招來不祥的！」老爹曾經想用媽媽的迷信來說服她。「不用擔心！」媽媽再次保證，而老爹只能搓揉著自己的臉，就像他每次感到憂心的時候那樣。羅雅知道老爹在算著這一切的支出。他總是在想著他們要如何安排預算：卡塞波的費用，購買雞肉和其他肉類的花費，購買布料、這樣她們的服裝才比得上其他女孩。她覺得我們家不夠好，我知道！她覺得她兒子可以做得更好。她只是一個貪婪的女人，想要爬上上流階層！她想要更多的錢，更高的地位。

「過來，女孩，你的臉色太蒼白了！」阿斯蘭太太的語氣裡充滿對弱者說話的不耐。

「我只是……」羅雅結結巴巴地說。她轉向法赫里先生。「我只是很驚訝看到你在這裡。」

「是我邀請他來的。畢竟，這是我兒子的訂婚派對。難道我沒有權利邀請老朋友嗎？」

「你們認識彼此？」

法赫里先生緊張地笑了笑。「親愛的，那是我的店，在我的觀察下、在我的書櫃之間、在我那些書頁的包圍下，你們展開了你們的戀情。這點你是知道的。那就是阿斯蘭太太所說的意思。」

羅雅記起第二次在他店裡見到巴赫曼時，法赫里先生曾經告訴過她，對待巴赫曼要「非常小心」。他說那番話是因為巴赫曼的母親嗎？這個讓她覺得自己受到摒棄、只是第二人選的刻薄女人嗎？法赫里先生知道夏拉曾經是巴赫曼的母親為他安排的人選嗎？他甚至是怎麼會認識巴赫曼的母親的？

「你確實成就了一件偉大的事。把我兒子和這個女孩拉在了一起，不是嗎，法赫里先生？真是太棒了！你真是一個奇蹟製造者。」阿斯蘭太太不屑地說。

法赫里先生的額頭滲出了汗珠。「你太稱讚我了，阿斯蘭太太。」他靜靜地說。「我沒有你所說的製造奇蹟的能力。」

「噢，你也太謙虛了。真是個完美的紳士！那種不會傷害任何人，任何靈魂的人。連……一個……孩子……也不會傷害。」阿斯蘭太太慢慢地說著。

番紅花米飯的味道從廚房飄出。他們很快就可以吃飯了。賓客最終都會離開。訂婚派對也會結束。她和巴赫曼會在夏天的尾聲結婚。阿斯蘭太太會再過來。她的身體會好起來的。她必須要好起來。

「鞠個躬！」阿斯蘭太太尖銳地說道。「鞠躬，法赫里先生。看看你所做的事！」她的手臂在頭頂上畫了一個大圈。「你把兩個年輕的愛侶帶到了一起！你真是太神奇了！」

羅雅感到一陣虛弱和反胃。看到法赫里先生一副不自在又被冒犯的樣子，讓她覺得很尷尬。而且，阿斯蘭太太諷刺的語調不僅讓人討厭，還讓人不安。

一陣隱約的微風，彷彿一道新鮮空氣般地傳來。她周遭裡的空氣分子突然改變了。巴赫曼來到了她身邊。他快步走向他們，宛如一名意識到沉船徵兆的船長一樣。當他把手臂圍繞在她的腰上時，羅雅瞬間覺得自己似乎安全了許多。當著法赫里先生和他母親的面前，他把她拉近自己身邊。她可以聞到他肌膚上的肥皂味。她的手臂可以感受到他白襯衫的硬挺。

「這裡一切都好嗎？」巴赫曼意有所指地問道。「媽媽？一切都還好嗎？」

這不僅是個問題，還是個警告。羅雅知道，巴赫曼不希望他母親毀了這個傍晚。他們兩人彷如一體地站在阿斯蘭太太和法赫里先生前面，他的身體輕貼著她，展現出了他的保護性和勇氣。

阿斯蘭太太陷入她的椅子裡。臉頰上的腮紅在她蒼白的肌膚上看起來更荒唐了。

「我只是在恭喜法赫里先生而已，親愛的巴赫曼。他改變了你的生命，他確實改變了！你原本可能選上任何一個漂亮、富有的年輕女子。你知道，長久以來，我一直都看中了某個特定的女孩——她是你完美的伴侶！然而，法赫里先生和他那些書、那些扉頁拯救了你，提供了愛情。真是太奇妙了！你們兩個，就像你看到的書籍裡的那些角色，那些西方的小說。虛假的戀情——」

「媽媽，我能幫你拿什麼過來嗎？」巴赫曼打斷她。他的聲音聽起來很疲憊。「媽媽，我可以請你不要再說了嗎？」

「我只是在感謝法赫里先生而已，」阿斯蘭太太繼續說。「感謝他的幫忙。他很擅長於為愛情配對。對他來說，愛情勝於一切。法赫里先生會為了愛情做出一切。他的心就是那麼純潔。」

法赫里先生看著自己的鞋子，什麼也沒說。

「我很難……」阿斯蘭太太開始支支吾吾了起來。「……容忍這種事。我無法容忍……」她望向遠方。「我一直都在容忍。」她的聲音哽咽。

巴赫曼的手臂從羅雅的腰上滑了下來。空氣中又出現了某種變化。巴赫曼從羅雅身邊跨出一步，來到他母親身邊蹲下。當他開口時，他的聲音很輕柔。「也許我可以幫你再拿點茶過來。讓我幫你再倒些茶。」

阿斯蘭太太歪著頭，把她的針織披肩拉到臉上。她在啜泣。

「媽媽。」巴赫曼牽起母親的手。「噢，媽媽。」

大部分的賓客都專注在彼此的對話中。房間裡充滿了他們的歡笑聲。他們對這個角落毫不在意，這讓羅雅好生羨慕。他們無須忍受阿斯蘭太太的憤怒，以及她的出現所製造的戲劇效果。在這條正在往下沉的船上，只有她、巴赫曼，以及法赫里先生的存在，別無他人。

巴赫曼蹲在母親面前，把她的頭攬到自己胸口。羅雅和法赫里先生硬邦邦地站在原地，只能在這種痛苦的私人時刻當個旁觀者，看著這個母親埋首在兒子的胸前哭泣。

當巴赫曼站起身時，他的白襯衫上沾了一片紅色的顏料。他母親臉上的腮紅在他心臟附近留下了一片不規則的痕跡。

羅雅想要把巴赫曼的襯衫拿去刷淨，洗掉他母親留下的污漬。但是她卻無法動彈，彷彿失去了知覺。

「我去多倒點茶。」法赫里先生終於開口。

「別忘了我對你說的話。」阿斯蘭太太喃喃自語地說道。

「我不會忘的，」法赫里先生安靜地說。「你喜歡濃一點的茶。」

語畢，小心翼翼地踩著緊張的步伐小步地走開。

阿斯蘭太太拉緊了肩膀上的披肩，然後看著巴赫曼。「這個地方太冷了，光線也都不對。」

「對不起，媽媽，」巴赫曼輕聲地說。「我真的很抱歉。」

✦

每個人都回家了，訂婚派對也結束了。在那之後，媽媽點燃了香，好驅走任何嫉妒的能量。她在羅雅的頭頂上方揮了揮燃燒的煙燻，咕噥地唸誦著什麼，祈求嫉妒之眼什麼也看不到。

「噢，別讓它們看到你，親愛的羅雅，別讓它們把邪惡之眼的力量帶給你。」即便打從一開始就不贊成羅雅和巴赫曼在一起，札里還是關心地對她說。「沒有什麼比邪惡之眼的力量更糟的了。那些妒忌的蠢人看到你現在幸福而且順利地和那個男孩在一起，他們就會破壞你們！他們會帶來厄運。你要小心！」

第九章

1953 糾結的探戈

羅雅的生活越來越興奮了。就在她以為自己已經把某件事做到極致時（例如，在她把法赫里先生囤積的俄文翻譯小說全都讀完之後），就又有另一個挑戰出現了。這個國家的藝術正隨著一個新的知識分子階級在甦醒。整座城市的出版社、電影院、劇院、文學和藝術都在蓬勃地發展。現在，他們已經訂婚了，她和巴赫曼可以在沒有其他人陪同下公開外出，即便是在晚上也無須擔心。

巴赫曼的朋友賈漢吉爾有一台真的留聲機。他有來自東西方的唱片。他們開始以一對夫妻的形式參加賈漢吉爾的社交聚會。在這些派對中，羅雅聽到了一些外國歌曲，這些歌曲性感到讓人覺得有罪惡感。它們是那麼地柔和悅耳，讓苦難都受到了減緩。

賈漢吉爾會在每週四晚上舉辦舞蹈聚會，也就是週五假日的前夕。他的父母有管道可以取得最新的一些玩意兒，例如留聲機之類的東西。巴赫曼說，當他母親第一次發現賈漢吉爾家財萬貫時，便貪婪地鼓勵他和賈漢吉爾交好。羅雅對這樣的說法做出了鬼臉；阿斯蘭太太無疑對像夏拉那樣有品味的年輕富家淑女感到興奮，而巴赫曼在賈漢吉爾家就有機會遇到這樣的女孩。

「進來，快進來！」當羅雅和巴赫曼到達的時候，賈漢吉爾簇擁著他們進門。「看！」他對其他的賓客提高了嗓門。「完美的一對！我們還認識其他英俊貌美的璧人嗎？看看這兩位！恭喜！恭喜！」

羅雅和巴赫曼才剛訂婚，他們的夫妻關係還在慶祝的階段。從現場女性賓客的表情來看，這樣的關係絕對受到了羨慕和嫉妒。

「今晚的節目是什麼？」巴赫曼問。

「探戈，我的朋友！」

羅雅甚至沒有辦法走到桌邊，桌上擺滿了裝著碎瓜和冰塊的高腳杯。她和巴赫曼被團團圍住了。巴赫曼在每個人的簇擁下散發著他慣有的魅力。雖然賈漢吉爾有留聲機和音樂，也知道怎麼跳舞，不過，巴赫曼才是眾所矚目的焦點。他們和他一起練習著他們的第一個舞步。他們為他搔首弄姿。巴赫曼熟記了那些歌詞，儘管那並非他會說的語言，那些辛納屈的歌曲和蘿絲瑪莉・克隆尼的民謠。從他們訂婚以來所出席的其他聚會裡，羅雅得知到，如果房間裡的某個部分安靜無聲，如果一段對話裡出現了短暫的無聊，那麼，巴赫曼的出現絕對可以再度點燃氣氛。當他跳舞的時候，很難讓人不隨著他的動作搖擺。羅雅深知自己並不是唯一一個為他傾倒的人。當他說笑的時候，那些女孩就在他附近不時地發出笑聲，為他神魂顛倒。

「跟我來。」巴赫曼拾起羅雅的手，穿過人群。他帶著她來到起居室中央。一首華爾滋剛剛開始奏起。這個她可以做到——這是巴赫曼第一次教她的舞曲之一，她曾經花了好幾個星期和札里練習過。札里在她們的臥室裡拉著羅雅來回跳著，還在她犯錯的時候斥責過她。羅雅，記住了。這不是我們旋轉雙手／搖擺臀部的波斯舞蹈。這很嚴肅。專心點！在巴赫曼一週一週的教導以及札里的強迫練習下，羅雅的自信提升了。現在，她和巴赫曼舞步輕盈地滑過起居室，呼吸著他身上熟悉的氣息。

「我需要喝點東西。」當他們結束舞曲的時候，她對他說。

他放開了她。

羅雅從放著茶點的桌上，拿起一個裝著甜瓜碎冰的高腳杯和一根湯匙。甘甜的碎冰立刻填滿了她乾渴的嘴。突然之間，她的肩膀被用力地拍了一下。

她以為是巴赫曼，然而，映入眼簾的卻是一名高挑的捲髮女子，女子有著橄欖色的肌膚，嘴唇上方還有一顆電影明星般的黑痣（是真的還是畫上去的？如果札里在場的話，她一定會知道）。女子低頭看著她。夏拉，咖啡館裡的那個女孩。

「渴嗎？」她問。她的聲音沙啞粗糙。

「是啊。」這是羅雅唯一想得到的回答。沒有打招呼，沒有自我介紹，沒有善意。

「你撒了你的網，然後捕到了他。萬歲！他向來都很不安定。不過不知怎地，」——那個女孩審視著羅雅的頭髮，她身上的綠色服裝——「不知怎的，你做到了。這真是令人難以想像。」

甜瓜和碎冰塞在羅雅的臉頰內，凍結在那裡。

「想想看，賈漢吉爾不希望我今晚過來，因為他擔心我會讓巴赫曼或……你感到沮喪。賈漢吉爾和我當了幾乎一輩子的朋友。我為什麼不應該來參加他的派對？此外，我得近距離地親眼看看，是什麼讓巴赫曼變成了如此癡情的男孩。而現在──」她再一次上下打量著羅雅──「我明白了是什麼原因。」夏拉低頭看著羅雅的鞋子。那不是她高中制服的娃娃鞋。那是一雙媽媽的穆勒鞋：綠色羌皮的鞋面邊上鑲著一顆小小的黃銅扣。「天啊，看看這個！」夏拉搖搖頭，不耐煩地哼了一聲，隨即轉身走開。

「一切都還好嗎？」巴赫曼走過來，臉頰因為跳舞而漲紅。羅雅甚至沒有注意到在他們結束華爾滋以後，他和誰跳了下一支舞。她沒辦法阻止別人湧到他身邊。不管是男人還是女人，總是會聚集在他身邊。

「嘿，怎麼了？」他問。

羅雅用力地咬著嘴裡的冰塊。「沒什麼。」

巴赫曼看向那個已經溜到房間另一頭、電影明星般的捲髮女子。「請不要擔心她。我看到她和你說話了。我不敢相信，她今晚居然有勇氣出現。她說了什麼？」

羅雅無法開口。

他把她手上的高腳杯放到桌面上。然後一把將她拉近，輕輕地撫觸她的脖子。「嘿，羅雅，別這樣。她對我來說什麼都不是。」說著吻了她的額頭，那個媽媽口中用隱形墨水寫著她命運的地方。那個捲髮噘嘴的夏拉，即便在房間的另一端，也不可能沒有看到這一幕。

「她看得到你，別這樣。每個人都看得到你。」

「很好。讓他們去看吧。我想要，」——說著，他再度親吻她——「在這個該死的世界面前親吻你。」

「夠了，夠了。」羅雅對他說。然而，在第四個吻之後，在她可以如此近距離地感覺到他汗濕的襯衫之後，羅雅幾乎忘了夏拉的存在。

這些聚會和跳舞，這些音樂和男男女女的人群，那些來自美國的歌曲和舞蹈，還有裝在冰涼高腳杯裡的碎甜瓜，有時還混了她相信是酒精的東西——這一切對她而言都是出乎意料、鮮為人知的場面。誰想得到那個將會改變世界的男孩甚至還知道怎麼跳舞？誰會知道他竟然有這樣一群朋友？而誰又知道他和那個受人歡迎的富家花花公子賈漢吉爾又是如此親近？

「我希望他們跳舞的時候心裡都充滿了嫉妒。」巴赫曼說著，用臉磨蹭著她的脖子。

「我覺得你就是想要跳舞。」羅雅咯咯地笑道。

「和你嗎？向來如此。我們還要多久才能結婚？」他輕吻著她的喉嚨。

「現在，你得端莊一點，先生。我是個品行端正的女孩。」她嘲弄地說。不過，她依然任他用嘴去感受著她脖子的線條。

他抬起頭，那雙深色的眼睛在閃爍——這雙眼睛曾經洋溢著喜悅，在他們首次於文具店裡相遇時震撼了她。「我在倒數著日子，等待我們結合的那天來臨。羅雅，我好愛你。」

他們就那樣站著，面對著彼此。他的呼吸是那麼的溫暖。她的心抵在他的胸口怦然跳動。

「看來，你是黏上我了！」她終於打破沉默。

「我太想黏著你了。」他呻吟著，然後大笑。

她從他的衣領上挑出一根線頭。「喂。身為一個將會改變世界的男孩，你可以在這些人面前當個典範嗎？」

「孩子們！孩子們！」賈漢吉爾高舉雙臂，扭動著腰。「探——戈的時間到了！」

他換了一張新唱片，風情萬種的吉他和弦立刻盈溢在空氣裡。「巴赫曼，過來！」賈漢吉爾在起居室那頭招了招手。「我要和你一起示範。」

巴赫曼走了過去，於是，兩人面對面而站，臉頰貼著臉頰，賈漢吉爾一隻手臂摟住巴赫曼的腰，另一隻手握著巴赫曼的手伸長了手臂。賈漢吉爾緊緊地摟住巴赫曼，兩人慢慢地移動著腳步。這首歌曲散發著肉慾的情色感，幾乎讓人感到擔憂。這個音樂讓羅雅對某種她無法定義的東西產生了渴望，某種禁忌的、卻吸引人的東西。看著賈漢吉爾和巴赫曼擁舞，就像看著兩個陌生人一樣。彷彿在看著什麼她從來都不知道自己渴望的東西。

在示範教學結束之後，在女孩們咯咯竊笑和音樂結束之後，巴赫曼放下賈漢吉爾的手，轉而拉起羅雅的手走到起居室中間。還有幾對勇於嘗試的男女也加入了他們的行列。當賈漢吉爾重新播放歌曲時，巴赫曼和羅雅緊抱著彼此。他們在一開始的時候跳錯了；他們的步伐不穩，她差點還跌倒了。巴赫曼下巴上的鬍碴刺進了她的臉頰。和他如此貼近讓她感到了一股強烈的渴望，羅雅不得不強迫自己專注在舞步上。她的動作錯了，不過那不重要。她的身體直接貼著巴赫曼的軀幹，他們的手臂一起往前伸出，她的手被他握在手裡。巴赫曼十足地投入，還模仿賈漢吉爾在示範時所流露出的認真和性感神情。這讓羅雅笑了，而他則皺著眉頭，彷彿在責備她一樣，因此，羅雅立刻模仿他，也裝出一副認真的模樣。他們一試再試，直到他們可以順暢地在房間裡跨步舞動，不再看起來像是隨時都可能摔倒的樣子。

如果她相信命運的話，她就會知道他們註定要相遇、註定要像這樣墜入愛河、註定只想要和彼此在一起。她的身體和他貼合得如此完美，就好像她找到了自己的家一樣。當他吹著口哨走進文具店的那一刻，她註定了要在那家店裡；她註定要和他分享魯米的詩集、去感受和他的這份連結。這些事都註定要發生——現在，她無法思及沒有他的生活是什麼模樣。她是他的。就是這麼簡單。這不只是命定。這是現實，幾乎是一種實際情況。這不是夢。這就是一個事實。

「嘿，你在想什麼？」當他們滑過地板時，巴赫曼問她。

「什麼？」

「我從來沒見過有人在跳舞的時候那麼認真在思考。你跳得很好，不要害怕。」

「噢，」羅雅回應他。「謝謝。」

性感的吉他聲在他們之間震動。他說得沒錯。為什麼要擔心？什麼都不重要。他們在一起才是眼前最重要的，而且也將是從今以後最重要的。

「你在想什麼？你跑得太遠了。」他親吻了她的脖子。

「我還可以更靠近你嗎？我們其實已經黏在了一起！你的美夢成真了！」

「我不是在抱怨。」他笑著說。「可是，你的思緒。你看起來好像企圖要弄清這個世界一樣。」

「我才不想企圖弄清這個世界。」

「我第一次見到你的時候，你臉上也有著同樣的專注。」

「當時，你像個傻瓜一樣地在吹口哨。你甚至連看都沒看我一眼。」

她以為舞曲結束了，然而，那首歌卻融入了另外一曲。巴赫曼顯然無意讓她離開。於是，他們繼續擁舞。她不知道其他人是否已經停止了舞步。她的臉是如此地貼近他的臉，他一定聞到了她氣息裡的甜瓜味。

「去年冬天。那些政治活動、那些集會。是你拯救了我。」他說。

「我才沒有。」

「是你，你自己不知道而已。」

她不知道他所言為何。拯救他，讓他免於被吸進更深的政治活動裡嗎？拯救他，讓他最終沒有被迫和夏拉結婚嗎？拯救他免於受到他母親的暴力嗎？她想要問他，但是，她又不想提起。那個飽受政治活動刺激的冬天，已經融化成如此溫柔、如此甜美的春天了；它將永遠帶著奶油糕餅的甜味和濃烈咖啡的苦澀，根深蒂固地烙印在羅雅的記憶裡。

「你現在比較少參與政治活動了。」她承認道。

「現在，那對我來說不再那麼重要了。不過，我還是擔心。」

「擔心我們？」

「他們想要罷黜摩薩台。」

當她聽到總理的名字時，她的手鬆弛了。「是啊。我以為那對你現在來說，已經不再那麼重要了，你剛剛才說——」

「對我們而言，沒有政治活動是不可能的，親愛的羅雅。不管我們喜歡與否，政治都驅動著這個國家的每一件事。所有的這些：跳舞、留聲機、這些打扮得像在美國電影裡的女孩，你覺得沒有了那些熱衷政治者的努力，以上這些事，有哪一件是可以獨立存在的？」

她想要再喝一杯碎冰甜瓜。她想要坐下來。他們以一種性感的擁抱貼合在一起，但是卻也突然變得無趣了起來。就算她企圖想要在舞曲中間讓自己的身體離開他，這也可能是做不到的事，因為這違反了自然規律，違反了命運。

「你在擔心，」她嘆息著。「擔心總理。我明白了。」

「外面謠傳說他們想要推翻他。」

「他們是誰？」

「國王的勢力。英國人。美國人。全部加在一起。我聽說——」

「他為你瘋狂！」賈漢吉爾和夏拉跳著探戈經過他們身邊，後者渾身僵硬地在賈漢吉爾的臂彎裡，目光看向天花板的水晶吊燈，露出一臉忍耐的模樣。「我不停地聽到羅雅，羅雅，羅雅！」

賈漢吉爾大聲說著。

當賈漢吉爾和夏拉猛然旋轉時，巴赫曼把羅雅拉得更近。夏拉怒視的目光彷彿可以讓水晶吊燈的燈光都被熄滅。

巴赫曼靠近她，低聲說道：「你知道夏拉家在幫國王做事嗎？她父親和國王的警察有所往來。」

「噢，天啊。不要告訴我，你認為她是國王的間諜。」

「我只是說說而已。我覺得任何事都有可能。」他的皮帶陷入了她的肌膚。

「她知道你在城裡到處散發摩薩台的演講嗎？她會……因為你沒有實現你母親安排的婚姻協議而報復你嗎？」

巴赫曼把臉頰貼在她的臉上，靜靜地沒有說話。他們不再談論關於總理的事，只是緊緊擁著彼此跳舞，彷彿他們可能會在賈漢吉爾的客廳中央失去彼此一樣。完美的一對！

「夏拉和這些圍繞著我們的時髦朋友會把邪惡之眼帶給我們嗎？」他們舞過房間時，羅雅問他。有時候，他們的妒意感覺很明顯，就好像你可以觸摸得到一樣。」

「噢，拜託！不要相信那些邪惡之眼的說法。那是迷信。我希望我們的文化可以拋掉這種垃圾。你我所擁有的？那是沒有人動得了的。總之，這是註定好的。」

「我以為你不相信迷信。」

「我是不相信。」

「註定好的不就是命定的另一種說法嗎？」

他笑了。「沒有什麼可以介入我們之間。我們不會被詛咒的。沒有人可以詛咒得了我們。」

「你母親。」她大膽地低聲地說道。

他什麼也沒說。

她低頭看著他們的腳，慚愧地對他說：「對不起。」

「聽著，」他突然嚴肅了起來。「她會好起來的。你會看到的。」音樂來到了最高點，以戲劇化的旋律帶來了高潮。在毫無預警之下，他將她的身體往下傾倒。血液瞬間湧入她的頭部，整個房間都在天旋地轉，所有的一切都上下顛倒了。

「你擺脫不了我的，」他說著把她拉起身。「我哪裡都不會去。永遠都不會。」

第十章

1953 書中的信箋

隔週的星期二，巴赫曼消失了。當她打電話到他家時，沒有人接電話。當她去敲門時，沒有人應門。沒有了臉頰上畫著胭紅、一臉倦容的阿斯蘭太太。也沒有面容和藹慈祥的阿斯蘭先生問她要不要喝茶。沒有人。鄰居只是聳聳肩。其中一個鄰居暗示，他們也許搬到北方去了？搬到海邊去了？為了逃離天氣的炎熱。一定是這樣。只是影射、只是猜測，沒有什麼清楚的說法。

在三天都沒有巴赫曼的消息之後，羅雅因為憂心而變得虛弱。最終，她崩潰了，然後去了那個曾經是一切核心的地方：文具店。她很害怕自己可能會在那裡發現什麼——法赫里先生可能知道關於政治逮捕的事情。一開始的時候，她並不想去那裡，但是現在，她必須知道。

「我親愛的女孩，你不知道嗎？總理摩薩台有很多敵人。他想要帶著我們的國家往前走，但是，外國勢力和我們自己的雙面叛國賊卻企圖要把他拉下台。不惜任何代價！」

「法赫里先生，求求你。他在哪裡？」

「他現在不能和你在一起。」

「我們訂婚了。聽著，法赫里先生，你的仁慈不會被忘記的——我們會永遠感激你對我們的幫助，感激你讓我們……相遇。但是，我們以前偷偷來到這裡是一回事。現在，我們就要結婚了。就在夏末的時候！求求你，告訴我你所知道的事。他的一個鄰居告訴我，他可能搬到北部靠近海邊的地方了。但是，他為什麼不告訴我？他會告訴我的，不是嗎？」

在法赫里先生面前這麼坦言而且絕望，讓她覺得很尷尬。這麼做實在很不合適。如果札里知道羅雅這麼急切地乞求、幾近是在哀求訊息的話，她一定會勃然大怒。羅雅終於告訴家人巴赫曼不見了的消息。老爹相信是國王的爪牙抓走了巴赫曼，因而擔憂地無法成眠。媽媽則手持念珠，一邊撥著手中的珠子，一邊低聲地唸誦可蘭經為他的安全祈禱。

「順其自然吧，我的女孩。」法赫里先生對她說。

「他們不分青紅皂白地在抓人，我知道。請你告訴我你所聽到的事。」

「不要擔心，親愛的。這些事情太複雜。你需要休息。別擔心——」

「休息？他不見了！告訴我，在這樣一個每個人都在管別人閒事的城市裡，怎麼會沒有人提起他，甚至他父親或他母親——」

法赫里先生渾身僵硬。「他母親？」

「我所問過的每一個人都不知道！怎麼可能沒有人知道任何事情？」提高音量和提出要求並非一個年輕女子應該在一名年長男子面前所持的態度。但是，一想到巴赫曼被關在牢裡，她就覺得噁心反胃。

「他的……家人。」法赫里先生的臉色蒼白。他很快地清了清喉嚨。「他們還好嗎？你聽到了什麼？」

「什麼都沒有！那就是我之所以要問你的原因！」羅雅突然心生一股衝動，想要拿起最靠近的一本書扔向他。他為什麼在和她繞圈子，表現出他完全不知道她在問什麼的模樣？她再度用一種清晰冷靜的語氣對他說：「我知道有很多政治激進分子都會來這裡，法赫里先生。我們都知道，你的店對支持摩薩台的群眾而言是一個安全的天堂。你在這裡為國家陣線散發消息，甚至也為某些共產主義團體做同樣的事。請你告訴我你所知道的事。我會很小心的。」

「好吧，小姐。」法赫里先生沉默了一會兒。他的表情深不可測。「好吧。你知道政府的警察也會來這裡嗎？不是所有的事都可以輕易說出口？」他揚起眉毛。「我叫你不要擔心。只要……相信真主就好。真主的力量無遠弗屆。」

當然了。她對巴赫曼的擔憂已經讓她變得盲目了，她完全忽略了法赫里先生的安危。她看了看身後，確定他們在進行這場對話時並沒有其他人在場。到處都可能有間諜。法赫里先生現在也在被監視的名單上嗎？他曾經遭到詢問嗎？

法赫里先生往前傾身，彷彿就要說什麼重要的事情一樣。羅雅記起了她第二次和巴赫曼見面的情況——當時，法赫里先生是如何靠近她，告訴她凡事要「非常小心」。她強迫自己保持冷靜。她不能失去法赫里先生的信任。

「我親愛的女孩，」法赫里先生低聲地說。「巴赫曼現在……很忙。就這樣。他現在不能讓人看到他在談戀愛。」

「我是他的未婚妻。」她咬牙切齒地說。

法赫里先生吸了吸鼻子。「無論如何。我相信你懂的？」

「不，事實上，我不懂。」

他的從容自若出現了改變；他放棄了堅持。法赫里先生帶著害怕地環顧著店裡，最後嘆了一口氣。「巴赫曼告訴我，任何你想要對他說的話，都可以透過寫信告訴他。」

「他這麼說？」羅雅的心跳加速。

「是的。」

她的思緒飛奔；她試圖想出需要交換信件的所有可能性。他們為什麼不能交談？他一定是為了避免被捕而躲藏起來了。

「好吧。那麼，我會寫信給他。」

法赫里先生調整了他的眼鏡，不過並沒有多說什麼。

「法赫里先生？我可以要他的地址嗎？」

「他的地址？」

「你一定知道要怎麼聯繫他吧？」她如履薄冰地問；她不想讓自己聽起來太直接。如果他打算否決他自己的提議的話……

「你把信交給我就好。我會確保他收得到。」

「什麼？」

「拜託你，小姐。」

「你怎麼交給他？」

「就像我幫其他人做的那樣。我自有辦法。」

她無法不追問。「什麼方法？」

「尊敬的羅雅，你以為這個城市裡那麼多無法和彼此通電話、無法見面的人，他們是怎麼互相傳遞訊息的？」

「電報？」

「我的小姐。透過書籍。他們把他們的信箋交給我，然後我就把它們夾在書頁裡。當下一個人來『買』書的時候，他們就會收到那本夾帶短信的書。」

羅雅環視著店裡，看著那些塞滿她那深愛書籍的書櫃，她完全沒有想到這些書籍還被用來當作溝通的工具。人們利用法赫里先生作為管道，把他們的短信夾在了書裡。這間她喜愛的文具店，她曾經在這裡度過許多個下午，在這裡看書和尋求庇護，然而，突然之間，這裡卻似乎蒙上了些許的罪惡。原來，這裡不只是一個政治宣傳品被秘密傳遞的地方，還是一個交換信件的中心？

為了不失去她唯一可以和巴赫曼溝通的方法，她深深地吸了一口氣。「當然了。謝謝你。我明天會帶一封信來給你。」

當她離開文具店，走進嚴酷的太陽底下時，整座城市都散發著熱氣和憂慮。政變的謠言已經流傳了好一陣子，巴赫曼對國王和外國勢力結合、進而推翻總理的恐懼，現在已經有更多人有著同樣的擔憂了。無論身在何處，巴赫曼一定都和試圖阻止政變的活躍分子有所關聯。也許這意味著他還沒有遭到逮捕；也許他只是躲起來了。如果巴赫曼入獄的話，法赫里先生當然就不可能把信轉交給他了。想當然耳，法赫里先生知道的比他所透露的還多。這太明顯了。但是，為了某種原因，他必須要保密。好吧。至少，她還可以寫信給他。至少她還可以這麼做。

✦

她在她從法赫里先生店裡買來的一本便條紙上寫好了信，鋼筆的藍色墨水在紙上填滿了思念的文字。她有無數的問題。有時候，她會不由自主地用一種特定的韻律來書寫，那種善心人（不像她高年級的那個文學老師達希堤太太）可能會稱之為詩的韻律。

翌日，當她把封好的信封交給法赫里先生的時候，他保證他一定會把信交到巴赫曼的手中。他說話的時候還擔憂地嘆了口氣，彷彿這麼做完全違反了他的意願。

「他會回信的，對嗎？」她忍不住問。

法赫里先生搖搖頭，喃喃地說著什麼關於年輕的愛情和「明目張膽的希望之舉」之類的話。

不過，他還是收下了她的信封。

幾天之後，當她回到文具店時，幾個頭戴高帽、身穿黑色褲子的男人佔據在店裡。她擔心這些人是受雇於國王勢力的臥底間諜。法赫里先生臉上掛著一絲正式的微笑，把一本魯米詩集遞給了她。她收下書，懷著一顆感覺就像要爆炸的心，興奮地離開店裡，一連走過了好幾條街；一直到那個時候，她才膽敢把書打開。

就在那本書裡，一只信封緊緊地貼在書頁裡。她用力地捏著信封，用力到手指的關節都發痛了。然後，她把信封夾回書裡，不敢在街上把信封打開，不敢公然地讀信，彷彿這麼做似乎就會違法。她得等到獨處的時候才打開信封。

在回家的路上，她一路把書抱在胸口。不過，她一回到家，札里理所當然地就開始抱怨說，當羅雅在街上閒晃的時候，她卻在家裡剝著茄子，剝到手指都要斷掉了。抱怨說，羅雅從來不和她公平地分攤家事。她們的幫傭卡塞波懷疑地看著羅雅，她的頭巾歪斜、臉龐因為剝茄子而出汗，顯然剝茄子就是那天下午唯一的家務活。媽媽示意羅雅坐到廚房一只倒扣的桶子上，然後，她們一起把茄子剝完、撕成長條、撒上鹽、泡在水裡，之後再瀝乾、油炸。老爹很喜歡這道菜，那天晚餐的時候，他還稱讚了她們廚藝精湛。他越是聊著茄子、越是只圍繞在茄子的話題上，羅雅就越發清楚地知道，他在為巴赫曼感到擔心，他在掩飾他的憂慮。而她則等不及晚餐結束，這樣她就可以回到她和札里共享的臥室，等妹妹睡著，她才可以打開信封，放心閱讀巴赫曼給她的信。

等她們都換上睡衣、札里也用舊報紙把頭髮紮好之後，羅雅不安地等待著妹妹開始呼呼大睡。然而，札里卻處於高昂的聊天情緒裡。「剝那些茄子把我的手都毀了。看看我的皮膚，羅雅。你看看。都變得粗糙了。我受不了了。」

「你的手沒事的。」羅雅咕噥地對她說。拜託，讓札里趕快睡覺吧，這樣她才可以開始讀信。

「這都是拜妳之賜，羅雅！總之，你一整個下午都跑到哪兒去了？卡塞波和我都快把茄子皮剝完了。這不公平。就只是因為你即將成為新娘——」札里停了下來。「對不起。我知道你很擔心他。今天晚餐的時候你好安靜。我知道你一直在想巴赫曼。但是，你得承認……你必須要同意——」

「同意什麼，札里？」羅雅屏住氣息地問。

「巴赫曼跑走了也許是命運註定的。也許，你就是不能對一個這麼相信總理的人期待過高。他也許躲起來在策劃某種政治陰謀。誰知道？也許，我們都笨到以為他會違抗他母親的意願而和你結婚。」札里說著把手臂交叉在胸口。「他可能根本就做不到，羅雅。我不願這麼說。但是，這不無可能。羅雅？」

羅雅沒說什麼；在她妹妹叨叨不絕的時候，她只是靜靜地聽她說話。當札里抱怨連連的時候，最好的方式就是不要理她。她不想繼續這個對話。她只想要讀那封信。札里不知道巴赫曼寫信給她了！

「改變這個世界，算了吧！我們以為他會起身反抗他母親，這真是愚蠢到家了。不過別擔心，姊姊！至少，現在你的靈魂不會在你接下來的一生裡被阿斯蘭太太啃噬殆盡了。不是嗎？」

「晚安，札里。」

最後，當她妹妹的呼吸變得平緩，羅雅也確定她已經睡著之後，她下床坐到窗邊，企圖在月光下讀巴赫曼的信。她小心地打開信封，彷彿如果她不能好好拿出那封信的話，裡面的文字就會斑駁破碎或者被弄亂一樣。

我親愛的羅雅，

當我收到你的信時，我以為我會因為高興而死掉。天啊，我是如此想念你。我無法思考，我幾乎無法進食。過去這幾天裡，我只想要鑽出我的皮膚。我覺得自己彷彿好幾年沒有見到你了。我很抱歉我必須突然離開。但願我可以告訴你原因——總有一天我會告訴你的。至於現在，我希望你知道我很好，知道你無須擔心。只要可能，我立刻就會回來。只不過，現在一切都還很複雜，我必須弄清楚一切，必須找出一個方法。我等不及要再度將你擁在懷裡了。

收到你的信讓我鬆了一大口氣！請告訴你的父母不要為我擔心。我保證，我很好。我希望札里不會太折磨你。

我所見到的一切裡都有你的倩影。你分分秒秒都和我在一起，親愛的羅雅。

希望可以再次與你相見——越快越好。

你是我的愛。

巴赫曼

她的手指輕輕撫過信紙，希望他的氣息能從紙張裡散發出來，希望部分的他能夠滲入她的指尖。她只見過一次他的筆跡，那是他在送給她當新年禮物的那本筆記本裡寫下的字句。再次看著他的字跡，就彷如握住了他的一小部分一樣。從信紙上的每一道筆畫、每一個符號，她都可以感覺得到他。當她一遍又一遍地讀著信時，他的聲音已經填入了她的心底。

她的反應很自然地充滿了熱情和渴望。即便當他們獨處時，她也試著讓自己的言語有所保留。然而，一旦換成了文字，她就可以說出她向來無法當面說出口的話。她仍然可以充滿愛意。不過，她也可以直截了當；她可以問他那些難以說出口的問題。你在哪裡？她寫著。為什麼我不能見你？

隔天，當她把信交給法赫里先生的時候，她覺得自己彷彿赤裸裸的一般。不過，信封已經密合了。況且，比起閱讀兩個青少年的情書，法赫里先生一定還有其他更重要的事情要做。她想到自己的書信會被夾進一本波斯詩集的扉頁裡，被那些遠古的詩句緊緊擁抱。在那裡，他們的愛沒有安全的疑慮。在某種程度上來說，它屬於那裡。她試著想像巴赫曼的一名友人或者一名激進分子同夥走進店裡，拾起那本書，然後，在巴赫曼所在之處，把書交給他。

在收到他的下一封信之前，她既不安又焦慮，而且心事重重。她走路會撞到牆壁，她會兩眼無神地看著前方；沒有什麼能停止她對他的思念。只有在收到他的回覆時，她才能擁有短暫的平靜。看著他的來信，見到他有力的筆跡，他筆下波斯文字母的n字所透露的自信和熱情，以及每句話的句尾總是微微上揚的落筆方式……只要把那張薄薄的信紙捧在手裡，她就彷彿聽到了他在說話。

政府的警察越來越常出現在文具店裡。不同於幾個月以前，這裡已經不再是秘密的天堂。一兩個警察徘徊在一落落的書籍旁邊——一開始，他們只是偶爾出現，後來似乎越來越頻繁。他們監視著哪些人買了哪些書。那些對支持摩薩台的作品感到興趣的顧客，也被他們一一記了下來，而任何想要尋找關於馬克思主義書籍的人，更成為了他們注意的對象。法赫里先生看起來既困擾又疲憊。就像任何遭到政府情報人員監視的人一樣，他的一舉一動都侷促不安，他說話的方式也變得呆板了起來。他依然會幫羅雅選擇最好的作家所寫的作品，同時也確定她每週都可以收到她的詩集。不過，他現在也顯得憂心忡忡而且心神不寧了。羅雅不再駐足於店裡。她盡可能地以最自然的方式，從法赫里先生手中接過那本書，小心翼翼地不表現出她知道書裡不只寫滿作者的文句，還有巴赫曼的隻字片語。然後，她走出店裡，等到四下無人時才敢閱讀他的信箋。

我親愛的羅雅，

我無時無刻不想到你——每一天、每個夜晚。事實上，當你在我的腦海裡時，時間就不復存在，而我也希望如此。總有一天，我們會回頭看著這些分離的日子，然後覺得莞爾。我等不及度過這一切了。你那張漂亮的臉龐無處不在。如果你擔心我的話，請你知道我很安全，而且健康無虞，我什麼都不缺，獨缺了你，當然，那就意味著我什麼都沒有。我在數著日子，親愛的羅雅。現在，情況有點困難，總理和他的政府都處於危險之中，但是未來，當我們回頭看著這段歷史時，我們會感到驕傲。我們要將我們的未來鞏固在民主之上。我又在說這些事了，我知道你不喜歡我談太多關於政治的事。好吧，那麼讓我告訴你，我等不及要結婚了。

我夢想著擁有我們的孩子。

我都計畫好了。幾個星期之內，我應該就可以回來了。

希望再次與你相見——越快越好。

你是我的愛。

巴赫曼

第十一章

1953

酸青李

「妹妹，把那個放下，快上床，我的天哪！」

羅雅坐在床邊。「你看過了嗎？告訴我你沒有看過。」

「事實上，比起讀你那個激進主義者的愛人所寫的甜言蜜語，我還寧可和卡塞波一起剁十公斤的茄子。」

「你怎麼知道的？」

「哎呦，羅雅。我們之間沒有秘密。姊妹需要相信彼此，不是嗎？上床吧。你每天晚上都要讀那些信。你以為我聽不到你從床底下拖出盒子的聲音，聽不到搓揉紙張的聲音，還有你吸鼻子吸得像小丑一樣的聲音？這實在有點傻，如果你問我的話。」她停了一下，然後接著說：「他為什麼離開？他在哪裡？」

羅雅覺得好尷尬，原來札里一直以來都知道關於信的事情，而在收到那麼多封巴赫曼的來信之後，她依然無法回答他在哪裡、他為什麼離開的問題，這也讓她覺得好丟臉。「那不重要。」她只能這麼說。

「他被逮捕了嗎？他在監獄裡嗎？」札里突然在黑暗中從床上坐起來。雖然無法在月光下看清札里的表情，不過，羅雅可以從札里身上感覺到她對巴赫曼入獄的緊張感。

「回去睡覺吧，札里。反正，我不會期待你了解這種事的。」

「為什麼？」

「我很難向你解釋這種力量。我無意冒犯你，但是，你不知道陷入愛河是什麼樣的感覺。」話才說出口，羅雅就後悔了。床上傳來一絲細微的聲音。很小的吱吱聲。那是暗泣的聲音嗎？不過，札里可能正在嘲笑她吧——可能是在壓抑著對巴赫曼的戲謔。羅雅把信收進盒子裡，放回原來的地方，然後爬上她們共享的床上。「晚安，札里。」說著，她把背轉過去。

「你在想他，對不對？」札里的聲音完全沒有睡意。

「什麼？」

「你一直都在想他，不是嗎？你每天早上醒來，他是你第一個想到的人。他在你的夢裡。你希望自己沒有那樣時時刻刻都在想著他，但是你無法自已。你沒有辦法停止。那就好像他一直都和你在一起一樣。不是嗎？」

「你也一直都在看外國小說嗎？」羅雅用手肘撐起身，面對著札里。札里怎麼會這麼清楚這是什麼感覺？她那只在意自己的妹妹不可能有她自己的愛人。她有嗎？

札里的身軀蓋在那床棉質的軟被單下，像是一個凸起的小丘。她沒有回答，然後靜靜地說了一句：「晚安，姊姊。」

羅雅再度轉過身，背對著妹妹，她們各自蜷縮成胎兒的姿勢，只有臀部碰到了對方。自從札里大到不再和媽媽以及老爹睡在同一個房間之後，她們就一直以這樣的姿勢睡在同一張床上。

「晚安，札里。」

✦

他信裡的字句已經像那些著名的詩篇、或者那些名曲的歌詞一樣，讓羅雅感到十分地熟悉。那些字句已經永遠地保存在了她的記憶裡。那年夏天，當她等待著他的歸來時，她一次又一次地在腦子裡複誦著這些字句。我一直都在想你——每一天、每個夜晚……你那張美麗的臉龐無所不在。當她在廚房裡幫忙媽媽時，當她和札里一起在襯衫上縫那些小花時，當她喝著碎冰甜瓜驅走熱氣時，她都會想起他某一封信裡的某句話。當街上的集會越來越頻繁、政治派系越來越分裂的時候，她也會記起他信裡的內容。

她找了一只小鐵盒收藏巴赫曼的信件，因為他隨時都可能回來，因此，她覺得他們無須頻繁地魚雁往返。不過，讓她驚訝的是，鐵盒裡的信卻越堆越高。他並未如她所希望的那麼快回來。沒有了他，她覺得自己更渺小了。他的離開，讓她覺得好失落。她所收到的每一封信，都為她帶來了養分，讓她有了往前的理由。但是，她的擔憂並沒有消散。那些問題、那些寂寞、那些渴望，都讓她感到厭倦。

她對他的愛可能隨著這些信件增加嗎？是的。她的愛越來越強烈，越來越堅固。她越是讀他的來信、越是撫摸著他的字跡，她就越覺得自己又向他靠近了一些。自從他離開之後，食物嚐起來的味道再也不一樣了；太陽也變得無精打采；所有的一切都走味了。然而，他的信件支撐著她，緩解了空虛的感覺，至少暫時緩解了。他的聲音藏在每一個字節裡——她告訴自己，在那些信紙的纖維裡，就散發著他麝香的氣息。

但願我不用在這個時候離開。我希望我就和你在一起。我們的餘生都會在一起度過，我會補償你，親愛的羅雅。你很快就會明白，你很快就會了解。

雖然，她渴望知道他為什麼必須離開，但是，她相信他。每當讀完他的信之後，她就無法相信有誰能像巴赫曼愛她一樣地愛著任何人。他一定有他自己的理由，他以後會告訴她的；她相信他。不管什麼時候，只要她感到懷疑，只要她覺得失落，她就會從床底下拖出那個裝著信件的盒子，然後，他的一字一句就會成為她的解藥。那些信箋在鼓舞她的同時，也為她帶來慰藉。那些信讓她相信，世界上沒有更體貼、更浪漫的男人存在了。

我只想要和你更加親近，親愛的羅雅。此外，我別無他求。

巴赫曼向來都會回信。他從來沒有讓她等待過。他的倒數第二封信被夾在了魯米的那一頁情詩裡，那年春天，當法赫里先生衝到銀行、她和巴赫曼首次在店裡獨處時，當時，她正在閱讀的就是這首情詩。羅雅被這個舉動所感動。當時，法赫里先生看到了她在讀這首詩嗎？他那麼注意她，以至於現在，他把信封夾在了這一頁裡？她嗅著信紙，呼吸著巴赫曼的味道，就像她一直以來那樣。他的信從述說著他多麼想見到她開始。不過，後來卻轉到他對總理摩薩台遭到推翻的恐懼，以及外國勢力介入的危險。他在信裡寫著：擁有石油是他們的詛咒——試想，其他人如果向來都沒有貪婪於他們的石油，那麼，一切會有多麼的不同。他又在信裡說英國和蘇聯是如何爭相影響著他們的國家。政變、外國入侵和戰爭的威脅——這些問題就在眼前，親愛的羅雅。但是，我們會奮戰的！

最後，他在信末簽署著若無摩薩台，我輩毋寧死！

那晚稍後，羅雅把信放在自己的腿上，坐在黑暗中的床邊，直到札里終於忍不住對她大喊：

「天啊，上床吧，你這個患了相思病的傻瓜！」

他們在春天一起去甜點店、一起散步的時光，還有初夏的訂婚和跳舞的聚會，到了夏日中旬的時候，都被隱藏在書頁裡的信件所取代。巴赫曼最新的一封來信，語氣聽起來既像一場政治演講，也像一篇愛的頌詞。當德黑蘭瀰漫著一片示威活動和緊張的政治氛圍之際，羅雅只覺得越來越孤單。在這些動亂之中，她對他的安全也越來越憂心。他有沒有參與那些反國王的秘密活動？他是否真的在監獄裡？他在最後一封信裡表達完對她誠摯不渝的愛之後，立刻就又表達了他對總理的忠誠。

為了躲避熱浪，羅雅和札里經常會在黃昏和夜晚的時候待在家裡的屋頂上。媽媽在屋頂的地面上鋪了毯子，因此，有些夜晚她們甚至就在屋頂上席地而睡。某個下午，在睡了一個長長的午覺、也和卡塞波把剩餘的家務幾乎做完之後，姊妹倆一起來到屋頂，即便當時室外的熱氣依舊。在白天的時候來到屋頂，感覺上就像逃開了一切一樣。她們坐在屋頂的毯子上，一碗酸溜溜的青李擺在兩人之間。樓下的街道不時傳來小販的叫賣聲，下午的陽光直接灑在了她們身上。

「姊姊，你得開心起來。別這樣。他離開至今已經有好幾星期了，打從那時候起，你就一直拉長著臉。你有接到他的來信，不是嗎？我以為那會讓你好過點。」

羅雅不知道她可以相信札里多少，但是，她只剩下她妹妹了。「他的最後一封信有點奇怪。」她終於告訴札里。

「喔？」札里挑了一顆青李，咬了一口。

「信裡都在表達他對總理摩薩台會被推翻的擔憂。」

「那還真浪漫。」

羅雅在毯子上躺下來，把手枕在腦後。雖然媽媽不喜歡她讓自己的皮膚暴露在陽光下，不過，陽光灑在臉上的感覺讓她覺得很舒服。媽媽的敵人就是太陽：她總是擔心會長雀斑和曬黑。她相信自己的女兒們應該要盡可能保持皮膚的白皙。伊朗人認為皮膚的顏色越淺就越漂亮，這讓羅雅簡直就要抓狂。淚水湧上了她的眼眶。她想要和巴赫曼在一起。無論這是源自於生理的自然反應、愚昧或者年輕，都沒有什麼東西可以把這股涵蓋一切的渴望趕走。

札里突然用沾滿李子汁的手指揉了揉她的臉頰，幫她拭去淚水。「別這樣。夠了。我相信他沒事的。他的離開可能……有很好的理由。我敢打賭，他們一定是在北方的海邊，就是這樣。天知道他母親就是忍不住要炫耀他們在那裡的別墅，就是要在我們的傷口上撒鹽。好了，姊姊。我相信他沒事的。」

「他可以告訴我的，」羅雅不在乎札里黏糊糊的手指不停地在她臉上抹來抹去，只是繼續說道。「他可能被捕了。或者因為什麼不好的理由躲藏起來了。如果他只是去了北方的別墅，他大可告訴我的。」

販賣甜瓜的小販在街道上推著他的手推車，叫賣的聲音聽起來彷如一股哀悼之音，幾乎就像在召喚禱告一樣。在炙熱的夏日酷暑中，這聲音聽起來格外悲傷。

「打起精神來，姊姊。振作點。去文具店吧。我敢打賭，有一封信已經在那裡等你了。」

✦

當羅雅抵達文具店的時候，法赫里先生正在招呼其他的顧客。她耐心地等他結束生意，同時憂心地看著店裡其他的客人。再也沒有人知道誰可能是反摩薩台的間諜。

「我很抱歉，尊敬的羅雅，我得要填寫一些訂單。是時候盤點存貨了。我得計算一下。」法赫里先生在最後一名顧客離開之後對她說。

「當然了。」他的直接讓她大為吃驚，不過，也許他只是真的很忙。「我只是在想，你有沒有……東西要給我？」

店門上的鈴鐺響起，他們雙雙望向門口。一個女人很快地轉身背對著他們。羅雅因此無法看清她的臉。

法赫里先生一副目瞪口呆的樣子。「等我一下。」他心不在焉地對羅雅說。

語畢，他消失在店後很長一段時間，比往常都還要久。當他回來的時候，手裡多了一只信封。他沒有把信封夾在書裡，這讓她警覺了起來。那個信封在法赫里先生的手中看起來既脆弱又危險。她真希望他可以把信封藏起來。

他彷彿讀到了她的心思。「當這裡沒有別人在的時候，當然，我就可以把信給你。現在沒有必要藏起來。」

羅雅四下張望了一下。那名女子已經不見了蹤影。

「噢，」她說。「我只是以為……呃，算了。謝謝你。」

她伸出手想要接過信封，然而，法赫里先生卻把信封緊緊地拿在手上。有那麼一秒鐘的時間，他看起來就像改變了心意一樣，羅雅不禁懷疑是不是有警察，或者幾分鐘前她看到的那個女人，在她沒有聽到鈴鐺響的情況下，又回到店裡來了，還是有什麼可疑的人物突然出現在了書櫃之間。

「法赫里先生？」

他一臉憂心地看著她。然後鬆開了拿著信封的手。「拿去吧，小姐。給你。只不過……」他深深吸了一口氣。「請務必小心。」

「當然。」羅雅對他說，只是，他的語氣讓羅雅感到了不解。

✦

那封信很短，但卻代表了一切。

我再也無法忍受了。我即將回來。我會解釋一切。請原諒我，親愛的羅雅。我知道這對你來說並不容易。我永遠都不希望我們會再分離。我等不及要和你在一起，真的在一起。我知道婚禮計畫在夏末舉行；我知道你母親已經在準備了。不過，我有一個想法。你會和我一起到婚姻辦事處嗎？我們可以在那裡參加一個簡短的正式典禮，我們可以合法的結婚。這對我的意義重大。如果你同意的話，請回信給我，並且盡快地把信交給法先生，如此一來，我們就可以這麼做了。我向你保證，我的愛。在波斯曆的五月二十八日星期三中午十二點，也就是從今天開始算起的一週之後，請和我在瑟帕廣場見面。或者稍微晚一點，如果我趕不及的話。和我在那裡見面，然後，我們就將永遠結為一體了。即將見到你的激動會讓我撐過接下來的幾天。

希望很快再見到你！

你是我的愛。

巴赫曼

第十二章

1953，8月19日

政變

一九五三年八月十五日晚上，一名納西里上校和他的手下帶著國王的諭令來到總理摩薩台家中，要求總理下台。然而，羅雅事後得知，總理早已聽到了風聲，並且在納西里上校抵達時就已經有所準備了。納西里上校遭到逮捕，同時被稱為叛徒。翌日上午，向來都在早上六點準時收聽德黑蘭電台的老爹，不停地拍打著收音機，因為收音機什麼聲音也沒有。終於，在大約一個小時之後，軍隊的音樂在屋裡轟然作響。一定是老爹稍早的時候把音量開到了最大，以為可以因此聽到任何新聞。播報員向全國報導了這場叛國的罷黜意圖。總理摩薩台上了廣播；他表示，國王和外國勢力企圖發動政變，不過已經遭到了避免。一切都沒事。老爹在聽到廣播之後，有足足十五分鐘都無法動彈。

「沒事了，老爹。他們失敗了。」羅雅安慰他說。

「我不敢相信他們真的企圖那麼做了。」老爹說道。他的臉一副精疲力盡的樣子。

「但是他們沒有成功。摩薩台很安全。一切都將回歸正常。」羅雅告訴他。她想要讓他安心，同時也讓自己安心。她在幾天之後就要和巴赫曼見面了，一切都不會有問題的。

他們聽到新聞報導說，國王帶著他的妻子和一些私人物品，連夜搭乘一架飛機逃到了巴格達。

老爹又回復了生氣。「真丟臉。」他說。「他想要把一位好總理趕下台，結果在失敗之後就潛逃了！當你讓貪婪的帝國主義國家影響你的時候，就會發生這種事。記住我的話，英國人是這一切的幕後黑手。很可能還有美國人。」

「美國人？他們從來不做這種事。他們沒那麼狡猾。」媽媽對他說。

羅雅感到既安慰又恐懼。巴赫曼是對的：有人密謀反對摩薩台，而國王的政變行動甚至還選中了一位札赫迪將軍要取代總理。不過，感謝老天，摩薩台阻止了這場政變。在接下來的幾天裡，當更多的政變謀劃者遭到逮捕之際，羅雅默默地數著日子一天一天地過去，然後是一個小時一個小時地過去。她幾乎等不及星期三的來到。她想要和巴赫曼再次相見的渴望勝過了一切。他還安全嗎？他和這一切有任何關係嗎？如果他和這些事情沒有關係、而只是單純地躲藏起來的話，他會怎麼看待這些瘋狂的事件？

政變失敗的隔天，羅雅和札里離開家裡，不過並未走遠。到處都有警察，而且人數比平時還多。街頭上也四處可見宣傳的印刷品，散布著總理摩薩台在國王的政變下，遭到札赫迪將軍所取代的消息。

「他們怎麼可以這麼快就印製好這些宣傳物？」札里問道。

羅雅聳聳肩。「美國就有機器可以像這樣大量印刷。」

「你也相信陰謀論嗎？」札里又問。

「賈萊．塔巴塔巴伊說——」

「賈萊．塔巴塔巴伊是個熱愛蘇聯的共產主義者，你也知道的。美國和這些事完全無關。」

羅雅希望妹妹是對的。從大都會電影院放映的電影、法赫里先生店裡的翻譯小說，以及賈漢吉爾的留聲機所播放的辛納屈歌曲，羅雅認知到的美國是一個耀眼的地方，而且充滿了動輒接吻的優雅人民。她想要的是那樣的一個美國，而不是一個會策劃政變推翻她國家政府的美國。

老爹在星期一下班回到家的時候說，示威群眾從本市的南方遊行到了巴哈瑞斯坦廣場，而且還推倒了一座禮薩國王的雕像。他們不僅到大樓和辦公室搶劫，甚至還縱火。

「為什麼支持摩薩台的人民現在變得這麼暴力？」媽媽問。「他們的國家陣線贏了。為什麼還要毫無緣由地煽動這些行為？」

老爹搓了搓臉頰。「我甚至不知道這些人到底是不是真的摩薩台支持者。他們有可能是受雇的示威者。」

「誰會雇用他們？國王已經離開了這個國家——支持他的群眾已經灰心喪志了。誰還會付錢給他們，要他們去進行破壞和暴動？」媽媽的聲音裡透露著懷疑。

老爹沒有回答。不過，羅雅知道，他在想著這些事情背後的外國勢力。她知道他想到了美國。但是，他一定錯了。她想要相信那些浪漫電影裡的美國，而不是老爹所恐懼的那個美國。

在政變失敗後的破壞性示威活動進入到第三天的尾聲之際，總理摩薩台要求他的支持者待在家裡不要外出。他表示，夠了就是夠了。不要再蜂擁上街。不要再繼續示威。

當羅雅在星期三早上到當地的土耳其浴澡堂時，街道上比過去幾天以來都還要冷清許多。感謝老天。民眾聽從了摩薩台的話，都待在家裡沒有出門。即便連土耳其浴室都幾乎空無一人。五個小時。只要再五個小時，她就可以再度見到巴赫曼了。她可以抱著他、依偎在他的懷裡、和他說話。過去那幾星期沒有他的日子是那麼地痛苦。沒有他讓她感到沉重，同時也感到失去了牽引。只有靠著他信裡的字句，她才能夠繼續往前邁進。他的那些話語讓她得以一步步地跨出腳步，即便在此刻的土耳其浴室裡。

她在更衣室脫下衣服。隨即來到瀰漫蒸氣的主穹頂大廳，滑進其中一座溫水浴池。一名中年婦女一邊幫她洗頭，一邊慢慢地按摩著她的頭皮，羅雅則閉上了眼睛，在深呼吸中享受著片刻的寧靜。過了一會兒之後，那名婦女突然打破了沉默。「小姐，我告訴你。如果總理摩薩台在幾星期前沒有解散國會的話，他就不會惹上這些麻煩。不是嗎？他想要掌握更多的權力，那就是他在做的事情。摩薩台推翻了君主制。但是，幾千年來，我們一直都有國王的存在，不是嗎？我們是一個君王的國家。摩薩台不應該瞎搞。」

「你覺得我們可以——」

「恕我直言，尊敬的小姐，國王為這個國家做了那麼多好事，總理應該要慶幸他運氣很好，因為我們有一個那麼好的國王。對國王忘恩負義將會讓這個國家走上死路。我告訴你。」

羅雅緊緊地閉上雙眼，沒有做出任何回應。

在澡堂的下一站裡，一名年紀看起來和札里相仿的年輕女服務員捏著一塊粗糙的擦背布條，在羅雅的皮膚上來回搓洗以去除角質。死皮細胞從羅雅的四肢脫離，就像她從法赫里先生店裡買來的橡皮擦所製造的碎屑一樣。她感到很舒暢，彷彿可以藉此擺脫掉過去幾星期以來那些不想要的毒素和壓力。彷彿卸下了一個負擔、減輕了她的重擔。然而，那個女孩突然開口說，蘇聯是我們的朋友，伊朗最好應該要跟隨蘇聯的腳步，建立一個政治體系來終結階級差距，終結無止境的奴役制度，並且終結毒害人民的、過時的封建制度。摩薩台應該要讓伊朗變成共產國家，不是嗎？女孩繼續用力地刷著她的皮膚，並且持續地說，她知道她可以毫無顧忌地對羅雅說這些事，因為羅雅看起來不像是國王手下那些會告密的雙面間諜。等她終於去完角質之後，羅雅的皮膚在光滑中微微泛紅。羅雅並沒有像老爹那樣回嘴，告訴女孩說摩薩台想要的是民主而非共產主義。

在澡堂的最後一站，一名年長的女服務員在羅雅身上塗滿肥皂，然後用冒著蒸氣的熱水沖洗她的身體。感謝老天，這名服務員保持了緘默。身體洗淨之後，羅雅躺下來，讓老婦在她的雙腿、腹部和手臂上塗抹茉莉花味道的精油。隨著婦人每一次的深層搓揉，羅雅的思緒也越來越清醒。只剩兩個半小時了。在兩個半小時之後，她就會見到巴赫曼。她身體的每一部分都活了起來。她已經等不及了。

「哇！你怎麼一頭濕髮地走回來？」媽媽在羅雅閒晃進屋時問她。「你想要感冒嗎？」

「太熱了，我怎麼可能在這麼熱的夏天裡感冒？」羅雅的濕髮把她的襯衫頂端都浸濕了，讓她兩邊的肩膀出現了一片水漬的痕跡。這確實為她在大熱天裡帶來一絲涼爽。

媽媽面露憂心地說：「我希望外面今天很安全。」

經過深思熟慮之後，羅雅終於告訴家人巴赫曼就要回來了，此外，他們還相約在廣場見面。老爹這幾星期以來一直為巴赫曼的安危感到擔憂。媽媽也在每天晚上數著念珠，祈禱著他能平安歸來。因此，她得讓他們知道他很好，而且已經在回來的途中，這樣才算公平。

「我剛才出去過了，媽媽。街上很安靜。民眾很聽話。他們都待在家裡。今天可能比平時都還安全。」

媽媽似乎並不相信。

「我得去準備了。」羅雅在媽媽來得及說話之前轉身走開。

羅雅回到臥房，用髮夾把頭髮夾起，好增加頭髮的捲度。幾個星期前，她就已經不再把頭髮紮成髮辮了，現在，她的頭髮彷彿解放了，一點都不違和。她在手腕和脖子上都拍上了玫瑰露。然後穿上她小心翼翼為今天所挑選的玫瑰色裙子，並且把襯衫塞入裙子裡。當她的手指輕撫過衣領上的繡花時，她記起了她和札里是如何花了好幾天的時間，頭倚著頭，埋首把這些小花繡好的。最後，她拿起那雙長度到腳踝的白色短襪。這是她的一大勝利！在找遍城裡所有時髦的商店之後，她終於在舊市場裡的一個攤位上，找到了這雙她一心渴望的短襪。「從美國來的！」那個滿臉皺紋的老闆露出缺牙的笑容告訴她。「小姐！這是美國來的！」

對今天來說，這雙柔軟雪白的襪子再適合不過了。她把腳滑進襪子裡。

「在你出門之前，拜託你吃點東西吧！」媽媽在起居室裡大喊。

「我不餓！」興奮和緊張讓她吃不下東西。

當她走進起居室時，老爹、媽媽和札里成排坐著，彷彿在等待著要檢視她一樣。或者阻止她。

「你確定你不要吃點東西嗎？」媽媽的神情比平常看起來還要擔心。

「他突然回到城裡來了？」札里懷疑地問。

「我不餓，真的，親愛的媽媽。」羅雅回答。

「他為什麼不說要在這裡見面？或者在你最愛的文具店？」札里又問。

想像一下，如果她真的把一切都告訴他們的話會如何！告訴他們說，巴赫曼在他最後一封信裡寫道，他們不只要在瑟帕廣場見面，還要去婚姻辦事處領取結婚證書。媽媽依然可以為九月初的婚禮做準備，然後邀請親友到家裡來慶祝。不過，她和巴赫曼將會偷偷地以丈夫和妻子的身分，在婚禮之前先過幾週秘密的甜蜜生活。這是一個既甜美又危險的秘密，甚至連她自己都難以相信。他之所以選擇瑟帕廣場，可能是因為那裡距離婚姻辦事處不遠，這樣，如果他們在中午時分見面的話，就可以在午餐休息時間以前迅速抵達那裡。巴赫曼絕對不會置她於險境之中。不過，那封信是在政變發生之前寫的。誰知道是不是有人在跟蹤他？也許，他不想到她家來，是因為他不想讓她家人蒙受危險。也許像廣場這樣的公共場所會比較安全。事實上，在這個節骨眼上，即便赴湯蹈火，她都願意去見他。

老爹起身走向衣架，拿起他的帽子。「我會陪你走到廣場。你不應該獨自一個人去。就我們所知，那裡很可能又有示威活動。」

「她根本就不應該去。」札里說道。

「不，親愛的老爹！謝謝你，不過真的不用了。今天外面很安全。我不會有事的。」

老爹低頭看著自己的帽子。然後不斷地搓揉著自己的臉，彷彿想要解開什麼數學難題一樣。

「我會幫你問候他的！」羅雅親吻過老爹、媽媽和札里的臉頰之後，匆忙地走出了起居室。不過，札里跟在她身後，從起居室所在的房子內部跑到了外部的房間，又一路跑到花園裡。

「聽著，姊姊。我會和你一起去。」

「別傻了。」

「在這種情況下，就這樣隻身去廣場簡直就是瘋了。特別是這個星期！三天前，他們才企圖發動政變。我不得不說，你們兩個幹嘛選在這個時候！」

「政變遭到阻止了。總理不會被趕下台。他手中還握有權力；我們沒事的！」羅雅大喊。

「你的語氣聽起來就和他一樣。」札里對她說。

羅雅對妹妹揮了揮手，隨即穿過花園的門。

當她走進巷子裡時，她的心跳加速，她只能希望自己的心跳不會在她抵達廣場之前停止。無論她走得有多快，她都覺得自己的腳步還不夠快。她當然不會有事。她的家人只知道擔心！她的小妹又懂得什麼叫做真愛嗎？札里無法了解，光是想到要再見到巴赫曼，這個念頭就賦予了羅雅力量和目標。即便要穿過燃燒的建築物才能見到他，她也義無反顧。

街上的人比早上多了。不過，這也是理所當然。畢竟，人們還得在這座城市裡為自己的生活穿梭。只要他們不是在示威就好。

一陣反覆的叫喊伴隨著鎖鏈和巨大的砰砰聲傳來。突然之間，她腳下的地面似乎在震動。羅雅轉身，只見一群看起來應該有幾百人的群眾從街道的斜坡底下往上走來，一邊遊行一邊吶喊。當他們接近時，她終於聽出他們口中所喊的是民眾在魯卡內體育館裡練習這項傳統體育活動和訓練儀式時所喊的口令。老爹有時候會在舉起重物或者伸展身體時，開玩笑地模仿著這些口令。數以百計穿戴著全套緊身配備的舉重者和運動員組成了這個團體。他們把幾具木製的錐形路障和槓鈴高舉在頭頂上方。一名蓄著鬍子、抹著髮油的男子則把銷栓拋向空中戲耍。這群奇怪的群眾最終完全佔領了街道，讓車輛不得不繞道而行。

讓羅雅感到驚訝的是，一小群男男女女加入了這群幾乎讓人感到滑稽的運動員、舉重者和雜耍者之中。這讓遊行的群眾人數越來越多，原本的叫喊也越來越政治化。

「國王萬歲！」

羅雅的心跳加劇，她朝著群眾前進的方向往北走去，因為她必須前往瑟帕廣場。是誰付錢叫這群無賴今天走上街頭的？——她幾乎可以聽到老爹在問這個問題。這是什麼瘋狂的新玩笑嗎？也許巴赫曼知道，某些魯莽的企圖又從絕望中復活了。她等不及要和他分享這件不尋常的事了。等他們重新團聚時，他們會對這個場面感到好笑。他們會的。

她走在群眾的邊緣，盡量貼近一小撮沒有加入這個團體的婦女。「我們什麼都不缺，就只缺這種活動。」其中一名婦女諷刺的說法，惹得其他女性大笑。聽到這名女子的嘲笑真讓人感到欣慰。

不過，當他們走向市中心時，一股緊張的氣氛油然升起，讓婦女們原本輕快的心情似乎遭到了打擊。也許那只是羅雅自己因為期待而產生的恐懼。越來越多的男人加入了群眾的行列，有些人甚至還手挽著手。

「摩薩台去死吧！」

羅雅停下了腳步。這不是那句「若無摩薩台，我輩毋寧死」的口號；這是在喊「摩薩台去死吧」。反摩薩台的團體持續加入原本只有運動員和雜耍者的行列，結果讓街道和路邊都被這群人所佔滿，也讓走在其中的行人無法和他們保持距離。

在短短的幾秒鐘裡，她考量著轉身往回走。不，她不會有事的。她這麼告訴自己。巴赫曼在等她。她把一隻腳往前踏出，然後再踏出另一隻腳，試著往前移動，就像她每次猶豫不決、無法前進時那樣。她得要堅持下去，她得要走到廣場。

當她終於抵達瑟帕廣場時，更多早已聚集在那裡的示威人士讓那群運動員看起來越發渺小了。羅雅只能推開人群才有辦法往前走。要走到她和巴赫曼相約的廣場中央充滿了困難。天氣雖然炎熱，不過，一股微風吹起緊貼在她腿上的玫瑰色裙子。三名男子不懷好意地看著她，其中一個人還吹了口哨。她記起了那幾個用綁著鐵鏈的棍棒攻擊巴赫曼的暴徒，立刻臉頰發燙地用力把飄起的裙子緊緊地壓在腿上。

反摩薩台的隊伍吶喊聲越來越大。她一點都不想靠近他們。她只希望巴赫曼快點出現，這樣他們就可以拉著彼此離開這裡。她試著想像終於見到他、再度靠近他的感覺。

二十分鐘之後，群眾的人數幾乎增加了兩倍。吶喊聲不只越來越大，也越來越激烈。汗水濕透了她的腋窩。她引頸翹望，搜尋著他的蹤影。他不在那裡——不過，想當然耳，他怎麼可能在那裡；他得在這群暴民中擠出一條路，撥開示威的人群，才能來到她身邊；他會遲到是完全可以理解的。沒有人可以預料到會發生這麼混亂的場面。特別是這個星期！三天前，他們才企圖發動一場政變。我不得不說，你們倆幹嘛選在這個時候！札里的話鑽過羅雅的腦海。然而，如果總理幾天前已經成功地阻止了一場政變，應該沒有人會笨到這麼快又展開什麼行動吧？

「共產黨去死吧！」

「摩薩台去死吧！」

越來越多人湧進廣場，很快地，汗臭和憤怒的味道開始讓人感到窒息。這群人是帶著目的而來的；他們並非只是單純地群集，他們企圖要往前進，走到一個目的地，而廣場絕對不是他們的目標。就在她抑制著一陣反胃的噁心之際，羅雅發現這群人正在朝著總理的官邸移動。他們叫喊著要他滅亡的聲音持續不斷。這群反摩薩台的流氓團體會讓巴赫曼心碎的。他在哪裡？

時間持續地過去，她依然沒有見到他的身影。她覺得口乾舌燥，虛弱又頭暈。她的襯衫貼在胸口；整個廣場都在旋轉。媽媽說得沒錯。她應該要吃點東西的。那麼多人圍繞在她身邊、擠滿了整座廣場，她現在幾乎無法動彈。她被困住了。

武裝警察終於來到了，這讓羅雅鬆了一口氣。感謝老天。不過，讓她驚訝的是，警察並未試著驅離這群暴民。他們只是加入了這個團體。當她意識到警察也參與其中的時候，她身上的每一絲力氣都要乾涸了。巴赫曼所害怕的每一件事都成真了。警察和反摩薩台的示威者串通好了，他們企圖要再發起另一場政變，企圖要把總理推翻。推翻那個巴赫曼、老爹以及許許多多其他人民喜愛的總理。他們所信任的總理就是他們民主的領袖，他有勇氣站起來對抗那些想要霸佔他們石油的外國勢力，他是希望追求民主的人民所選出來的總理。巴赫曼一定會對眼前這個畫面感到痛心的。他在哪裡？她向老天祈求，但願他安全無虞。

時間一分一秒地過去。巴赫曼依舊沒有出現。她必須從廣場的中央離開，她不能只是待在這裡，被一群暴民所包圍。也許，她可以到旁邊群眾較少的地方。也許，巴赫曼剛剛到了，正陷在人群當中難以動彈，因此無法來到她的身邊。她想要離開，然而，人群卻把她困住了。她又推又擠，一吋一吋地移動著，但是卻沒有什麼明顯的進展。她感到一陣恐慌。她想要尖叫，想要逃離這裡。

突然之間，有人抓住了她的肩膀。「羅雅！」

她轉過身，想要看清是誰在叫她的名字。他的頭髮因為汗水而貼在了頭上。他喘著氣，明顯地透露著焦慮。她的視線模糊，不過，當她可以看得清楚的時候，她發現那是法赫里先生。他的眼睛裡赤裸裸地流露出羅雅從來沒有見過的絕望。

「噢，感謝老天！法赫里先生！你有沒有看到——」

「尊敬的羅雅，請聽我說……」他用雙手抓住她的肩膀，聲音裡的急迫讓她感到了害怕。她從來沒有在他那間涼爽、乾淨的店以外的地方見過他，除了他們訂婚派對的那個晚上，當時，他們共同目睹了阿斯蘭太太令人難過的崩潰。此刻，在燃燒的烈陽和群眾之中，他幾乎就像個野人，眼前的他是那個安靜男人的瘋狂版，他曾經把詩集交到她手上、幫助她聯繫她的愛人——也是此刻她唯一需要見到的人。

「我只是需要找到巴赫曼。」她在周遭的喧鬧聲中提高了嗓門。

「尊敬的羅雅，有件事我需要讓你知道——」

他的聲音被槍聲所淹沒。喊叫聲此起彼落。硫磺的味道刺激著她的鼻孔。透過眼角，她看到了廣場邊緣出現了兩輛坦克。不可能。她推開法赫里先生，轉身想要看得更清楚。那些混蛋。站在坦克上的士兵把步槍瞄準了群眾。幾個民眾和他們一起站在坦克上，手中揮舞著看似鈔票的紙張。

她的身體在慢慢地旋轉嗎？還是很快地在旋轉？她多看了那些士兵一秒鐘嗎？是什麼讓她用

開他的手，轉身去看那些穿著制服、站在坦克車上的年輕士兵？那些坦克周圍甚至還圍繞著揮舞鈔票的男女？為什麼她會從法赫里先生的手中鬆脫？她為什麼轉身？她為什麼要放開他？

她為什麼要閃開？

她感到身邊有東西動了一下、猛然往下陷落，倒在了地上。

「法赫里先生！」他躺在地上，大口喘著氣。鮮血從他的胸口湧出。她蹲下來，抓住他的手臂，大聲尖叫。「他中槍了，他中槍了！」

少數幾個人圍成了一個圓圈，圍住了她和法赫里先生。她看到一個女孩蹲在一名中槍的男子身邊。別人也發生了同樣的事。這不可能發生在他們身上。

空氣裡充斥著喊叫聲、警告聲和各種雜音。兩道鮮血從法赫里先生的眼睛裡流出，擴散在了他的臉上。她摸著他染血的襯衫、他沾滿鮮血的身軀。

她突然被推到一邊。一個男人跨騎在法赫里先生身上，雙手在他的心臟上壓縮著，其他幾名男女有人俯視、也有人試著想要幫忙。在一片喧囂聲中——喧囂聲大到吞沒了所有的雜音，轉而變成了一片無聲的靜默——她只聽到一聲明確又清脆的聲響。衣服撕開的聲音。某個人身上的甜瓜色襯衫被撕成布條，纏在了法赫里先生的胸口上方。但是，布條很快就被染紅了。

法赫里先生只剩下眼睛在動。儘管他已經血流成河了，他依然在張望。他並非在看她，也不是在看著那個跨在他身上、企圖搶救他的男子，也不是在看著抓住他、為他唸誦禱告的人們。法赫里先生的眼睛看向廣場的左邊，朝著大使館，朝著他那間文具店所在的街道望去。

羅雅順著他的目光看去。也許是子彈的硝煙或者她自己的眼淚模糊了她的視線，但是，她覺得自己看到了一股濃煙從那個方向升起。在她可以確定之前，幫法赫里先生壓縮心臟的那名男子倒在了他身上。「他死了！」男子喊道。一名靠近他們的老者開始前後搖晃著身體，唸誦著經文。

幾分鐘之後，幾個人安靜地抬起法赫里先生，將他高高舉起，抬在他們的頭頂上方。

就這樣，羅雅和一小群抬著法赫里先生的人——法赫里先生的胸口依然包裹著甜瓜色的布條，一起離開了群眾。人們在震撼和沉默中讓道給他們。在廣場的其他地方，暴民也讓出一條路給其他被用同樣方式抬走的人。一開始彷彿某種玩笑、某種遊戲、某種喧鬧演出、某種雜耍表演的活動，結果卻以這樣的方式收場：一場示威、一場暴動。而且引出了警察和士兵。還殺害了一名文具商。

「帶他去醫院！」當羅雅跟著這一小群人離開現場時，一名女子大聲喊著。「每一個這種死於非正義的人都需要被記錄下來。」

需要被記錄。用鉛筆和紙張記錄。寫在乾淨的紙張上面。

她試著不讓自己嘔吐。

警察在警笛聲中推開人群。儘管現場一片混亂，核心的群眾依然在往北移動。

當他們這個小團體走出廣場、右轉前往醫院時，羅雅停下了腳步。她已經把法赫里先生的名字和職業告訴了那個試著挽救他生命的男人。其他人堅持要她回家去。他們告訴她，這不是一個年輕女孩應該停留的地方。謝謝你的資訊，我們會確定紀錄無誤。他的家人會收到通知。我們會確認這點。現在，你回家吧，年輕的女孩。這地方不適合年輕女孩。你已經看得夠多了。

她往邱吉爾街和哈菲茲大道的街角走去，沿途的路邊偶爾可見遭人縱火的垃圾桶。辦公建築的窗戶被人打破，散落在地上的碎玻璃宛如駭人的萬花筒。羅雅強忍著想要嘔吐的感覺，強迫自己往法赫里先生在生命最後幾分鐘所注視的方向而去。

當她走到文具店所在的那條街時，附近一間小市場——靠近甜菜販偶爾會在中午鋪席子禱告的地方——的窗戶，全都變成了一個個的黑洞。靠近文具店的一個售報亭屋頂也籠罩在濃煙裡。至於文具店所在的那棟建築則籠罩在大火之中，沖天的火舌彷彿就要把天空吞沒了。

羅雅佇立在文具店前面，怔怔地看著火勢。熊熊燃燒的火焰張牙舞爪地在飛舞。她無法移動，所有的精力和感覺都已耗盡。太遲了。他們無能為力。她聽到遠處傳來一陣消防車的警笛。他們來了。他們會試著救火。

然而，大火吞噬了牆壁、窗戶、屋頂，還有支撐的樑柱。捲皺的焦黑書頁在烈焰中衝向天空。它們四處飛散，在短暫的浮沉後，終於飄落在地面上化成了灰燼。

也許有一天，她會忘記當這些文字燃燒的時候，她曾經多麼無助地站在這裡。也許有一天，她可以遠離這個惡夢。但是，燒焦的紙張味將會永遠成為她的一部分，永遠地鑲嵌在她的皮膚裡。當她站在燃燒的文具店前面時，她想起了在波斯新年前夕點燃的傳統篝火，當時，她和札里是多麼開心地尖叫著跳過火焰，她們的臉龐被火焰映照得通紅，她們的心跳因為興奮而飆升。

很快地，這裡將什麼也不剩下。

那些她深愛的文字，那些夾著她的信件的詩集，那一本本的便條紙和一瓶瓶的墨水，還有鋼筆和削鉛筆刀，一切都將灰飛煙滅。那些藏在店後黑暗的儲藏室裡的政治小冊，那些被緞帶綁成了花束的彩色鉛筆，那個庇護所和隱藏秘密的所在——法赫里先生的生命就這樣被燒得寸草不留。

她不知道店門上的那只鈴鐺能否在大火中殘存下來。如果她找得到它的話，如果她可以把它舉起來搖晃的話，鈴鐺還會再次叮咚作響嗎？

✦

她穿過通往庭院的大門，經過錦鯉池，走進了那個彷彿涼爽聖地的家裡。

屋裡的家人還沉睡在午覺裡。媽媽用來盛裝梅乾燉雞肉的大碗正靜靜地躺在水槽裡。札里包裹著她那條棉質床單躺在床上。在隔壁的房間裡，老爹正在打呼，媽媽則躺在他的旁邊，她那雙拖鞋整齊地排放在地上。每個人都很安全。她的家人不知道德黑蘭的廣場上發生了什麼事，一股力量正在朝北前進，那群危險的群眾。他們不知道法赫里先生的命運；他們聞不到來自文具店的濃煙味。他們剛剛吃完了梅乾燉雞，然後進入了午睡，就像平常的每一天那樣。巴赫曼也不見蹤影。她真的去過那個廣場，期待會見到他帶著一枝玫瑰，穿著他筆直的白襯衫，準備好快步將她帶走，好去領取他們的結婚證書嗎？那些她可能有過的期待，現在回想起來似乎都覺得好笑。

當她的家人醒來、打開收音機時，他們會知道暴民已經一路衝到了總理摩薩台的宅邸。民眾已經爬過圍牆、闖進了他的家裡。摩薩台企圖從窗戶逃出，然後爬上梯子跑往鄰居家。當她的家人從午睡中醒來時，當札里睜開她惺忪的睡眼、伸著懶腰時，當媽媽走到廚房把茶放到茶炊上時，當老爹在兩點整打開收音機時，他們將會知道那些政變的陰謀者已經佔領了雪密朗大道上的電台，群眾已經攻入了總理的家，不只洗劫、還縱火將剩餘的一切都燒光。總理的官邸遭到了覆滅。

這次，政變成功了。這次，世界將永遠地改變了。

不過，當她的家人還在睡覺的此刻，羅雅穿著她的短襪在屋裡走動。她獨自在為法赫里先生、為巴赫曼、為她的新國家哭泣。她甚至沒有注意到、也不在乎，那雙她為了再度和巴赫曼相見、為了和他一起去領取他們的結婚證書以成為夫妻而買的白色短襪，現在已經濺上了紅色的污漬，也被濃煙燻黑了——沾上了當她試圖尋找她的愛人時，一個不幸死在她腳邊的人的鮮血。

第十三章

1953
夢中的命運

札里端來她混合了番紅花冰糖的熱茶，這種冰糖原本是用來治療大多數的病症：肚子痛、感冒、經痛，或許也可以治療心碎，讓人不會感到憂傷。她坐到床畔，把玻璃杯塞到羅雅手裡。「喝吧。」

羅雅抬起下巴，示意著「不要」。她不要茶，她也不需要札里。然而，就算只是抬頭這樣小小的一個動作，都讓她覺得自己的頭就要爆炸了。

「哎呦。坐起來。你已經躺在床上一整天了。聽著，昨天是史上最不適合在德黑蘭市中心廣場見面的一天。他可能只是沒辦法趕到而已。我相信他沒事的。還有法赫里先生——」札里停了下來。然後小聲地說：「真主保佑他的靈魂。他……在不對的時間去了一個不對的地方。」

她們無言地坐著，感覺像是經過了好幾個小時。羅雅再也沒有辦法分辨時間，也無法感覺到今夕是何夕。

「喝下去吧。」札里終於打破沉默。

羅雅不情願地拿起杯子啜飲。她的右眼眼皮突然跳了一下。巴赫曼知道法赫里先生死了嗎？他有參與阻止政變的行動嗎？他現在是不是和一群支持摩薩台的激進分子一起被關進了牢裡？

「巴赫曼可能被捕了。也許被殺了。」羅雅說。

「你不知道那是不是真的。」

羅雅打過好幾通電話——再一次地——但是，他家裡依然沒有人接電話。

「我不是想要讓你心煩，不過，姊姊，他可能從來都沒有打算要和你見面。我的意思是，過去那幾星期，他究竟到哪裡去了？而且，在這些荒謬的政治活動不斷發生的時候，誰會寫一封信說『到市中心的廣場和我見面』？我早就告訴過你，這不是什麼好主意。」

「他寫那封信的時候，哪裡知道還會有一場政變。他只是想要見我而已。」羅雅只能這麼說。

「如果他是一個激進分子、是一個具有保護感的紳士的話——他就應該有點腦子，不會要求一個十七歲的女孩在這種時候站在廣場正中央，我的老天！還有人被槍殺！我甚至無法相信，老爹竟然還讓你去了！」札里低頭看著自己的手。「如果你問我的話，我會說，有時候，老爹很努力地想要當個現代又先進的人。但是有些時候，女人確實是需要保護的。」

即便處在緊繃的狀態下，羅雅也可以看得出札里的擔憂，以及她對法赫里先生之死沒有說出口的哀傷。羅雅讓妹妹憤怒地發洩著對巴赫曼的不滿，甚至還說全世界最糟的事，就是和一個愛上政治的人墜入愛河。

✦

那天，羅雅等了一整天，期盼著能等到他的消息。幾個小時過去了，依然什麼也沒有。她所詢問的每個人都對政變感到極度震驚。當她和巴赫曼的朋友聯繫上時，每個人的說法都不一樣。他的昔日同學告訴她，他們還沒有他的消息，不過，他們堅持相信巴赫曼和發生在街頭的任何事情都沒有關係。另一個朋友說，也許巴赫曼在政變的時候去了廣場，並且真的被逮捕了，他們應該要聯繫每一座監獄去探聽他的下落。當賈漢吉爾被問到的時候，他只是詛咒地說，老天，沒有比法赫里先生更高貴的人了，那些士兵怎麼可以對著群眾胡亂掃射，他希望巴赫曼可以為了讓總理摩薩台重掌權力而繼續奮戰。羅雅完全不知道自己應該相信誰。她一直都以為巴赫曼的朋友都和他站在同一陣線，他們都支持著他。然而，當賈漢吉爾謾罵著國王時，羅雅開始感到了一絲懷疑。賈漢吉爾有可能是在慫恿她，好讓她對他透露什麼反國王的言論嗎？也許他是個間諜。她對自己現在開始懷疑起每一個人的心態感到了厭惡。她甚至無法真的相信賈漢吉爾。

外國情報人員介入罷黜總理的謠言四起，不管是市集的攤販、咖啡館裡，還是家家戶戶的起居室裡，所有人都在議論紛紛。札里反駁著每一種陰謀論：好吧，如果他們真的用外國貨幣付錢給他們呢？那我們自己的人民呢？我們有一群沒有骨氣的暴徒，不管示威當天的口號是什麼，這群人都樂得佔領街頭、跟著重複吶喊。然後收取美國人的錢財幫他們做事！

羅雅無法睡覺。她只能在那些鮮活詳實的夢境中不斷驚醒。

她最常夢見的是自己走進法赫里先生的店裡，店門上的鈴鐺一如既往地響起。店裡瀰漫著墨水和書籍的味道；那股熟悉又慰藉的沉靜感將她包圍。一開始，她並沒有看到法赫里先生，不過，後來她看到他就在櫃檯後面，在他的進貨簿上書寫著什麼，手中那支鋼筆流暢地滑過紙頁。他看起來就像往常的自己：既乾淨又沉著，鼻梁上的眼鏡端正地戴在臉上。他的神情沒有一絲一毫的狂野，不像她記憶中在廣場上、在那個致命的日子裡所見到的那樣。

他抬起頭，臉上在極短的一瞬間裡流露出一絲恐慌。但是，他隨即又露出了慣常的微笑。他用羅雅習慣的聲音，禮貌地問候著她的父母和她的妹妹札里，以及她所有的親戚家人，關心他們住家附近一切是否安好，但願他們都健康長命。然後還用傳統的波斯禮儀來回客套了一番——那是在所有的社交互動中都必須要遵循的繁文縟節。

「你有巴赫曼的消息嗎？」她問。

「尊敬的羅雅，沒有。」

「什麼都沒有？」

「一個字都沒有。」

「可是，一直到幾天以前，他都還把信交給你，不是嗎？」

法赫里先生嘆了一口氣，仰望著天花板。「我給你的建議是，小姐，忘了那個年輕的男人吧。繼續過你的生活。結婚、生子，好好過日子。」

「你說什麼？」羅雅的心怦怦地撞擊著她的胸口。「結婚正是我要做的事。我和他訂婚了。」

「是啊，好吧，有時候訂婚未必會成功。你知道嗎？」他小心翼翼地說著，彷彿如果他說得不夠謹慎，這些話就會毀了她。

「我想要知道他是否安好。沒有人知道他的消息。我只是以為也許你會有什麼消息，自從——」

法赫里先生揚起一隻手。「尊敬的羅雅，我們不會總是如願。事情並非總是會按照我們的計畫實現。那些年輕人以為生活的悲劇、痛苦和子彈可能不會射中他們。以為天真的希望和精力就可以支撐他們。他們錯誤地以為年輕、慾望，甚至是愛情，可以勝過命運之手。」他吸了一口氣。「真相是，我的小姐，打從一開始，命運就已經把你命中註定的劇本寫在你的額頭上了。我們看不到。但是它就在那裡。而那些愛得那麼熾烈的年輕人，完全不知道這個世界是多麼的醜陋。」他把雙手擱在櫃檯上。「這個世界是沒有同情心的。」

羅雅覺得自己彷彿突然之間被浸入了冰水裡。

「只要記住這點，你就可以過得很好。」法赫里先生說完，從齒縫之間發出了一道低沉刺耳的口哨聲。他摘下眼鏡，揉了揉眼睛，才終於又說：「我覺得他好像從來沒有愛過你。這一切對他而言只是一場遊戲。」

夢到這裡，羅雅會在一身冷汗下突然驚醒。

即便醒著，她也可以感覺到法赫里先生還在那間文具店裡，就像過去一樣，記錄著他的存貨，整理著來自全世界各地的翻譯書籍。她可以看到他幫那張堆滿詩集的桌子拭去灰塵，那些夾著她和巴赫曼往返書信的詩集就擺在那張桌上。他為她打開了一個充滿可能性的世界，提供給她一個地方，在那裡，她的夢想變成了可行的道路；在那裡，她逃離了政治的喧譁，找到了庇護；在那裡，她陷入了愛河。

她仍然可以感覺得到書櫃抵在她背上的感覺，當她靠在書櫃上時，巴赫曼總是貼近著她，在她的耳邊低語。

然而，在她的夢裡，法赫里先生總是說巴赫曼從來沒有愛過她。他叫她要展開她生命的新篇章。即便夢裡也存在著那麼多未解的問題。

他曾經是他們的盟友，是讓他們受到鼓舞的長者。一名在店裡擦拭灰塵、陳設學校文具的中年男子，一名和年輕人交流、幫助他們秘密取得政治資料、交換信件的中年男子。

他走了。他走了，然而，若非神的恩典，走的人有可能是她。很有可能應該是她。那會是她此生永遠揮之不去的東西，就像一道疤痕，就像一個冷酷的事實，就像嵌入在她皮膚裡那些文具店的灰燼一樣，也像永遠都將被她的雙臂高舉著的那具看不見的法赫里先生的遺體。

現在，法赫里先生走了，她比過去更常想起他。他的內心裡藏了什麼個人的苦痛，她也永遠不會知道了。

第二部

第十四章

1916
甜瓜小販的女兒

一名年輕男子在市中心的蜿蜒巷弄裡漫步。打從出生以來，他的婚姻就被許配給了他的第二個表妹，阿提耶。阿提耶意味著「未來」的意思，但是，她卻不是他想要的未來。他愛上了一個在市場裡工作的女孩，那個女孩每天早上總是會把甜瓜裝進箱子裡，然後，在她父親和顧客討價還價的時候，緊緊地跟在她父親的身邊。阿里一直都會想起這個可憐的女孩。他到市集去就只為了看她剔出甜瓜籽，只為了看她一眼。

在攤販的吵雜和混亂聲中，他靜靜地觀察。她總是戴著一條小頭巾。儘管她身上衣衫襤褸，但是，她的臉龐就彷如月亮。她很年輕，也許太過年輕，但是卻美得驚人。女孩的父親手握一把看起來像劍的刀子，神奇地將甜瓜的果肉削離果皮，然後把一片片、一塊塊的甜瓜賣給口渴的顧客。有些客人買了一整顆的甜瓜，然後把瓜放在他們的籃子裡；有些人則想要立刻品嚐冰涼的甜瓜所帶來的鮮甜滋味。那些冰塊就和甜瓜本身一樣特別，賣瓜的小販每天早上都會帶著一大塊冰塊來到市場。女孩警戒地守護著那塊冰塊，雙手扠腰地站在冰塊旁邊。

阿里的母親計畫著他婚禮儀式上所需要的東西。「我這不是耐心地等到她終於長到這個年紀了嗎？」她說。「你表妹現在十六歲了，她已經夠成熟，也為你準備好了。你們兩個從出生就註定要在一起。這個我們都知道。」

他的母親輕聲地笑了，彷彿她得到了什麼獨特的珍寶一樣。她交代女僕要確定家裡有足夠的肉桂，才好在婚禮當天裝飾番紅花米布丁的甜點。「親愛的阿里，婚禮就在夏季結束的時候。你能想到什麼更好的東西作為你十八歲生日的禮物嗎？」

阿里覺得阿提耶就像水水的優格一樣，在他的想像裡，她應該既枯燥又乏味。在他的夢裡，市場裡那個衣著破舊的女孩會將甜瓜餵入他的口中，讓他的嘴裡充滿香甜的果汁。

某個星期五，他一如往常地走路到市中心去偷看她。在女孩把甜瓜像金字塔一樣地堆起來時，他就半躲在香料攤的一根柱子後面。他看著她把水果切成大小不均的片狀。

「巴德里，過來，過來！」她的父親嘴裡沒剩幾顆牙齒，皮膚因為長年曝曬在無情的豔陽下而像皮革一樣粗糙。

巴德里。巴德里。巴德里。阿里屏住氣息地重複著這個名字，彷彿他永遠都不會忘記一樣。彷彿只要聽到這個名字，他就不會感到疼痛一樣。

市場裡來來往往的顧客推擠著，蒙著面紗的婦女們提著裝滿蔬菜茄子的菜籃，空氣中除了嬰兒的哭聲，還有小販叫賣商品的聲音。巴德里，巴德里，巴德里，他的父親是德黑蘭最受尊崇的學者之一，身為這樣一位學者的兒子，他很快就會被送到庫姆去研讀宗教和古典學。這個女孩不是什麼應該要闖進他腦子裡的事物。這女孩是個鄉下人，一個農村來的人。一個什麼也不是的女孩，只是和幫阿里洗衣服的女傭同樣等級的女孩。

當中午祈禱的召喚聲在市場裡的巷弄響起時，所有的攤販都放下手裡的事情，拿出了祈禱的席子。市場有條不紊地清空了，顧客和賣家各自分散。男人一個個離開他們的攤子，走出了市場。他們會在市場尾端的清真寺庭院裡，進行他們一天中午的沐浴洗禮。他們會在那裡用水泥盆裡的水，沾濕自己的手肘和手腕。祈禱的時候，他們會跪在地上，將額頭貼在地面上，沉浸在各自的冥想裡。他們會集體起立、一起彎身。

巴德里也要祈禱嗎？當她離開攤位的時候，阿里感到了一股失望的刺痛。他當然不能跟著她去到清真寺裡的婦女聚集地。他頂多只能看著她在入口處脫掉鞋子（其實那只是用破布做成的拖鞋而已）。然後，她就會被吞沒在婦女專用的入口，讓他難以接近。

在她離開之後，阿里獨自徘徊在市場裡。他突然感到自己彷彿赤裸裸地站在了香料攤的柱子旁邊。當群眾散去之後，沒有了來往人群的掩蔽，此刻的他突然因為顯眼而感到一股不自在。

腳步聲。他聽到一陣拖鞋在塵土上緩緩拖行的腳步聲。他抬起頭，幾乎不敢相信。她回來了。他一邊看著巴德里挪動她父親甜瓜攤附近的東西，一邊希望自己沒有被看到。她抬起一只錫製的大桶。桶子的重量讓她掙扎了一會兒，最後終於順利地抵在她的髖邊。大桶很快地達到了完美的平衡，彷彿是她身體的一部分，彷彿它一直都在那裡一樣。

她走出攤位，在確定自己不會被看見之後，他跟在了她的身後。她有一種奇怪的吸引力；儘管她既年輕又貧窮，卻散發著一股自信和影響力。巴德里並未右轉走向清真寺，反而轉向了左邊。阿里跟著她，走到一條通往市場後面的小徑。市場後面是一座被樹叢遮蔽的方形廣場，是人們用來作為卸貨和丟棄垃圾的地方。每天早上，拖著貨物的騾子想必都是在這裡卸貨，人們也會在這裡拆箱他們的商品。這裡堆滿了許多大垃圾桶，每天的垃圾都被丟棄在這些垃圾桶裡堆積如山。女孩冷靜地檢視著散發著惡臭的垃圾桶，直到她找到一個還沒有溢滿垃圾的桶子。在她行走的時候，大桶依舊不動如山地抵靠在她的臀邊。阿里對她怎麼能拿得動那麼重的桶子感到欽佩，那就彷彿她這輩子都在做著這樣的事。難道不是嗎？他們不停地在工作。永遠都在付出勞力，即便女性也都在年紀還小的時候就已經在田裡和市場工作了。這讓阿里不禁對自己感到嗤之以鼻。他們吃苦耐勞，他們堅忍不拔。阿里想起了阿提耶和她那紙張一般白皙的皮膚。他想起了阿提耶修長的手指，她那似乎透明的嘴唇（當他們結婚的時候，那些興奮的親戚將會對他表達喜悅之情，因為他擁有了代表完美的阿提耶）。他曾經看過沒有戴面紗的阿提耶；因為在他們的孩提時代，大人總是要他們玩在一起。而現在，為了躲避太陽、不讓自己的皮膚曬黑，為了保持白皙和純淨，阿提耶永遠都把臉遮了起來。

巴德里踮著腳尖站在那只大垃圾桶旁邊，高高地用臀邊頂著她的大桶子，然後在一個快速的動作下，俐落而且老練地把桶裡的廢棄物倒進了垃圾桶裡。甜瓜皮和濕滑的甜瓜籽以拋物線的方式飛進空中，空氣裡頓時瀰漫著甜瓜的香味。香濃的果味沁入阿里的喉嚨。他甚至幾乎可以感覺到甜蜜的果肉就在口中，幾乎可以感覺到冰涼的瓜果就在他的指縫之間。巴德里把大桶甩了幾次，確保裡面沒有殘留的東西。然後才轉過身來。

「你為什麼跟蹤我？」

她的聲音比他想像的要成熟而且霸道許多。她對他使用的「你」是非正式的單數人稱，而不是複數形式的「你」；然而，複數形式才是一個農家女孩對一個看起來階級明顯比她高很多的年輕男子說話時應該要使用的敬語。難道她的教育程度低到她不知道應該怎麼說話嗎？她所散發出的傲慢讓阿里對這個問題表示懷疑。這個女孩看起來彷彿她很清楚自己在做什麼。

「你會說話，對嗎？你是啞巴嗎？」她把清空的桶子重新頂在臀邊，然後把一隻手扠在另一邊的臀上。她岔開雙腿而站，那是阿提耶和她班上的女孩絕對不敢在一個陌生男子面前站立的姿勢。「嘿！」女孩喊道。「我在問你，你為什麼跟蹤我？」

「我沒有。」他小聲地回答。面對著這樣一個甜瓜小販的女兒，一個小孩，她真的還是個孩子，不知道為什麼，阿里卻覺得膝蓋發軟。是因為她那張圓圓的臉龐，因為那雙膽敢直視著他的眼睛，以及那兩片玫瑰花苞般的嘴唇。

「我會叫我老爹切開你的喉嚨！你敢再靠近我。我才不在乎你是一個浮誇的上流社會子弟還是什麼。我知道你們這種人是怎麼看我們這種女孩的。你如果靠近我的話，我就會大聲尖叫到你的耳朵破掉。我會踢你！重重地踹你！」說著，她用雙手把桶子高高舉在頭頂上。「我會用這個桶子砸破你的頭。我對像你這樣的男人感到很厭倦。你以為就因為我很窮，你就有機可乘。不可能的。如果你敢靠近我的話，我老爹會用他的刀撕裂你的喉嚨。明白了嗎？」

阿里啞口無言。從來沒有人這樣對他說話過。在家裡，他母親總是遷就他；他是家裡的王子。家裡的女僕不敢和他講話；男僕則只會說他喜歡聽的話。他父親是唯一一個對他誠實且直率的人。沒有任何的女孩會用這種態度對他說話。她的勇氣讓他感到既有趣又尷尬。他看起來一定像個變態。像個窮追在一個農家女孩後面、有錢有勢的傻瓜。

「不，不是的，你恐怕誤會了。我之所以在這裡，不是因為什麼奇怪的原因。拜託你，我不是有意要嚇到你。」

一股熱浪滲透在空氣之中，彷彿有人把每一顆灰塵都噴上了讓人窒息的甜瓜味。阿里不由自主地走近女孩。他必須讓她安心。他想要證明她是錯的——他感覺到心裡升起一股奇怪的需求，想要讓她知道他完全沒有邪念。他越是向她靠近，甜瓜的味道就越是強烈地充滿他整個肺裡。她身上的每一片布料、她頭巾下突出的每一縷髮絲，甚至她破舊拖鞋上的流蘇，勢必都注入了那股甜瓜的氣味。現在，在更近的距離下，他可以看出她臉上的肌膚被曬得黝黑，而且顯然很健康，彷彿她打過一劑他所認識的女孩得不到的營養針，那些被她們的母親警告要躲避陽光的女孩，那些被教育要學習刺繡、念書和寫作的女孩，那些被訓練要把玫瑰花完美插在水晶花瓶裡的女孩。在他逐步靠近的時候，巴德里只是瞪著他，依舊把桶子高舉在她的頭上。

「把桶子放下來。」阿里終於又開口，這次，他找回了他沉穩冷靜的聲音，他用來和僕人說話的聲音，他習慣下命令和被服從的聲音。

「他的甜瓜刀！」當他靠近之際，她的聲音在提高的同時，已經少了一點自信。「他會用他的甜瓜刀剁碎你！」

現在，她聽起來就像她這個年紀的女孩了，即便她很努力地要表現出強悍的模樣，卻依然脆弱。阿里比過去更受到她的吸引，她的站姿、粗魯的言詞、玫瑰花苞般的嘴唇、那張圓圓的臉，以及高高抬起卻正在顫抖的下巴。還有那股永遠和她畫上等號的甜瓜味。

「把桶子放下。」阿里重複地說，這回更加地冷靜了。

她扔下桶子，桶子立刻無聲地在泥土上彈了好幾下，帶來了一種近乎喜劇的效果。照理說，桶子落地應該要發出巨大的撞擊聲，但是，它卻輕輕地彈在了地上，然後滾到了他們幾呎之外的地方，最後靜靜地側躺在了地上。遠處的人一定聽不到它掉落的聲音。事實上，阿里這才了解到，女孩絕對有害怕的理由。這個廣場被樹叢擋住了；沒有人看到他們，沒有人知道他們在這裡。每個人都在清真寺禱告，每個人的手掌都蓋在自己的面前，低聲吟誦著信仰的經文。

他會再一次告訴她，他不是來傷害她的。他會向她保證，他只是……他只是在幹嘛？跟蹤她。他確實無法自已地被她所吸引，但是，他會向她解釋，並且讓她安心。她得了解，他是個紳士。阿里既困惑又生氣，這個女孩竟然可以讓他感到困惑。她什麼也不是。她的階級比他低。他會讓她知道，等他結婚之後，他就要去庫姆研讀宗教和古典學了——

在他決定自己能如何把這一切好好說清楚之前，他被甜瓜的香味所淹沒了。在中午的太陽底下，阿里一時有點目眩，他一定是產生幻覺了。某個濕黏而溫暖的東西落在了他的臉頰上，在那一瞬間裡，他無法分辨那是什麼。不過，他隨即意識到那女孩就在他旁邊，她已經走向他，並且親吻了他。她就站在那裡，踮著腳尖，這一刻彷彿是一個獨立的存在一樣。在那短短的幾秒鐘裡——這幾秒鐘將會永遠停留在阿里的記憶裡，直到他死的那一天——在那一瞬間裡，女孩溫潤的嘴唇印在了他的臉上，而這一瞬間將會永遠地封存在他的餘生裡。她給他的感覺彷彿一簇突然燃燒的火焰。

在她腳跟落地、差點摔倒之後，在她的嘴唇離開他的肌膚上之後，阿里渾身無法動彈。他站在原地，呆若木雞。他徹底地改觀了。她居然敢這麼做。她那溫暖的、突如其來的碰觸。她的吻讓他說不出話來，讓他呆住了。

「好了！」她的聲音現在聽起來柔和了許多。「你得到你想要的了。」

他不敢看她。

「不是嗎？」

他摸了摸臉頰上那個帶著甜瓜味道的吻痕，想都沒有想地，就把手指放在了鼻子前端。他在吸著她的氣息。他絕對不會忘記這個味道，即便在他迎娶阿提耶的時候，即便在他成為四個孩子的父親時，即便在他對來到他文具店裡的年輕人介紹偉大的古典作品和外國作家的時候。有朝一日他將會擁有一間文具店。對於他無意追求更高成就的選擇，他父親將會有多麼失望。「你有能力可以成為一位宗教學者，」他的父親將會懇求他。「你想要開一家店？像市場裡的人那樣？像個商人？」

「好了，」巴德里開口說道，而他只是動也不動地站在太陽底下，從他呼吸的方式可以看出他害怕對她的親吻做出反應。「我告訴過你，如果我父親發現你企圖想要親我的話，他會用他的刀子割斷你的喉嚨。大家都以為那是一把刀，但是那其實是一把劍。那是他祖父的劍。他的祖父是個土匪。誰敢惹他就會被他殺掉。」她停了一下，目光嚴峻地緊盯著阿里的雙眼。「用那把劍。」

阿里在陽光下強迫自己把眼光挪開。

「就那樣把他們殺了。如果老爹知道你一路跟蹤我來到市場後面，想要親我的話——」

「我沒有。」阿里打斷她，並且終於再度和她面對面。

「他會砍掉你的頭。他很會用他那把刀。你看過他切甜瓜的，不是嗎？不要以為我沒有看到你每天都站在那裡，在市場裡偷看我。像你這種自大的人難道不用去上學或者什麼的嗎？」

「現在是夏天。」阿里囁嚅地說。

「當然！我知道學校在夏天是關門的！」一絲尷尬的神情略過她的臉龐。「你以為我沒有受過教育而且很輕浮，是嗎？就因為我父親在市場賣瓜，而你父親……做什麼？治理這個國家？收取我們的錢？抽雪茄？我不知道。不過，我告訴你，如果我老爹發現這件事的話，他會割斷你的喉嚨。」

阿里點點頭。

「如果你想的話」——她走向掉在地上的那只桶子，撿起來，重新把它抵靠在臀邊——「你知道可以在哪裡找到我。當老爹在中午去祈禱的時候，我常常得要清空這個桶子。」

「什麼？」阿里低聲地說。

「他們全都會去祈禱，不是嗎？那時候，這裡會變得很安靜。」她抬起頭看著天空，臉上浮現一抹微笑。「這裡會很安靜、很平和。只有我們和蒼蠅。」

「中午的時候？」

「對。」

阿里把光亮的鞋尖頂在泥土裡，他的心在狂跳。他看著她離開，看著那只木桶不時在她的髖骨上彈起。

✦

在接下來的日子裡，那些發生在夏日豔陽下的垃圾桶邊的事情，原本不應該發生在一名受過教育的富家年輕男子和一個父親在市場裡切甜瓜的女孩之間。她那甜瓜般的甜蜜附著在他的褲子上、在他的喉嚨上；她無處不在，她完全佔據了他。

阿提耶得要試穿她的衣服。她的婚紗邊緣縫上了一些細小的珠寶。中午的時候，阿里在垃圾桶旁呼吸著巴德里的氣息，他不只嚐到了她的吻，還嚐到了更多他所不應該嚐到的部分；他總是目眩神迷、筋疲力竭地走在回家的路上。

他的慾望在什麼時候變成了愛？是在他聽著巴德里的耳語、努力不讓自己爆發（然而，他每一次都爆發了）的時候嗎？是在他睡前滿腦子都在想著她的時候嗎？是在他因為想到無法和她廝守而感覺空虛、甚至反胃的時候嗎？從什麼時候開始，阿里不再只是想要呼吸著一個漂亮的十四歲農家女孩的氣息，而是想讓這個女孩變成他的？合情合理成為他的、不可置信地成為他的、無法想像地成為他的。這些事都不應該發生。從來都不應該發生，尤其是在生命已經被計畫好的時候，當母親們都安排好的時候，當命運已經被註定的時候，當兩個男女已經被視為一對完美璧人的時候。未來已經被安排好了，被全盤考量過了，被謹慎地計畫好了。阿提耶就是他的未來。巴德里則是他在垃圾堆旁的甜瓜女孩。

巴德里是他的寶貝。巴德里滲進了他的皮膚裡；他走到哪裡都聞得到她，嚐什麼都像她的味道，他想要她。他要她。雖然她像奇蹟般地、荒謬地、冒險地、毫不在意地讓他佔有她——但是，這還不夠。一旦他嚐到了味道，他就想要更多。而她也給了他更多。而在他得到更多之後，他就想要更常得到。而她也更常出現。一旦他更常得到，他就想要持續地得到。而她也開始讓他每天都擁有她。一旦他每天都得到了，他就想要永遠都佔有她。他對她的渴望是貪得無厭的，永遠都無法感到滿足。他已經不在乎那是慾望還是愛情了。慾望和愛情已經沒有了界線。對阿里來說沒有。他只是需要永遠地擁有她，一直地擁有她。他不願意去想像沒有她的時候、沒有她的未來。

計畫之所以被制定都是有原因的。財務的、邏輯的，還有社交的原因。他的父母用理性、權力和關心作為生活的導向。阿提耶是阿里需要的人。他們兩家向來都期盼著那場婚禮。他這種階級的人總是按照最好的道路前進，創造更多的財富、追求正確的選擇。他這種階級的人不會渴望那種在市場工作的邋遢女孩——就算他們渴望，他們也會在得到他們想要的之後、在偷走她們的吻之後、在調情和愛撫過後，繼續往前邁進。毫髮無傷地走開。

✦

但是，阿里並不想要他母親在他出生時就幫他選定好的那個擦脂抹粉的新娘。他家裡堆滿了書；他起居室的地板上鋪著最好的波斯地毯。一個農村女孩在他家人眼中會是個笑話。當他走進他父親的書房，大膽地告訴他父親他不想娶阿提耶為妻時，他父親只是單純地問他：「為什麼？」態度中透露著對阿里的聲明感到不悅。當阿里清了清喉嚨、坐立不安、吃力地提起有個女孩甜美、漂亮又動人，還有一張彷如月亮的圓臉蛋時——阿里的父親卻不耐地說：「噢，那是誰？」一聽到那個女孩是甜瓜攤販的女兒，他父親的臉先是僵住了幾秒鐘，隨即大笑到前仰後合、笑到咳嗽，這讓阿里感到了毛骨悚然的厭惡，他從來沒有聽他父親笑成這樣過。阿里在他父親止不住的笑聲中離開了書房。

他和阿提耶在夏末的時候結了婚。阿里想起了市場裡的那個女孩：她的美貌、她旺盛的鬥志，她的一切都縈繞在他的心裡。他壓在阿提耶的身上，那個和他結婚的女孩，但是，腦子裡卻充滿了巴德里的甜瓜味。翌年，他們的兒子出世了。他們在社區裡、在他們居住的那個地區、在他們富有的社交圈子裡，舉辦了慶祝活動。很快地，他們的三個小孩相繼而來，沒有一個夭折。每個人都為他和阿提耶所受到的庇佑感到讚嘆。每個孩子都很健康。阿提耶很享受為人母親的感覺以及她的家庭生活。她在亞麻布上刺繡，也編織著有完美圖案的毛衣。她教育他們的孩子要服從和體貼。她無視於阿里的冷漠、不在乎他永遠都埋首在書堆裡，只是默默地在每天晚上把茶送進他的書房。當他把他的精力用在開設一家文具店時，她也沒有抱怨。對於他變成一名商人而非命中註定的學者，她並沒有露出難堪和失望。阿提耶繼續對他抱持忠誠。隨著時間過去，她依然美麗如昔。她的肌膚也依然不為烈陽所傷。

那個甜瓜女孩在他的夢裡永遠都充滿鬥志、充滿精力；她在市場後面的垃圾桶邊親吻他，她的味道依然香甜，也依然讓他陶醉。他在渴望中醒來。年復一年，只要來到市中心，阿里就會尋找著甜瓜小販的女兒。她一定已經嫁給了某個農家的兒子；她現在一定已經生了十二個孩子了。有時候，他會在城市外圍看到一些貧窮的婦人，她們的牙齒緊咬著印花的披肩，手中的菜籃裡塞著凋萎的蔬菜和劣質的肉（如果她們夠幸運能買得到的話）。他在這些身影裡尋找著甜瓜小販已經長大的女兒，但是卻從來不曾見到過她。

當他的文具店在哈菲茲大道的轉角開張時，他成為了第一個進口外國書籍的人。年輕的學生在那個時代愛上了閱讀。不僅迷上了那些外國小說和故事，也喜歡閱讀所有古老和現代的波斯文學。

有一天，當阿里．法赫里在他的店裡把翻譯成波斯文的杜斯妥也夫斯基和狄更斯的書籍從箱子裡取出，整齊地排列在書櫃上時，門上的鈴鐺響了，有人走進了店裡。一股濃郁的香水味立刻充斥在文具店裡。

那是一名高挑、優雅、打扮得宛如西方電影明星的女子。她顯然很響應禮薩國王在服裝上的改革。有些女性就拒絕拿掉面紗，並且對此感到恐懼。當禮薩國王的警察將面紗從婦女頭上撤掉，強迫她們現代化時，那些有宗教信仰的婦女都紛紛抗拒。不過，還是有些人對於無須遮遮掩掩的西式新作法敞開了雙臂。這名女子顯然就不是想念面紗的那一類人。她甚至還在臉頰上塗抹了腮紅，而且，她的臉看起來就像月亮。一輪耀眼、漂亮的滿月。

在那一瞬間，阿里感到了困惑。他知道自己看到的人不可能是甜瓜小販的女兒。眼前這名女子不可能是那個幫她父親把甜瓜皮倒在垃圾桶裡的窮女孩。

「早，尊敬的阿里。」她的聲音充滿自信而且字字清晰。「你的店真是可愛。」

櫃檯後面的阿里．法赫里依舊無法動彈。

「你以為我不會找到你？沒那麼困難。不要那麼害怕的樣子。你以為你會在路邊看到我嗎？我現在是工程師的妻子了，你不知道嗎？我丈夫教我怎麼讀書寫字。他花了時間教我。現在，我來了。來到這間可愛的書店！」

在阿里來得及回答以前，鈴鐺再度響了，這回進來的是一個男孩，大約十五歲左右的年紀，男孩的臉頰通紅，深色的亂髮頂在頭上，那雙眼睛裡洋溢著喜悅和希望。

「這是我兒子，」那名女子說道。「我想，你應該會想要見他。他很喜歡看書。我之所以帶他來此，是因為我聽說你這裡有最新、最好的書籍。據說你是個很好的書商。」

阿里清了清喉嚨，試著想說些什麼。

「早。」男孩走過來，微笑地對阿里點了點頭。他的自信讓阿里．法赫里出乎意料。「我母親告訴我很多關於你的事情。她說，你甚至還有像亨利．大衛．梭羅這種美國人的書籍？我很想閱讀這類的書。」

他的話讓他母親翻了翻白眼。「永遠都是政治和哲學的書！我告訴他，這個國家的未來是石油。用功讀書。學習如何管理經濟。學習財務。我告訴他要做些有用的事！可是，你能怎麼樣呢？」說著，她既挫折又驕傲地搓了搓男孩的頭。她輕輕地推了男孩的頭，讓男孩縮了一下。「永遠都是政治！現在的年輕人！他想要時髦的書，尊敬的阿里。」她說話的姿態有點裝腔作勢，帶著一種窮女人變富有了的不自然。有那麼短短的一瞬間，她的眼神和阿里四目相對，這讓阿里感到渾身無力。他有四個健康的孩子。大家都說，他的妻子阿提耶是個很棒的女人，彷彿天使一樣。他開了一家販售書籍和文具的店，這間店在這座城市裡被視為知識分子的天堂。他一直都在幫助學生、介紹適合他們的書籍。他一直都在進口來自世界各地的作品和商品；他受到了許多的讚賞，即便他父親對他並沒有成為宗教學者感到失望，但是，他還是成功了。一個甜瓜小販的女兒不值得他的注意，不值得霸佔他的思緒，也不值得消耗他的精力。多年以前，也許她曾經在市場裡莽撞而傲慢地對待過他。但是，他現在已經不一樣了。

然而。當她站在他面前時，阿里無法不想起他們偷偷摸摸見面的那些甜蜜回憶。他無法不想起每一個細節。她曾經完全地屬於他。他想起了她光潔到不可思議的肌膚，她自信的笑聲。他向她保證過他們會結婚。當他告訴她他父親的反應、當他告訴她他們要結婚事實上是多麼不可能的事、是多麼難以想像的事時，巴德里哭泣得宛如她的心就要掉出來了一樣。

這麼多年以來，他一直把她放在心上。現在，當她注視著他時，阿里覺得即使他這間天堂書店裡的書籍扉頁都飛散在風裡、都化成碎紙飄散在天空裡，他也不在乎。當她站在他眼前時，他再度充滿了渴望。他再度因為她而迷失了。她的聲音未曾改變。對一個女孩來說，那樣的聲音太成熟、也太有自信了。而她的聲音在這麼多年之後，終於符合了她的外型。

在市場的垃圾桶後面，阿里做了他絕對不敢和同一社會階級的女孩做的事；他不會讓一個來自望族的女孩蒙羞。然而，當他和她在一起的時候，他那青少年的情愫控制了他。她沒有抗拒。她讓他感到驚訝。他曾經對她說，他會娶她。他甚至是認真的。就算他知道不可能，他心裡的某部分依然希望他可以娶她。他不想要阿提耶，他想要的人是她，他父母的選擇是可以商量的嗎？不，當然不行。一個在市場裡幫她父親賣瓜的女孩不是結婚的對象。他永遠都不可能和她有孩子。

「我丈夫，」巴德里強調地說。「是個工程師。他的家族是伊斯法罕的阿斯蘭，也許你有聽過他們？最上流的階級。是皇室的後代。我們已經結婚，」她繼續說道。「超過二十五年了。噢，我們的婚禮真是太特別了。我兒子喜歡看書，就像我剛才說的。你知道現在這些聰明的學生都是什麼模樣。每個人都想要讀最新的哲學。在我們居住的那邊——」她說出了她居住的那條街道的名稱。那條街位於城市的北邊，是新的資產階級紛紛移居落腳的地區；那些人在那裡蓋了許多大房子，並且喜歡用時尚新奇的傢俱、蕾絲窗簾和鑲有金邊的盤子來裝飾家裡。她用她的住址在羞辱他，用她嫁給了工程師丈夫的消息在刺激他，還在他面前誇耀她英俊有禮的年輕兒子。他把她的地址記在腦子裡。他知道他無法不走到那裡去看她的房子、她的窗子，以及她的剪影。

「把那些勇敢的哲學家介紹給我兒子吧。他喜歡閱讀有骨氣的人所寫的書。他想要向那些有勇氣的人、那些決定自己命運的人學習。你瞧，那些才是真正的男人。不是那種依附於階級和婚姻舊制的人。你同意嗎？」她的話彷彿飛鏢一樣地刺穿了他。語畢，她足足盯著他看了好幾分鐘，眼睛連一下都沒有眨過。

是的，他默認她的說法。他屈服於他父母的要求之下。因為那太荒唐，因為那會是個笑話——娶一個鄉下女孩。他這種社會階級的人不會做那種事。他沒有那麼做。如果她為此而懷恨在心的話，那就太荒謬了。

阿里．法赫里會帶這個男孩到擺放哲學書籍的書櫃。他會把書架上的亨利．大衛．梭羅最新版本的湖濱散記介紹給他。一本波斯語翻譯的新書。他會引導男孩認識他書櫃上的那些巨擘，幫助他年輕的思緒探索和成長。他在這間店裡幫助過多少學生？他是這個城市的百科全書，是實質上的參考圖書館員，是知識的來源，是文學、哲學和詩集的專家。這就是他所做的事。這就是他擅長的事。他會帶領這個男孩，會幫助這個男孩。他會補償男孩的母親。他會引領這個孩子，然後希望巴德里可以原諒他。

他會做任何事情，以求得巴德里的原諒。

她站得筆直，挑釁著他，穿著一身緊貼在身體上的衣服嘲諷著他，她的手扠在臀邊，雙頰嫣紅，她怎麼敢如此大膽？她什麼也不是，她只是一個賣瓜小販的女兒，只是奇蹟似地嫁給了一個工程師，就表現出一副阿里．法赫里最痛恨的暴發戶模樣？

「我很清楚那條街。」他對她的地址做出了回應。「我常去那裡。」

「我們家在那條街的最尾端。房子前面有一棵很大的梧桐樹。我們可以看到阿勒布爾茲山脈的美景！好了，巴赫曼！」她轉過身，把兒子推向法赫里先生。「親愛的巴赫曼，去看看你能在這堆書裡找到什麼吧。」

在巴德里撥弄頭髮的同時，阿里．法赫里帶著男孩走到店裡陳列哲學書籍的角落，為男孩展示他的收藏。他會把他所知道的教給這個男孩。他會告訴男孩他所學到的知識。他會幫忙指引男孩走向自己內心的渴望，走向自己註定的命運。這是他至少可以做到的。

第十五章

1953
額頭上的命運

札里手拿一只信封走進了屋子。「今天的郵件裡有這個東西。」她說。

羅雅的心猛然跳了一下。她搶過信封。那是他的字跡！她終於可以知道他為什麼沒有去廣場？他是否平安？這段時間他都在哪裡了嗎？她傷心欲絕了這麼久。她只想收到他的隻字片語，知道他是否安好。她用盡所有力氣地抓住信封，光是見到他的筆跡就已經讓她欣喜若狂了。

她打開那張她再熟悉不過的薄信紙，急切地開始閱讀。

尊敬的羅雅，

希望你和你的家人都健康。對於我所帶給你的擔憂和傷心，我在此致歉。我知道我們談過結婚的種種，但是，請你了解，我現在的首要之務是幫助這個國家。我會在我能力所及的範圍內盡一切所能，確保我可以幫到國家。如果我用愛的言語矇騙了你，我在此道歉。如果我讓你認為我們有機會擁有共同的未來，我錯了——這點，我現在明白了。因為我們對一個共同的美好未來懷抱著希望，所以，我們才有了愛。但是，我們太天真了。我太天真了。我還沒有準備好。我們太倉促了。我們太輕率了。我需要時間。我需要空間。請不要和我聯絡。這麼做真的很危險——你會讓我陷入不利的處境。我必須秘密地追求目標。我必須幫助國家陣線。這個夏天，我陷入了青少年的愛情裡。現在，我有了更掛心的事情，這點，你必須相信我。你是個聰明、美麗的年輕女子，你會發現有很多男人想要獲得你的青睞。祝福你有個美好的未來。祝你快樂和健康。

誠摯的，

巴赫曼

她的手指在顫抖。這封信是巴赫曼的字跡。這張紙和他之前寫給她的每一封信的紙張都一樣。但是，這些字句卻是一坨垃圾。巴赫曼絕對不會寫這些話。

羅雅把信放下。這是什麼胡言亂語，根本是一派胡言。她完全看不懂。「你在哪裡拿到這封信的，札里？」

「我告訴過你了，是郵寄來的。」

「可是，他從來都沒有寄過信給我。那些信向來都是透過文具店給我的。」

札里雙手交叉在胸口地瞪著她看。「那他現在要怎麼把信給你？」

「但是，這封信完全不合理。如果是今天寄到的話，那一定是幾天前就寄出來了——在發生政變之前，在文具店被焚毀之前……」

「他有哪一封信是合理的嗎，姊姊？你現在才想到合理的問題嗎？」

「你看過那些信了？」

札里的臉瞬間漲紅。「當然沒有。」她用一種高八度的語調回答。「告訴我，姊姊。他為他自己辯解了些什麼？」

羅雅只是搖搖頭。「他沒有說他為什麼沒有去廣場。一句都沒有提到。」

「好吧，如果這封信會在今天寄到我們家的話，那一定是在你們見面的幾天前就寄出了，對嗎？那麼，他怎麼可能提起那件事？」

雖然，這封可怕的信無法回答他在他們應該要於廣場相見的時候到底去了哪裡，但是，羅雅知道，札里說得沒錯。羅雅讓步了，她把這封來自巴赫曼的信給了妹妹看。她想要得到確認，確認這只是個玩笑，是一場惡作劇。

札里很快地看完。她深深吸了一口氣，然後說道：「一條蛇。我告訴過你，他是一條蛇。一個熱衷政治的頑固分子。」

「他絕對不會寫出這種東西。」

「姊姊，他是個政治狂熱分子——這種政治型的人簡直就是瘋了。他在用百分之百的波斯語告訴你他是個什麼樣的人。你為什麼就是不能相信？」

那天晚上，羅雅又輾轉難眠了。那封信一定是在脅迫之下寫的。一定是這樣。當她終於睡著時，她夢見了巴赫曼被關在了某個地方，守衛緊緊盯著他，揪著他的頭髮，強迫他寫下那些不合理的、麻木不仁的文字。

✦

「找你的，羅雅！」

當羅雅走進起居室時，媽媽帶著憂慮的神情，把電話筒遞給她，同時壓低了聲音說：「是巴赫曼的母親。」

「羅雅？」

羅雅震驚到幾乎無法把黑色的電話聽筒舉到耳畔。「您好，尊敬的阿斯蘭太太。」

她希望電話那頭聽不到自己重重的心跳聲。出於習慣、出於尊重，也出於尊敬長輩的社會必要禮儀，她回應道：「您好嗎，尊敬的阿斯蘭太太？很高興聽到您的聲音。」

阿斯蘭太太像連珠炮地開口，連氣都沒有換一下。「親愛的，親愛的，我要說一件事——這很困難。對了，巴赫曼回來了。我們都在北邊……」

「他還好嗎？」羅雅覺得頭暈。

「很好。總之，別管細節了，我不想讓你擔心或者誤導你。事實上，親愛的羅雅，巴赫曼在這段時間裡都很好。你知道的，我們在這裡有一幢別墅，就像其他人那樣。呃，你沒有別墅，不過你知道我們很喜歡我們的海邊別墅。他和我們都在那裡，嗯，他現在回來了。其實，親愛的羅雅，其實，我打電話給你是因為……我不太確定要怎麼說。婚禮兩個月後就要舉行了。巴赫曼要結婚了。」

羅雅不確定自己有沒有聽錯阿斯蘭太太的話。

「親愛的，我知道這對你來說有多難。當然很難了。我的天啊，我沒有勇氣告訴你母親，原諒我！你可憐的母親，她是那麼的善良。你們都是好人。不要誤會。你們都是好人，你父親是一個正直的人，這件事和他在政府當差一點關係也沒有。巴赫曼明白，儘管發生了那些事，你父親還是得待在他的崗位上，為國王工作。」

「什麼？」

「親愛的，在任何情況之下，這些事情都很艱難——不要誤解我的意思。我們都經歷過年少的愛情，我個人可以證明，我很了解這種愛情的峰迴路轉和反覆無常。」她停了一下，然後才又接著說：「還有它的失落。所以，我對這個壞消息向你致歉，不過，他現在很快樂，親愛的羅雅，你了解的。你很年輕。生命就是這樣。我們的命運不在我們的掌握之中。我們無法改變它。真主保佑，你會成功的。」

羅雅什麼話也說不出來。她的手抽筋了，電話筒看起來好像就要從她的手裡滑落下來。

「我得掛電話了，還有好多事要計畫！我相信，你可以理解我們為什麼不邀請你和你的家人來參加婚禮。他現在很開心、也很健康，希望你也是，我的女孩。真主庇佑你。」

電話掛斷後很長一段時間，羅雅只是坐在地板上盯著牆壁。她母親走過來關心她，然後說了一些羅雅根本聽不到的話。時間一定不早了，因為老爹已經下班回來、正在對她說話，羅雅可以看到老爹的嘴唇在動，但是她不知道他在說些什麼。最後，札里尖銳的聲音打破了她的茫然。「我告訴過你，」她聽到她妹妹在說話。「狗兒子，」還有「說謊的瘋子」。札里把羅雅拖上床，並且把一條冷毛巾敷在她的頭上。羅雅斷斷續續地聽到一些句子，「懦夫」和「瘋子媽媽」。但是，她在水裡。所有發生在她周圍的事似乎都沒有發生。她不停地聽到阿斯蘭太太在電話裡說的話。那不帶感情的、冒失的聲音。他一直都在夏日別墅？她說巴赫曼就要結婚了？她說得好像是在討論黃瓜的價格，或者即將下雨了，又或者就只是單純在討論命運一樣。

那天晚上，札里並沒有用舊報紙把頭髮包起來。她一再重複說著她有多痛恨那隻說謊的狗，就是巴赫曼．阿斯蘭，以及他那機會主義者、視錢如命的母親。

羅雅只能帶著羞愧和一顆破碎的心對她說：「妹妹，你是對的。」

第十六章

1953-1954

先驅者

「你會通過申請的，真主保佑。」老爹在吃早餐的時候說道。「看到自己的孩子心碎，一個父親能忍受多久？你不能只是無所事事，親愛的羅雅。你也一樣，札里。你們兩個。在一個失去希望的國家裡，年輕人……你們不能失去你們的未來。我不會讓這種事發生的。真主賜給了我們兩個漂亮又聰明的女兒，她們的前途充滿了光明，不是嗎，親愛的瑪尼吉？真主只給了我們這兩個孩子；我們命中註定不會有更多的孩子。他不讓我們成為民主國家，為什麼？我們想要的不過就是發言權。讓人民有話語權。不是嗎，親愛的瑪尼吉？」

媽媽雙手交叉在胸前地看著窗戶外面。

「即便心碎、即便摩薩台被推翻了、即便生活中有所失去，我們還是得繼續往前進，不是嗎？」

老爹堅持要羅雅開始學英文，如此一來，她就可以考慮申請去美國念大學。他甚至建議札里也去報名開始學英文。起初，羅雅曾經抗拒過，但是後來她同意了。而這多少也讓她從心碎和悲傷中轉移了焦點。

「這是一個絕無僅有的機會。」老爹繼續說道。

「即便只是想想，都覺得不可能。女孩們到國外去？去念書？我知道男孩子會這麼做。富有的男孩。那些有錢人家的男孩。我們只是……我們是中產階級。我們能為自己做什麼？」媽媽看起來就像快哭了一樣。

「可是，時代不同了。婦女可以像男人一樣到國外念書。歐洲人就是這樣。美國人也是。我們呢，落在人後嗎？不。而且，為什麼只有有錢的女性可以？現在有一個特別的企劃。我老闆願意幫忙。他已經幫了很多忙了。他兒子在負責這個企劃。你們會是先驅，女兒們。想想看，這代表了什麼意義。這是怎樣的一個機會啊。一個史無前例的機會，當你母親和我還在你們這個年紀時，如果有人告訴我們說，年輕的伊朗女孩可以到美國大學去念書，你們知道我們會說什麼嗎？」

「我們會說那些人瘋了，在胡言亂語。」媽媽咕噥著。

「沒錯！我的意思是，不是。我們會很震驚。我想，會很驕傲。」

札里嘆了一口氣。卡塞波走過來拿走一些盤子。羅雅只是坐在自己的座位上。

「隨便你們怎麼看國王，不過，他真的讓這種事變得可行。他幫了婦女很多，這點我必須肯定他。你們知道，如果你們去了美國的話，你們會變成怎樣嗎？」老爹問。

「會變瘋子。」媽媽回答他。

「不，不是瘋子！我說：先驅者！你們這一代是首批能夠擁有這種機會的伊朗婦女。這是讓人難以置信的。」老爹揉了揉臉。「親戚們在批評我說，把女兒送到國外很丟臉。『你怎麼可以考慮把你未婚的女兒送到外國的土地上？』他們說……」

未婚。這個字眼讓羅雅畏縮了一下。她的腦子裡出現了一個她不想見到的畫面，巴赫曼在德黑蘭北方的一座花園裡和夏拉結婚了。巴赫曼已經結婚兩個月了。根據賈漢吉爾的說法，那場婚禮相當的豪華。夏拉看起來就像個電影明星一樣。阿斯蘭太太也不甘示弱。

「我說了這麼多，意思是我們得做點什麼！悶悶不樂地坐在這裡只會讓自己變成像醃菜一樣的老處女。你只會逐漸消瘦下去。或者，你可以到美國去念大學。想想看。搭飛機在天空裡翱翔？」

「你又不是有錢人。」媽媽對他說。

「我們比很多人富有。這是可以做得到的。」

羅雅已經對她的父母表示過，她永遠都不會結婚，也不會再接近其他男孩。自從她去到那座廣場、在那裡等待著巴赫曼、在那裡目睹了法赫里先生的死亡之後，接下來的四個月裡，大部分的時間她都待在家裡。關起門來、躲在臥室裡哭泣，食不下嚥，只感到了空虛。她已經高中畢業了，她原本的計畫是和巴赫曼一起展開新生活，因此，在這個計畫幻滅之後，她其實就什麼都沒有了。

最後，她終於願意和札里一起出門，偶爾和札里一起走到雜貨店去。她一直都害怕可能會在這座城市裡見到巴赫曼或他的朋友。她覺得很丟臉，她為自己缺乏判斷、為自己的愚蠢和天真感到羞愧和後悔。像她在大都會電影院看過的外國電影那樣地在賈漢吉爾家跳舞，這段記憶感覺是那麼地遙遠和陌生。她曾經去參加過那些舞會嗎？她曾經在巴赫曼的懷裡跳過探戈嗎？這些事真的發生過嗎？現在，她所能做的就只是學習英文，並且幫助札里練習那些新的字彙。和札里一起讀書讓羅雅找到了些許的慰藉。一如既往地，讓腦子保持忙碌拯救了她。

她想起那些消磨在法赫里先生文具店裡的日子。現在，她完全避免再到那條街去。她無法靠近那裡而不想起文具店帶給她的回憶，在目睹文具店在大火中被燒成灰燼之後，她無法忍受再靠近那裡。她依然會夢到自己到文具店去，再度在店裡見到法赫里先生。那個滿懷希望跑進他店裡想要把信交給他、或者想要從他手中接過信的女孩是誰？那個女孩真是個大傻瓜。

「……這就是我要維護她們的原因。」老爹還在說話。羅雅早已失去了專注，她不知道老爹此刻在說的是他的女兒還是醃黃瓜。「即便那意味著我的女兒們必須離開我，去到世界的另一頭去接受大學教育。不要那樣看我，親愛的瑪尼吉。為了孩子，我們得做出犧牲。」

為了孩子。羅雅知道，學術知識對札里來說向來都有一定的難度。她還對約索夫有感覺嗎？他現在正在大學裡念醫科。札里對他似乎不只是一時的迷戀而已。她會真的想離開伊朗嗎？

「你知道要學會申請美國大學有多難嗎？我得把我自己的疑慮先放一邊。我的心至今還五味雜陳！我可以告訴你，那真的很傷腦筋。」

媽媽在椅子上挪動了一下。

「如果我老闆沒有說要幫忙申請並且提供獎學金的資訊，我真不知道我要怎麼完成這種事。」

「讓札里留下來，」媽媽說。「她為什麼得去？讓札里留在家裡。」

「親愛的瑪尼吉，她們兩個一起去會比較安全。」

「比較安全？這怎麼會比較安全？你要把我們的女兒送到美國，她們在那裡舉目無親。現代化也是有極限的。把小孩送到國外是什麼現代資產階級的新流行嗎？」

「國王的妹妹就去——」

「我們不是國王的妹妹！」

雖然他們四人一起圍著桌子而坐，卡塞波也不時地拿著更多的奶油和茶忙進忙出，不過，這場對話只是媽媽和老爹的個人角力，羅雅和札里都心知肚明。

「親愛的瑪尼吉，我必須克服種種的困難！光是讓女兒們考慮這件事就已經很困難了。而且，弄清楚所有的程序也不容易。你不知道我得用上我所有的關係，才能實事求是地拜託人家教我這些流程要怎麼進行嗎？」

「誰會這樣做？」媽媽的眼淚就要流下來了。「她們還那麼年輕。」

「我們得加入現代思維方式的行列。如果我的老闆願意幫忙的話，如果她們有這個機會的話，為什麼不試試看呢？她們會再回來的。她們可以得到我們夢想不到的教育。然後，她們就會回到我們身邊。」老爹轉向羅雅繼續說道：「她已經哭了好幾個月了。她在這裡越來越憂鬱、越來越痛苦。」

羅雅覺得自己變得好渺小。她已經變成了一個被拋棄的愛人，一個讓人同情和無奈的對象。這已經不只是丟臉了。

「而且，你們也看到了政變造成了什麼。」老爹繼續說著。「那個文具商死了！那麼多人死了。為什麼？現在的伊朗並不穩定。我希望它穩定，你也希望它穩定，它差點就可以穩定了。也許，民主並不是這個國家的命運。老天知道我們已經試過了。一九〇六年的時候，我父親曾經為立憲革命奮戰過。當時，他的年齡就和這些女孩現在一樣大。他那一代帶給了我們波斯國會。可是，我們現在呢？這個國家永遠都是往前兩步、後退三步。就在我們有一個正直的總理時，他就被踢到一邊了。現在，國王已經鞏固了他的力量。他只是個對西方唯命是從的走狗。他是他們的傀儡。」

「所以，女兒們就應該去西方？你的話根本就不合理！」

「我們不能寄望這裡會變得民主。那個夢想現在已經死了。在西方，至少她們不用擔心政變或獨裁統治！這是為了保險起見，親愛的瑪尼吉。我們現在得謹慎行事。他們打壓了那麼多支持摩薩台的人。也許我們就是下一個。羅雅曾經也在街頭出現過。當時，她也可能中槍！」

這句話讓媽媽不發一語地把臉埋進了手掌心。

「我會去的，」札里突然開口。她挺起了坐姿。「好的，親愛的老爹。我們去申請吧，就讓我們試試看。我會去美國，和羅雅一起。然後，我們會再回來。我們會回來，在我們的餘生裡待在你和媽媽身邊，但是，我們回來的時候，將會帶著沒有人可以從我們身上奪走的美國教育。」

老爹看起來彷彿就要暈倒了一樣。「札里！」他說。「對，對。那就是我所說的。一旦你們接受教育之後，沒有人可以把那些知識奪走。你知道嗎？你可以從大學裡得到學位，放在你的口袋裡，而那個學位一輩子都會在那裡。那就是我的意思。」

細微的塵埃懸浮在窗口的一道陽光裡。他們的茶聞起來有佛手柑的味道。卡塞波在廚房裡發出的聲音讓人感到安心和熟悉。屋外的街上，一名小販正在叫賣著他的甜菜。羅雅想要遠離這份羞辱，但是，她並不想離開這一切：媽媽溫柔的存在、她的城市、她的家。她不想和她的父親道別。

「她們可以在這裡念書。她們可以申請這裡的學校。在這裡拿到她們的學位。」媽媽堅持著。

老爹只是搖搖頭。他無須再多說什麼。他們都知道，這裡意味著一個政變的城市。一個人們莫名其妙遭到槍殺的城市。同時也是羅雅遭到她未婚夫背叛的城市。她至今仍然無法在城裡四處走動，為的就是怕遇到巴赫曼。或者夏拉。或者甚至更糟的是，遇到他們兩人在一起。

札里啜飲著她的茶，羅雅想要告訴她：你不用和我一起去。你在這裡有你的生活。我想，你愛上了約索夫。你當然愛上他了。你留下來。我們其中一個的生活脫軌了，那並不表示我們兩個都得改變目標。你和媽媽以及老爹留在這裡。去過你註定要過的生活。我的生活懸而未決；但你的生活不需要如此。

她知道她應該要對妹妹這麼說。這是一個好姊姊會做的事。然而，無論她們的家庭有多麼現代，羅雅都沒有能力否決老爹。或許，她無法忍受沒有札里陪伴而獨自一個人離開，並且暗自對老爹提出的姊妹同行配套計畫感到慶幸。

在這個城市的另外一個街區裡，巴赫曼正和他的新婚妻子坐在一起。根據賈漢吉爾的描述，巴赫曼推遲了要在激進報社裡成為新聞工作人員的計畫，轉而在石油業裡謀得一職。就像他母親期待的那樣。那個要改變世界的男孩只是聽從了他母親的話。羅雅想像著他在夏拉身邊醒來，在她面前更衣，在工作上學習著如何將石油的利潤提升到最大。這是他所選擇的生活。是他母親為他選擇的生活。而他也對此認同了。反正，總理摩薩台現在已經下台了。巴赫曼和夏拉也會在一起過他們的生活。

在最後那封信之後，她就再也沒有收到過他的消息。他沒有打電話，也沒有寫信。她得從賈漢吉爾那裡才能得知他的消息。而她的驕傲也讓她無法主動和他聯繫。在他那樣對待她之後，她為什麼要聯絡他？在他那封最後的來信裡，他特別指出他不希望她再聯繫他？她並沒有絕望。她不會卑躬屈膝。他以為他是誰？她居然完全看錯了他。她居然這麼愚蠢。她太年輕了。他真的娶了夏拉！無論她走到這個城市的哪裡，都會有人施予她同情的眼光，這讓羅雅深惡痛絕：那可憐的女孩！他們曾經是那麼完美的一對！看看她現在的樣子。這是怎麼樣的命運啊！你知道她在最後一分鐘把那個文具商推開嗎？那個可憐的文具商……

這個城市不可能再像從前一樣了。也許老爹是對的。她應該離開德黑蘭。

「我們當然會去美國。我們會一起去的，親愛的老爹。」羅雅對父親說道。她的身形已經失去了原有的線條；她在早餐桌上就像個輕飄飄的鬼魂一樣。

雖然離開德黑蘭感覺像是要前往月球一樣，但是，這卻可以保證讓她避開巴赫曼，至少避開好幾年。她會重新找回理性。她會遠離法赫里先生倒下的那個地方、遠離那間店殘餘的灰燼。據說，那間文具店的遺址將會被一座新的銀行所取代。她會在學成之後回來，成為這個國家少數擁有美國學位的女性之一。她會真正地躋身於受過高等教育的新興現代化階級的行列。她會成為先驅者。她為什麼不去？留在這裡她還能做什麼？至於札里，羅雅會確保自己可以照顧好她的小妹妹。她們會去美國的。過去，也有人做過一開始看似荒謬的事情。這個國家正在改變。為什麼不站在教育的前線？等她們結束學業之後，她們將會回來，讓那些對她露出同情、對她指指點點的人刮目相看。

老爹點點頭，說他會向他的老闆要那些申請的文件。他說話的聲音很小，彷彿覺得既驚訝又有點羞愧。媽媽先是看著羅雅，接著轉向札里，然後她的淚水開始決堤。

✦

「聽著，你不用這麼做。」那天晚上，在她們準備上床睡覺的時候，羅雅對妹妹說道。

「老爹不會讓你一個人去的。」

「你和約索夫之間發生了什麼事，對不對？你最近幾乎都不再提到他了。你們兩個怎麼了？不透露細節不像你的作風。為什麼什麼都不說？聽著，我知道你什麼都不說，是因為你擔心我可能會有什麼反應。不過，別擔心！只要你開心的話，我就會為你開心。你不需要保護我。如果你陷入了愛河，那你就應該留在德黑蘭。」

札里把髮夾從頭上摘下。自從阿斯蘭太太打電話來告訴羅雅關於巴赫曼的婚禮計畫之後，札里就不再用舊報紙把頭髮包裹起來製造波浪效果了。在白天的時候，她只是用夾子把頭髮夾到兩邊。這讓她看起來年長了一點，顯得更成熟了。一個女孩很適合在高中最後一年的時候兼讀英文。羅雅對自己的小妹妹在過去六個月以來所出現的成長感到讚嘆。彷彿她和巴赫曼的分手以及法赫里先生的死亡，都強迫了札里加速長大了。

「這你就不用管了，姊姊。」札里的手停在自己的頸背上。此刻的她看起來宛如古詩裡所描述的雕像。

「你願意拋下一切嗎？」

「如果你去的話，我就去。我們會一起開始。而且，只不過是幾年的時間而已，不是嗎？也許，我也應該試著讓自己有所成就。這是一個新世界。我們是受到解放的新一代年輕伊朗女性的先驅者！」她完美地模仿著老爹。

對於妹妹願意陪伴她展開這趟新的旅程，羅雅除了感到震驚，同時也暗自鬆了一口氣。在她上床的時候，她覺得自己彷彿就要從一處懸崖縱身跳入冰冷而波濤起伏的大海了。

✦

夏天開始的時候，他們陸續收到了郵寄來的信件。老爹把信件都帶去給了他的老闆，請他幫忙翻譯。是的，他的老闆向他確認，那些信的答案都是肯定的。羅雅和札里雙雙被加州那間小型的女子大學接受了，那是老爹的老闆所推薦的學校，因為校方為國際學生提供了一份特別的獎學金計畫。是的，她們兩人都獲得了獎學金。她們會從同一個年級開始，因為羅雅在高中畢業之後停了一年，是的、是的、是的，她們確實被學校錄取了。不，她們不是那裡唯一的伊朗女孩，今年，還有其他幾個女孩也被錄取了！媽媽擔憂地說，那些人也許是國王的親戚。不過，她還是熬夜幫女兒們縫製新衣裳，為她們各自準備了一堆襯衫、裙子和外套。她的女兒絕對不會在沒有她所縫製的精美衣服下前往美國。她在市場上買了最細緻、最柔軟的棉布，幫她們每個人縫製了一件洋裝（羅雅是淡綠色的，札里則是粉藍色的），她的縫衣針熟練地在衣領上穿梭，在她出眾的刺繡手工下，衣領上出現了一朵朵細緻的小花。她把細棉布剪開，一直工作到晚上，幫女兒們縫製成四種不同顏色的襯衫：米色、白色、淺粉紅和嫩黃色。她在城市北邊的店裡買來外套和打褶的裙子，費力地熨燙著這些衣服。她小心翼翼地把從市場買來的內褲和絲襪放在她們的箱子底層。羅雅和札里不敢置信地幫著媽媽收拾她們自己的行李。老爹把所有的積蓄都用在購買她們的機票和獎學金沒有涵蓋的部分學費了。他變賣了他收藏的金幣，那是他父親在他結婚時給他的。為了多賺一點錢，他也加班到很晚才回家。他甚至還要媽媽把她在她父母死去時繼承的那一點遺產讓女兒帶到美國。

在她們啟程的那一天，媽媽把一本可蘭經舉到她們的頭頂上方。羅雅和札里在可蘭經底下各自踏步三次，然後親吻了可蘭經，以求她們一路平安。這是為了確保旅途平安的一種小儀式。羅雅和札里是在遵循這種儀式下長大的，每當她們一家要去亞茲德、伊斯法罕或設拉子度假的時候，她們都會進行這種迷信的儀式。當她們的親戚結束德黑蘭之行要返回他們在北方的村落時，她們也會把可蘭經高舉在親戚的頭頂上。不過，羅雅從來都沒有預料到，有朝一日她會為了一趟即將把自己帶往美國的旅程而站在可蘭經底下。

起初，巴赫曼帶來的痛苦和法赫里先生的死亡所造成的傷痛是那麼的赤裸；羅雅覺得自己的皮膚彷彿都被撕開了。但是，隨著時間過去，在皮膚暴露的地方，一層薄薄的外皮長了出來。等到她要登機的時候，羅雅已經可以再度感覺得到自己的肌膚、骨頭、眼睛和四肢，然而，她的心卻被鎖住了。她曾經相信過的許多事物都被抹去了。她的心將會被封閉，她對自己承諾了這點。她的頭髮梳理得很整齊，她的掌心裡握著手提袋的把手——她的雙腳不由自主地一步一步往前移動。她可以看得到札里面露擔憂，不過卻也帶著些許的興奮。她聽到媽媽在哭泣，看著老爹在數著現金——他從銀行換來的一把陌生的綠色鈔票——然後把錢遞給她們。她看著這一切，感覺就像一場夢一樣。

在前往機場的途中，青銅色的天空看起來彷彿就要下雨了；天空裡佈滿了濃雲。灰色的雲朵沉重地低垂在天空。他們的車開過熟悉的建築、熟悉的街道，經過他們曾經走過無數次的商店。甘納迪咖啡館、她們以前的學校，還有媽媽小時候在索拉雅街上的家。老爹繞了一條遠路，讓她們可以看這座城市最後一眼，這座她們很快就再也看不到的城市——至少會有好一陣子看不到了。他刻意避開了瑟帕廣場以及文具店的遺址。羅雅對自己的家、她的父母和她即將拋下的一切湧起了一股強烈的愛。

「我們會喜歡校園的，不是嗎，羅雅？」札里捏了捏她的手。

羅雅點點頭。

「反正這個國家已經不值得再待下去了。」老爹企圖讓自己聽起來好像他真的相信這點。「他們推翻了我們真正的民主領袖。現在，外國勢力和他們的走狗可以對我們為所欲為了。不值得了。去吧。離開這裡去獲得自由。盡一切所能學習。那總比待在這裡讓獨裁者和一個隨意開槍射殺的政府掐住我們的喉嚨要好。」

羅雅等著媽媽開口阻止老爹繼續說下去。「馬赫迪，不要再說那些無聊的話了。你那些反國王的言論已經說夠了。」不過，媽媽卻只是在車裡強忍哭泣，什麼也沒有說。

兩個女孩登上了飛機。當飛機在城市上空轉彎時，姊妹倆握住了彼此的手，不太確定自己會不會就這樣死掉。這個東西怎麼可以停留在空中？當飛機加速、神奇地提升高度時，羅雅覺得自己幾乎、幾乎就要碰到了飽含雨水的雲朵。當她們越飛越高時，她希望那些低垂在德黑蘭上空的烏雲可以終於瀉下傾盆的大雨，讓整座城市和每一個人都浸濕在眼淚的海嘯裡。不過，德黑蘭上空的那些烏雲也許只會把眼淚鎖在雲層裡，不會釋放出任何一滴的雨水。在她飛離這座城市越來越遠的同時，她突然驚愕地意識到，關於她家鄉的很多事，從現在開始，她將永遠也不會知道了……

第三部

第十七章

1956
加州咖啡館

加州充滿了新意和陽光。那裡的每樣東西看起來都彷彿是剛買來打開的玩具。浸淫在陽光裡的建築、閃閃發光的街道、晶亮耀眼的商店，男人身上緊貼著身軀的衣服和女人身上優雅的裝扮，都像是從大都會電影院的電影裡走出來的一樣。儘管新家裡灑滿了讓人目眩的陽光，羅雅還是被一股長期的思鄉之情所籠罩。札里變成了她和過去生活唯一的連結。

兩姊妹靠著彼此相互的扶持在過日子。她們學會了如何在她們的新寄宿家庭裡生活，如何熟悉位於海灣地區的米爾斯學院校園。她們一起練習她們的新語言。剛開始的時候，羅雅覺得自己彷彿在演默劇，只能藉由手勢和誇張的聳肩來彌補她在英文用字上的不足。她就只差沒在臉頰上畫上眼淚而已。

身處一個新的國家，感覺就像是被推進了一間漆黑的房間。起初，什麼都看不清楚；最多只能看到一些模糊的斑點。但是最後，她的眼睛適應了。原本支離破碎的形狀，慢慢地出現了焦點。羅雅和札里引導著彼此，即便很多時候，她們就像一個瞎子帶著另一個瞎子一樣。她們對她們的房東基什博太太禮貌地微笑，在基什博太太的家裡，除了兩姊妹，還住了其他幾個女學生。

儘管德黑蘭充滿了痛苦、心碎和政治的混亂，但是，羅雅並不想把德黑蘭拋諸腦後。然而，她別無選擇，只能創造——一針一線地——一個新的生活。她必須往前邁進。而札里也讓她驚訝。在德黑蘭的時候，羅雅總是認為妹妹既虛榮又自我中心。但是，在她們這個嶄新的生活裡，札里卻以一種近乎癡迷的方式吸收著新的美國文化，彷彿一個為了避免溺水而大口呼吸的人一樣。到了進入女子大學的第二年，羅雅和札里在學校的課程上都已經得心應手，並且也擁有了一小群可以一起去看電影、吃晚餐，偶爾還可以彼此分享草莓奶昔的朋友。雖然鄉愁依舊存在。

成功地掌握語言、化學課和生物課，這三件事已經綽綽有餘地佔據了她的生活。羅雅發誓不要再接觸男人。至於札里，儘管她已經一頭栽進了美國，卻依然像以前一樣直率，一樣地咯咯發笑、一樣地傻乎乎。很快地，札里在同學家裡認識的一名年輕男子傑克・比夏普越來越常和札里在一起。約索夫完全無法和這個傑克相比，更遑論那些在家鄉的哈桑、侯賽因和賽洛斯了。傑克看起來像個伐木工人：寬闊的肩膀、結實的體格，還有一頭需要修剪的金褐色頭髮。他經常抽菸、經常咧著嘴笑，還不時得將遮住眼睛的頭髮甩開。他父親是一個旅行推銷員，不過，傑克想要打破資本主義的束縛，想要進一步認識華特・惠特曼的作品。札里完全為他而傾倒。羅雅看著妹妹從一個想要參加時髦派對、嫁給富家子弟、愛管閒事的伊朗女孩，變成了一個一心只想了解傑克・比夏普為什麼那麼喜愛詩集的女孩。羅雅明白，當然這不是她第一次有這樣的認知，這就是反覆無常、不可預期的年輕的愛情。只要傑克出現，札里整個人就飄飄然了起來。就是那樣，她重重地墜入了愛河。

✦

在柏克萊電報大道一家咖啡館裡，羅雅埋首於一張圓桌上的書堆後面，專心地在她的實驗筆記本上做筆記，企圖解開困擾她的化學習題，也避免和任何人有眼神的交流，她只想要趕快回到基什博太太家裡，回到她的房間裡睡上一覺。時間已經是下午的尾聲了，儘管她特別跑到這裡，希望咖啡館裡的嘈雜聲多少能緩解念書的壓力，不過，這些雜音對於減緩她的焦慮似乎並沒有什麼作用。星期二早上九點的時候——距離此刻還有三天——她就要參加化學課的期末考試了。她試著要理解教科書裡的那些文字、符號和數字，但卻感到自己的進度完全落後，而且根本來不及準備。她應該早就要開始念書的；過去幾天以來，她荒廢太多時間了。現在，這些書本裡的內容就要把她淹沒了，她得努力趕上進度。老爹經常從伊朗寄來鼓勵的信件：他的女兒們正在學習最新的議題，這將會確保她們在世界上擁有一席之地，他為他的科學家女兒們感到驕傲！此外，儘管英文是那麼困難的語言，但是，她們兩個竟然可以這麼迅速地就駕馭了英文！羅雅從來都不想當個科學家。然而，在經歷過那場恐怖的政變、巴赫曼的背叛，以及在德黑蘭的心碎之後，她發現自己想要什麼顯然並不重要。那些詩集和外國小說對她有什麼好處？她在米爾斯學院毅然決然地研讀科學，不只是為了取悅老爹，也因為化學的學位也許至少可以讓她預防得了生命裡的某些不確定性。

但是，教科書裡的那些元素和分子讓她感到頭暈。一想到星期二早上九點，她就不免又焦慮了起來。她要怎麼準備得了那場考試？她喝了一口濃濃的咖啡，放下杯子，用湯匙緊張地攪拌著咖啡。她不能失敗。她必須取得好成績，拿到化學學位畢業。為了讓她來到這裡，老爹和媽媽犧牲了那麼多。

他穿著一件藍色外套和灰色長褲走了進來，頭頂上的頭髮彷彿沙丘一樣：法國漫畫系列裡那個主角丁丁的金髮版。金色的釦子在他的外套上閃爍，他一派自如地走到櫃檯前排隊，點了他要的東西。

她試著不去看他。她小時候深愛那些丁丁漫畫，而法赫里先生甚至也收藏了好幾本在他的文具店裡。不過，這名年輕的男子遠比漫畫裡的角色要英俊得多。他出色的外貌讓她莫名其妙地發愣，甚至連手裡的湯匙都掉到了地上。噢，老天。她彎下身，撿起湯匙，走到櫃檯，打算從牛奶壺、奶油和糖罐附近的籃子裡拿一根新的湯匙。就在她伸手去拿起湯匙的時候，她的手肘撞到了一杯咖啡。杯子瞬間掉到地上，深色的液體灑得到處都是，在磁磚上濺出一道道的痕跡。羅雅發出了一聲尖叫，一句波斯語「噢，不」在尷尬和震驚下脫口而出。她抓來幾張紙巾、蹲到地上，清理著自己造成的混亂，不過卻只是把地面弄得更糟。在她企圖用紙巾拭乾地面時，紙巾卻因為濕透而破裂了。

「嘿，沒關係的。我來處理就好。」她抬起頭，只見丁丁蹲在她旁邊，就在她視線高度的地方。他有一雙辛納屈的藍眼睛。「不用擔心。」他溫和地說。

在這麼近的距離下，她這才看清了他那件灰色長褲是羊毛的材質。誰會在加州穿毛織品？自從離開德黑蘭之後，羅雅就沒有再見過毛織品了。

「對不起。」她小聲地說道。噢，她現在看起來就像蹲在舊式的伊朗馬桶上一樣，丟臉地擦拭著她打翻的咖啡。但願咖啡館馬上回復原本的嘈雜和喧鬧。但願大家的注意力立刻都轉移到其他事物上面，只要不是她就好。

「這真的沒什麼大不了的。你知道嗎？反正我也想換一杯不一樣的咖啡。」藍眼睛的男子微笑地對她說。

當周遭的喧擾再度恢復時，羅雅這才鬆了一口氣。原本看著他們的咖啡館員工也重新開始幫客人點單，把一地的混亂留給了他們兩人自行處理。他們一起用紙巾擦乾地上的咖啡。他身上散發著洗髮精的味道，那種美國超市裡販售的洗髮精，那種會在你的指尖裡形成一大坨綿密泡沫的洗髮精。

「聽我說。我要再去點一杯咖啡。而你也不要再對此感到難過了。這計畫聽起來不錯吧？」

這聽起來根本不像什麼計畫，羅雅從來不知道這也可以稱之為計畫，不過，她對他這種簡單處理事情的方式感到著迷。她點點頭，微微一笑，然後又點了一次頭，隨即意識到自己正在「像外國人一樣地點頭」，就像札里形容的那樣。她回到自己的座位上坐下，再度把她的鋼筆落在筆記本上，開始畫著六角形的分子符號。加州大學柏克萊分校的學生佔據了咖啡館裡絕大部分的座位，不過，還是有一些來自米爾斯學院的學生。空氣裡瀰漫著濃濃的咖啡因和壓力。每個人都在為期末考臨時抱佛腳。在眼前折磨人的難關之下，即將來到的聖誕假期彷彿海市蜃樓一樣——在令人渴望的休假來臨之前，還有那麼多的事情需要完成。

突然之間，她筆記本上的六角形蒙上了一片陰影。她抬起頭，那個穿著藍色外套的男子就站在她的桌邊。

「我可以坐在這裡嗎？」他的臉上再度浮現剛才的笑容。

她不確定應該要說什麼。

「這間咖啡店比平時要擁擠，你不覺得嗎？」

咖啡店。這個詞似乎非常的美國化，就像那些她從來都沒去過、只在電影裡看過的中西部小鎮一樣清新。咖啡店。誰會這樣說？咖啡館，咖啡館，咖啡館，她和札里向來都是這樣說的。帶著那抹咖啡店的笑容、披著勞勃·米契電影裡的外套、穿著屬於倫敦而非加州柏克萊的法蘭絨長褲，這個金髮丁丁此刻就用了這麼一個名詞。

「請便。」羅雅把桌上的書堆疊整齊，好讓出一點空間。她覺得自己好像在分隔大海一樣。她不確定自己是不是太直接了。但是，如果拒絕的話會不會太沒禮貌了？但願她知道這個國家的規則。有時候，這裡似乎沒有任何規則可循。在伊朗，一切就簡單多了，傳統、社會階級的禮儀和你祖父的身分，就是言行舉止的規範。

「華特。我來自波士頓。」他伸出了手。

她應該要握手嗎？人們在這裡會這樣做。美國人喜歡握手，就好像彼此是做生意、簽合約的商業夥伴一樣。她把手伸進他的手裡，他輕鬆地握了握她的手，自在到讓她大為驚訝。她知道自己一定臉紅了。她已經有好一段時間沒有碰過男人的手了。當他在她對面坐下來時，她對他的大膽升起一股戒備，不過，這裡不就是這樣嗎，一切都很稀鬆平常——沒有什麼一旦違反就會讓整個家族蒙羞的社交習俗，也沒有什麼像她家鄉那裡的瘋狂規矩。

她預期他會拿出他自己的書，就像其他學生那樣開始埋頭用功，或者嘆息著抱怨所有即將來臨的期末考試。然而，他卻只是攪拌著他的咖啡，輕輕啜飲，彷彿坐在一個義大利廣場眺望著遠山一樣，彷彿他有的是時間，沒有什麼好急躁的。他的一切是那麼的乾淨，看起來像是悉心打理過一樣。她顯然無法坐在他的對面念書。她為什麼要答應讓他坐下來？當他問她是幾年級的學生時，羅雅想像著他的嘴裡吐出了肥皂泡泡。這名男子剛剛洗過澡了；她看到他身上沒有一滴汗水。不過，讓她驚訝的並非他電影主角般完美的外型，而是他的姿態。即便只是喝著咖啡，他的動作都彷彿精心測量過一樣地放鬆，不疾不徐。他似乎……很安全。

她曾經認識一個總是匆匆忙忙的男孩，曾經被他的激情、狂熱和不可預期沖昏了頭。她不能再犯下同樣的錯誤。興奮總是被高估了。事實上，在歷經巴赫曼和他的背叛之後，羅雅發誓絕對不讓自己再被男人所束縛。她會在美國用功念書，回到伊朗，找一份好工作，讓自己經濟獨立，然後過著只有方程式、實驗和純科學的單身生活。她會用矜持和冷酷來堅持自己的立場，讓那些甚至是最有決心的人也放棄希望，轉而追求比較容易到手的獵物。

不過，這名男子，這個穿著藍色外套的咖啡店男孩卻很貼心，而她也讓他和她坐在了同一桌。他帶著微笑，禮貌地和她交談著單純的話題，單純到令人驚訝。沒有暗示、更沒有輕率的打情罵俏。只有尊重。他只是單純地問她問題，然後她也只是給予他回答。一想到自己被人吸引，這樣的念頭就讓她感到退縮。她再也不可能是那個在巴赫曼懷裡任人擺布、容易控制的女孩了。

「你對化學課感到滿意嗎？」華特誠摯地看著她。

「你說什麼？」

「你在上進階化學，不是嗎？」他指著她的課本。「這和你期待的一樣嗎？因為我有一個同學歐瑪．薩德，他來自黎巴嫩。他告訴我說，他在貝魯特念的東西事實上比我們在這裡教的要艱深得多。所以，我只是好奇……」

「呃，我從來沒有在伊朗上過大學。我只在那裡讀到高中。所以，是的，這很……艱深。我的意思是，很滿意。化學。化學課。」和這個男孩說話為什麼讓她感到慌亂？天啊。

他看了她好一會兒，然後靠上前小聲地說：「這種加州文化對我來說也有點新奇。」

他當然可以從她的腔調、她深色的頭髮和她的眼睛判斷出這裡給她的新鮮感。可是，她的一舉一動都透露出了異國感嗎？她想像著無論自己走到哪裡，身上都散發著一股玫瑰露和番紅花的味道。不過，他繼續以一種輕鬆的態度和她說話，彷彿她沒有一絲一毫奇怪的地方。他告訴她，他是如何因為念大學而搬到了西岸，但卻覺得自己在加州活像個外國人。他談及新英格蘭，在那裡，冬天可以滑雪橇，夏天可以在海灣吃龍蝦捲，還會幫一支叫做「紅襪隊」的球隊加油。紅襪？球隊取這種名字真是太可笑了。華特口中的新英格蘭童年，讓羅雅想起了自己和巴赫曼在大都會電影院裡看過的美國電影場景。

她專注在華特的話題上。他讓人感到很寬慰，出人意料的寬慰。他就像家庭電視劇裡的角色一樣。他沒有離開一個總理遭到推翻的國家過。他沒有見過有人在他的腳邊遭到槍殺。他會去滑雪、喝熱巧克力。在那件藍色外套後面，羅雅意識到了一份天真無邪，那是大部分的人會不惜一切想要擁有的。他的這份單純讓她為之嫉妒。

他們坐在一起，大部分的時候，她只是個不多話的聽眾。她用那口結結巴巴的英語，持續地回答關於她的背景、她寄宿的地方，以及她妹妹札里的問題。是的，她想要成為一名科學家。

在喝完他的咖啡之後，華特起身走開，等他回來的時候，手裡多了兩杯咖啡。當他把其中一杯遞給她時，她想起了站在一家咖啡館裡把咖啡遞給她、問她是否喜歡咖啡的另一個男人。她很快地接過華特手中的杯子，喝了一口，儘管咖啡還很燙口。他們繼續聊天。坐在他的對面，聽著他侃侃而談，她內心的某個部分打開了。她在心裡埋藏了那麼久的緊繃感鬆開了一點點。她比這段時間裡的任何一刻都要放鬆許多。一個小時過去了，她沒有畫下幾個六角形的分子式。他問她，等期末考結束，在他返回波士頓度假之前，他是否可以帶她去發電廠畫廊。他問她，這計畫聽起來不錯吧？

他那雙藍色的眼睛和她的目光交會。

這聽起來才算是個像樣的計畫。

第十八章

1957
替代計畫

在大部分的日子裡，我下班之後，都會穿過巴哈瑞斯坦廣場走回家。那名身穿紅色衣服的女士依然會站在噴泉旁邊。她的眼睛塗抹著眼影，她的頭髮黯淡無光。據說，自從她在很多年以前被她的愛人放鴿子之後，她就一直沒有換過那件衣服。而且，她每天都會來到這裡——可憐的靈魂。

我不應該穿越那座廣場的；還有其他的路線可以回家。但是，我就是忍不住。我再度充滿了渴望和懊悔。這是一股無盡的渴望，渴望著時光可以倒流。

我記得我們在文具店裡相遇那天，你眼睛裡的神情。我記得你的鞋子。我記得和你在一起，是如何地讓我感到前所未有的快樂。

母親的情緒變化每況愈下。她變得比較冷靜了，但是幾乎太過冷靜。那些瘋狂的憤怒和不得不發洩的怒氣幾乎都消失了。但是，她卻有了一種淡淡的憂傷。現在，她靜靜地療養著她內心的傷口。法赫里先生的死為她帶來了重大的打擊。

親愛的羅雅，我多麼希望你沒有改變心意。我多麼希望你可以容忍她的精神狀態。然而，你做出了你的選擇，我不會強迫自己介入你的生活。

我了解，都過去了。

摩薩台走了。國王的控制權越來越大。年輕時的我會對此感到憤怒，並且想要奮戰。但是，我已經不再奮戰了。政變至今已經四年了。人們對失去領袖感到悲傷，但是，我所能感覺到的只是失去了你。

我不知道賈漢吉爾是否告訴過你，我父親在一年前過世了？我很高興你和賈漢吉爾偶爾還會電話聯繫，對了——那是我得知你的消息唯一的方法。我們為我父親舉辦了一個很小的喪禮。母親寫了精心製作的邀請函，分發給了這些年來一直避開我們的家族親人。她從我父親那裡學得了閱讀和書寫。她的家庭很窮，沒有受過教育。我父親的家人卻是飽學之士。他們的婚姻打破了階級的界線；對我父親的家族而言，那是一種恥辱。他的決定讓他被逐出家門。但是他愛她！我知道他愛她。當她年輕的時候，他愛她；當他們經歷了難以形容的失去時，他愛她；在她沮喪憂鬱的時候，他依然愛著她。

那種無條件的愛，也是我一直努力想要給她的，雖然有時候很困難。我以為你也可以愛她。不管發生過什麼事。

別人覺得我父親很軟弱，但是，我不再這麼認為。他很有智慧，而且很忠誠。他很努力地想要做到公平。在很多方面，他都不屬於我們這個重男輕女的社會體制。他尊重我母親。他試著幫助她度過她的悲傷和情緒。我們的文化總是嚴厲地評斷那些精神狀態飽受折磨的人，但是，他並沒有用那樣的方式來評斷她。

由於他們兩人並沒有和屬於自己階級的人結婚，因此，儘管這麼想很傻，但我一直都以為我母親會尊重愛情。為愛而結合的婚姻。我知道有些人認為這只是無聊的浪漫。我們的那些詩人寫了那麼多關於愛的詩篇，而那些美國電影也為愛著迷。不過，為了獲取或者維持身分階級，傳統婚姻依然存在。

在我遇見你之後，我就被你吞噬了——被你淹沒了。我的眼裡只有你。我大膽地想像著我們共同的未來。隨著我們的計畫變得穩固，我的希望也在飛翔。我能想到的人只有你。但是，我母親卻一直堅持選擇夏拉。

因此，我告訴她，我愛上了你。

當我告訴她的時候，她正在寫書法——我永遠不會忘記。摹擬那些字讓她感到平靜，醫生也建議她用這個方法來保持鎮定。她的臉上出現了短暫的溫柔。但是，她隨即全身僵硬地說：「夠了。」

夠了，她說。不要再說那些沒有意義的事。

我們家的財務狀況並不穩定，雖然我母親很喜歡炫耀我們的海邊「別墅」。我知道她的炫耀讓你抓狂。每當她在你面前提及那些關於我們家多麼「富有」的事情時，都讓我因為羞愧而無地自容。即便現在，一想到她曾經對你說過的一些話，我都希望自己可以消失。但是，事實上，我父親失去了他的晉升機會。他在他的工程師工作上停滯不前。即便他來自於一個富裕的家庭，但是，他的親戚在他娶了我母親之後對他的排拒，意味著他再也無法尋求他們的任何幫助，特別是財務上的。多年以來，我母親的精神狀態一直是他避開親戚的原因，因為，他的姊妹確實來看過我們幾次，她們很清楚地表示，我母親的病只是證實了她從頭到尾都不是他的正確選擇。

基於國王和她父親的權力地位，所以，夏拉家很富有，而我母親認為和她結婚對我們家會有所助益，甚至是必要的。我母親說，她家的衣服和珍珠都購自於巴黎。好像我有多在乎這種事一樣。我很擔心我們的國家。我支持摩薩台，因為他承諾要帶來進步、民主和自治。我無法忍受國王對外國人的懦弱，不能忍受他的沒有骨氣。我欣賞摩薩台獨立的力量。不過，我離題了。我只是想說，夏拉根本不在我對未來的規劃裡。

而是你。

當我收到你的最後一封信時，當你說你終究不想和我共度你的一生時，當你說我母親的狀態對你來說太過沉重時，當你說你不能嫁進一個精神狀態不穩定的家庭時——我能怎麼辦？我不會把我的家人強加給你。儘管我很想，但是我改變不了她的狀況。你對她的迴避、對我的迴避，讓我受到很大的傷害，親愛的羅雅。對此，我能說什麼？她是我的母親，她不可能不在我們的生活裡。我不想阻止你的夢想。我只能讓你離開。你不想和我見面，而我也會尊重你的意願。

但願我曾經更努力地爭取過你。但願我可以讓你知道，那不是她的錯。但願我曾經和你分享她過去的一些經歷，以及她為什麼會變成這樣。但是，我實在太羞愧了。而且我覺得好受傷。

那天，當賈漢吉爾告訴我你離開的時候，我覺得好像有人撕開了我的皮膚。我甚至無法想像加州。不過，親愛的羅雅，一想到你在卡萊．葛倫、洛琳．白考兒、亨佛萊．鮑嘉、厄尼斯特．海明威以及艾森豪總統所在的那片土地上時，我不禁覺得好神奇。我知道的美國人就這些了。我不會把CIA也算進去。這些就夠了，雖然一想到他們介入了我們的政變就讓我血脈賁張。我想要為身在美國的你感到高興，我也的確如此。但是，你新家所在之處的政府對我們所做的事……總有一天，這件事會受到證實的。總有一天，世界會知道那裡的那個政府推翻了我們這裡的政府。為什麼？生命因此失去、磨難因此而來——值得嗎？

我永遠都無法了解一九五三年我們所發生的轉折。我是指你和我——更別說這整個該死的國家。如果我能活到一百歲，我也依然無法明白。

我想，在這個國家，我們註定要失敗。

我們這一代在那個夏天裡學到了什麼？我們學到的是，即便我們為了改變政治而做了所有正確的事，然而，外國勢力和腐敗的伊朗人還是可以在一天之內、在一個下午，就將之摧毀殆盡。

我把發生在波斯曆五月二十八日（或者你的西曆八月十九日）那天的事情經過重溫了一遍又一遍。即便現在，我依然想在那座廣場看到你，感覺你在我身邊，抱著你。我們原本可以去婚姻辦事處的。我都計畫好了我們會在幾點到達辦公室。和我一起安排這件事的那名雇員說，他會把文件都準備好。

賈漢吉爾一定告訴了你，我現在在一家石油公司工作。只是資本主義齒輪裡的另一個小螺絲釘。我們並非總能成為我們年少時想要成為的那個人，這是毫無疑問的。法赫里先生，真主保佑他的靈魂，曾經說我是「將會改變世界的男孩」。我想起年少時那個理想主義的我，與其說我現在覺得難為情，倒不如說我感到了失落。

但願我可以把悲傷從生命的縫隙裡清除乾淨。你做出那樣的選擇一定有你的理由，而我想要接受這樣的事實。你終將成為一位女性科學家。我希望你健康快樂。我由衷希望。

親愛的羅雅，不管你相信與否，我即將在今年冬天成為人父。我想，我母親對這個消息會感到很高興，不過，她已經變得出奇的安靜而且退縮。

當這個孩子在真主的保佑下出生時，距離我在那個廣場等你也已經過了四年半。

第十九章

1957 烹飪課

羅雅的飲食習慣一直無法向美國人看齊。

她在德黑蘭長大，在那座城市的街頭度過她的童年時光，在那裡的學校接受教育，也在那裡的一個主要廣場心碎。她努力地想要擺脫她愛上巴赫曼的那段日子。

出乎預期地，美國食物比她想像的還要難以適應：雞肉如同橡膠、肉類有時還是粉紅色的、馬鈴薯搗成了泥。在寄宿家庭裡，她們很有禮貌地接受了基什博太太準備的食物；她們怎麼能抗議呢？她們不能粗魯又不懂得感激。可是，羅雅沒有一天不想念波斯食物。

在咖啡館的第一次相遇後幾個月，羅雅和華特、札里和傑克展開了一場四人約會。傑克拒絕在他所謂的「裝模作樣的小餐廳」吃飯，因此，他們選擇了提供漢堡、薯條和奶昔的熟食店。羅雅小心翼翼地用刀叉切著她的漢堡，傑克則靠在椅子上抽菸，對著她直搖頭說道：「噢，天啊。」

羅雅倒吸了一口氣地看著粉紅色的肉汁從她的漢堡裡流了出來。

「你們在伊朗都吃些什麼？羊肉漢堡？」傑克吸了一口菸。

「笨傑克！」札里聞言咯咯笑了出來。

自動點唱機裡播放著蘿絲瑪莉．克隆尼的歌曲。熟食店裡過亮的燈光和誇張的塑膠卡座，讓羅雅覺得自己彷彿坐在一顆黏糊糊的氣球上。

「事實上，你沒有錯。」到目前為止，英文造句有時候還是讓她感到頭痛，不過，她已經進步了不少。「我們有碎羊肉的烤肉串。不過，它們不會像這樣夾在麵包裡。」她拿起濕軟的漢堡。「我們的烤肉串比較長。比較薄。像管子一樣。」

「它們現在也還是這樣。」傑克從嘴角吐出一口煙，露出一抹傻笑。

「我想，波斯的古文化向來都以精緻美味的料理而聞名。」華特說道。

「是嗎，老兄？那就說一道精緻美味的料理來聽聽。」

「呃。我相信……」

「他們有烤肉串！」傑克靠回座位中央。「那就是他們的食物。」

札里和羅雅彼此交換了一個眼神。噢，天啊，不是的。不是，不是的。羅雅真希望自己的英文夠好，可以很快地說出一串她現在就想吃的食物：用青檸醃製的雞肉，佐以番紅花入味的香米飯，最後再撒上杏仁和刺檗果的料理（這道菜在她上輩子的那場訂婚派對裡深受賓客的喜愛）。石榴核桃燉雞。炸茄子、番茄、小顆的酸葡萄和肉搭配米飯。加了蔬菜和豆子的酸奶濃湯麵條。她母親拿手的香草燉菜。塞滿碎牛肉和香草的葡萄葉，手工捲好之後再加上豆蔻一起煨煮。

羅雅捏了捏手中的漢堡，麵包立刻就被壓扁成了一塊。「你們到我們住宿的地方來。我們會徵求房東基什博太太的允許，讓我們為你們煮一餐。」

「不，」札里搖搖頭。「我們不應該在那裡煮飯。」

「我們煮給你們吃。」羅雅重複說道，然後瞪了札里一眼。

「那真是太棒了，不是嗎？為什麼不要呢，我會很樂意的！」華特眉開眼笑地說。

「你當然會了，傻瓜。」傑克把手繞過札里的肩膀。「不過，就讓我跳過烹飪示範吧，如果你不介意的話。我的波斯美食就在這裡。」說著，緊緊擁住札里。

札里的臉漲紅，渾身緊繃了幾秒鐘。然後依偎在他的懷抱裡。

華特專心地吃著盤子裡的食物，然後清了清喉嚨。

「那你來吧，華特。我煮給你吃。」羅雅說道。

✦

他們的第一堂課在週六傍晚。基什博太太會在週間晚上和週日幫寄宿的學生做飯，至於週六，學生們就只能靠自己了。不過，反正大部分的女孩週六晚上都會出去約會。而基什博太太也喜歡在週六去探望她的女兒，再回來鉅細靡遺地分享一堆關於孫子的趣聞。羅雅徵詢了基什博太太的許可，看看是否可以使用廚房，基什博太太表示，只要她事後能把廚房收拾乾淨，就像沒有使用過一樣的話，那就沒有問題。

札里和傑克那天晚上的約會節目是去看詹姆士．迪恩的養子不教誰之過。當札里把電影名稱告訴她，並且說這部電影很適合她們兩人看時，羅雅不禁嗤之以鼻。為了這個晚上，她充分地做了準備。本週稍早的時候，她先去了一家位於舊金山的土耳其／美國食品店朝聖。自從到了加州之後，羅雅就鮮少接觸到伊朗香料。在學期一開始的時候，她在化學實驗室裡認識了一個名叫希達．卡巴吉恩的女孩。（其實，希達的姓氏裡包含了代表烤肉串的卡巴二字，光是這點就足以讓羅雅立刻對她產生了一股親切感。）她們很快變成了朋友。有一天，當她們在實驗室的水槽清洗燒杯時，希達告訴羅雅，她的叔叔在舊金山里奇蒙區開了一間熟食店，販賣來自伊朗的香料、茶和果醬。這讓羅雅聽得出神，以至於燒杯裡的水都溢了出來。

「帶我去。」她小聲地說。

當她和希達到達舊金山那間小熟食店的時候，羅雅走進店裡，閉上眼睛，呼吸著她熟悉的味道。然後，她睜開了雙眼。在那一瞬間，她恨不得把整間店都吞下肚。她想把櫥櫃裡所有的東西都掃到裙子上，然後帶著每一罐讓她日思夜想的香料轉身跑走。她身體裡的一部分似乎已經回到了家。

她買了去皮的黃豌豆、豆蔻、茴香、肉桂（這裡的肉桂聞起來比她在美國任何地方找得到的肉桂都更像肉桂）、壓碎的玫瑰花瓣、玫瑰露、橙花水。而且（她是在作夢嗎？），這間店還有真正的波斯青檸乾和番紅花絲！羅雅貪婪地拿走這些材料。不管何時，只要做得到，老爹一直都很盡責地寄錢到美國來。現在，她的這趟香料之旅將會耗盡老爹辛苦掙來的那些伊朗托曼金幣了。

✦

週六晚上，華特帶著一身刮鬍水和肥皂的味道，赴約出席了烹飪示範課。他穿戴著他的毛料長褲、藍外套和一頂捲邊平底帽。當他摘下帽子時，他的頭髮看起來明顯地為今晚小心翼翼地梳洗打理過了。

羅雅帶他走進廚房，對他沒有脫鞋的舉動沒有多說什麼。反正，脫鞋與否在基什博太太的寄宿家庭裡也不重要。在這個國家，沒有人會在室內脫鞋，雖然覺得難以理解而且噁心，不過，羅雅已經習慣了。

她招呼華特坐下來，然後問他想要喝點什麼。

「噢，如果不麻煩的話，我就喝可樂吧，謝謝。」

如果他是伊朗人的話，他就得說，噢，不用了，謝謝，我不能麻煩你，沒關係的。然後，她會再問一次，而他也會再度婉拒，說不用，謝謝，不需要任何東西。接著，她就會端出她已經煮好的茶。她會提前準備一大碗的堅果、一盤水果、一只裝滿鷹嘴豆餅乾和其他甜點的托盤。如果他是伊朗人的話，她還會把水果堆在盤子上，為他削好一根黃瓜，並且幫他把茶倒入一只小玻璃杯裡，再把方糖給他，讓他在啜飲熱茶時含在唇齒之間。起初，她曾經想要為任何來基什博太太家探訪她的人做所有的這些事，為來這裡一起念書的同學，甚至為札里的傑克。但是，在不屬於她的房子裡，在沒有茶炊的廚房裡，在一個黃瓜不被視為水果、也不認為應該在飯前吃成堆水果的地方，她所能做的十分有限。當希達・卡巴吉恩來這裡複習她們的化學實驗筆記時，羅雅曾經為無法好好招待她而致歉，不過，希達只是牽著她的手說：「別這樣！這裡不是那樣的，羅雅，這裡不像我們家鄉那樣。你不需要一再地問客人要什麼，你問他們的時候，他們會直接說好，你不用那麼擔心自己是不是一個完美的女主人。」

因此，華特那句「噢，如果不麻煩的話，我就喝可樂吧，謝謝。」並沒有讓她感到震驚。她已經住在這裡一年多了。現在，她已經很了解這些美國作法了。她知道，他沒有在一開始的時候禮貌地拒絕她並不是什麼無禮的行為。她知道，波斯繁複的禮儀——來回詢問和拒絕的儀式，而且通常還會加上華麗的言詞和誇大的恭維——並不是這裡的風俗習慣。

她帶著可樂回到廚房。其他的寄宿生和基什博太太都出去了。她和華特是廚房和這間屋子裡唯一的人。和他單獨待在一間這麼大的房子裡感覺很奇怪。在伊朗，這種事絕對不被允許。不過，他是華特。他的舉止那麼地有分寸；他絕對不會強迫她做出任何事情。她告訴自己不要萌生那些傻念頭。「來吧，煮飯的時間到了，不是嗎？」

他跟著她走到廚房中間。在華特到達之前，羅雅就把所有的食材都準備好了。她把食材展示給他看，然後稍微解釋了一下她打算烹煮的菜色。

「這叫做波斯燉菜。我們通常都把它和牛肉一起煮。」

他只是點點頭。

她瞬間臉紅了。「可是，我買不到牛肉。所以，我們今天就用雞肉吧。」

「聽起來不錯！」華特笑著說。

她把一顆洋蔥切成薄片、剁碎，然後在一只大鍋裡拌炒到透明。接著，她用基什博太太放在廚櫃上方的研缽和研杵，把珍貴的番紅花絲搗成細緻的粉末。

華特坐在廚房的餐桌旁邊，面帶愉快地看著她的舉動。「你應該在我母親每週日烤肉的時候見見她，」他說。「她也很喜歡烹飪。」

「是嗎？你看，這是番紅花。你看它是怎麼……碎掉的？」她用研杵把番紅花絲壓在缽壁上。「看到了嗎？」

「我確實看到了。真特別。」

在她烹煮的時候，她的自我意識開始消散了。就像和他在咖啡館裡的時候，以及和札里與傑克那幾次一起晚餐的時候一樣，她確實感到很自在。她從來都沒有想過要在美國和某一個人共度愉快的時光。她發現自己並不需要太多的歡樂，那些全都是假象。美國人是如何每天都精神奕奕，日復一日都興高采烈的呢？這一定是因為他們是個全新的國家吧。一定是因為自由吧。沒有流傳幾千年的僵化教條需要遵守。只要輕鬆地隨波逐流就好。不過，她已經習慣了那些歡樂的時光。她喜歡華特，他正向的情緒總是讓她覺得很舒服。

她突然想起了巴赫曼，但立刻重重地把他推出腦海。讓自己再度去感受那麼危險的事就太荒唐了。

她把幾湯匙的滾水加進番紅花粉末裡充分混合。華特不可能真的像他表現出來的那麼在乎她的食譜，不過，他會在她做這些步驟的時候點頭，彷彿在看什麼重要的活動一樣。他忽然站起身。「你要我幫忙切雞肉嗎？」他溫和地問。

她沒有預期他會參與。老爹從來都沒有下廚過。伊朗男人熱愛飲食，但是據她所知，沒有幾個人喜歡烹飪。事實上，她完全不認識會煮飯的男人，直到……當她看見阿斯蘭先生和巴赫曼在他們自家的廚房裡忙進忙出時，她可想而知地大為驚訝。基於阿斯蘭太太的病況，基於那反覆無常、癱瘓她的情緒，他們別無選擇。她拿起一把刀，用水沖濕。眼前的華特等著要幫忙。眼前的華特在等著。此刻，她還有其他的事情要做，而不是去想起任何人。她把刀子遞給華特，然後盡可能地描述雞肉應該怎麼切才對。

他遵照她的指示，並且確定那把沾過雞肉的刀子不會碰到其他東西。等他切好之後，他用肥皂洗了洗手。她對他的勤快和細心留下了深刻的印象。他很擔心每一塊雞肉的尺寸，因為他知道那對她很重要。她內心裡的某一部分不得不對他的體貼心生感動。

當他完成之後，羅雅把切好的雞肉塊倒入炒好的洋蔥鍋裡。雞肉發出了吱吱的聲響。他們並排站著，不過卻沒有任何的身體接觸。第一次在咖啡館認識的時候，就是那間「咖啡店」，他們曾經握過手，除此之外，她沒有再碰過華特。在他們每一次的約會裡，他都是一名完美的紳士。

「現在，我們要把鹽和胡椒加進去。還有秘密武器。」站在爐子旁邊越來越熱了。她必須保持專注。

「秘密武器是什麼？」

「這個……薑黃。」她不是很確定薑黃要怎麼發音。華特的眼睛閃了一下，這讓她搞不清是自己的發音錯了，還是華特根本不知道薑黃是什麼東西。她把手中的黃色香料隨意地撒在翻炒中的雞肉上。

「毫無疑問地，」華特對她說。「這道菜會和我所吃過的任何東西都不一樣。」

「現在，我們把水加到雞肉和洋蔥裡淹滿。」

「我都記下來了。」

「我沒有看到你寫下來。」

「都在這裡了。」他敲了敲自己的腦袋。

「我們讓水煮到滾，然後把火調小，這樣，雞肉就可以，呃……你們是怎麼說的？慢慢……煮。」

「煨煮？」

「對。煨煮。」這是一個很重要的字，不是因為這個字有好幾個字母，而是因為這讓她覺得自己像是一個以英文為母語的人。有哪個在這個國家裡待不到兩年的伊朗女人會說「煨煮」這個詞？薑黃、煨煮——她變得越來越專業了。

「在雞肉煨煮的時候」——羅雅謹慎地使用著正確的動詞時態——「我們可以把茄子皮削

掉，然後把茄子切成片。之後，再加入鹽，充分浸潤，再瀝乾，最後油炸。懂嗎？」

「噢，遵命。」

於是，他們一起削茄子。當茄子皮都削好之後，他把茄子一根根地遞給她，看著她如何切片。然後，他小心翼翼地拿起刀子，彷彿打算問她是否可以讓他來切片。她讓他試著切片，再一次感到佩服。他跟著她的指示切著茄子，但是，她知道這樣下去要等很久才能把茄子切完醃漬到鹽裡，像媽媽和卡塞波在她們伊朗家裡做的那樣，更遑論等到茄子因為醃漬而滲出苦水了。因此，她把華特切好的每一片茄子直接丟進另一只已經加熱的油鍋裡。他們靜靜地合作著。華特削切著茄子，羅雅將之丟到鍋裡油炸。與此同時，雞肉也默默地在煨煮。

「我們也會在雞肉裡加進一些肉桂、豆蔻，還有番紅花水，」羅雅告訴他。「以及剁碎的番茄。」

她走到左邊的那口爐子，亦步亦趨地避免碰到華特。

當她打開鍋蓋時，鍋中的蒸氣迅速地往上衝，讓她的臉和脖子覆上了一層水氣。知道他正在看著自己，這讓她感覺到了一股不自在和暖意。

「番紅花和水混合在一起就好像液態的黃金，不是嗎？我們把它稱之為液態黃金。」

他看起來有些困惑。

「因為番紅花很貴，你知道嗎？」

「原來如此。」

「都還在這裡嗎？」她笑著敲了敲自己的腦袋，就像華特剛才那樣。

「還在。」他盯著她。然後把手放在胸口。「也在這裡。全部都在這裡。」

鍋子裡噴出的蒸氣在羅雅臉上凝聚成了水珠。她可以感覺到水珠沿著她的臉龐和脖子流下。不可以繼續下去。她不能再愛上任何男人，儘管這個華特和那個曾經背叛她的男孩是如此的不同。她拿起一顆波斯青檸，穩穩地放在流理台上，用力地戳刺著青檸。果皮上隨即出現了一道偌大的鋸齒狀裂口。

「哇！」華特從爐邊和她旁邊往後退開一步。

「有時候，你得要用力切，」羅雅突然厲聲說道。「才能讓味道滲透出來。」說著轉身避開他。「現在，我們來煮米飯吧。」

✦

夜色降臨的時候，他們終於就座在飯廳裡了。「請用。」她把一盤盛裝了他們一起煮的雞肉和茄子的燉菜端到他面前。「試試看，別客氣。」

這是她在伊朗的時候，跟在她母親身邊學到的一道菜。卡塞波向來都會在市場挑選新鮮的蔬菜；有時候，她甚至會在她們家的後院裡殺雞，青檸就放在花園裡的水壺邊自然曬乾，她母親也會蹲在花園裡把香料混合在一起。冬天的晚上，他們會坐在一起——她、老爹、媽媽和札里——

把腿放在暖桌底下，一邊吃飯，一邊分享著各自在一天裡發生的故事。

華特舀起一匙她煮出來的燉菜，那是她的過去。如果做對的話，嚐起來應該是一道混合了甜味、酸味、充滿香氣又可口的佳餚。

她等著他試吃一口。

「哇，」他說著又吃了第二口。「天哪。」

隨著他在基什博太太的飯廳裡一口接一口地享受晚餐，羅雅那具堅固的外殼也跟著又鬆脫了一層。

第二十章

1957-1959

待辦清單

華特出現在飯廳的餐桌前品嚐她的手藝，已經變成了羅雅週六晚上的主要活動。當札里聽說他們的這種例行公事之後，不禁往自己嘴邊拍了一掌。「哇！真可愛！你為他煮飯，而他也很享受。」

「差不多是這樣吧。」羅雅低聲地說。

那個走進那間加州咖啡館的人，那個對她說「這計畫聽起來不錯吧？」的人，那個回憶中夏天吃龍蝦、冬天去滑雪的人，而且這些回憶彷彿都是大都會電影院放映的美國電影才會出現的場景，那個看似丁丁的人，那個人讓她感到了安慰和平靜。他們的戀情甚至不應該發生；這段感情是基於一種善意的感覺，讓她有一種安全感——那原本應該只是在基什博太太廚房裡的一堂烹飪課而已。她不應該要渴望著他帶來的平靜。

在他們的第一堂烹飪課過後一年，某一個週六晚上，當他在吃完酥脆的黃金馬鈴薯飯佐波斯燉菜之後，他向她求婚了。羅雅再一次升起一股解離的感覺，彷彿自己浮在眼前的景象之上，俯視著一個女孩在電影中扮演著她的角色。她覺得難以呼吸。她讓華特的求婚懸宕在空氣裡，他的氣息裡有著融化的奶油、番紅花以及馬鈴薯飯的味道。

這一切——他們溫和的戀愛，他們對彼此與日俱增的感情，在新英格蘭展開新生活的承諾——都是為別人而寫的劇本。為那些準備好要接受一段穩定關係的人，為那些沒那麼心灰意冷、沒那麼異國感的人。會發生在美國人身上的那些事情，她多少已經了解了它們的藍圖。

「你，親愛的羅雅……」她曾經教過他波斯語中表示愛意的說法，而那天晚上，他也在餐桌上完美地說出了口。「……願意嫁給我嗎？」

她的臉頰和耳根都在發燙。她警覺了起來，甚至感到了驚慌。這些是電影裡所說的台詞。很久很久以前，也有人用另一種語言對她說過類似的話。

「想想看：羅雅．亞契。」華特慢慢地、有條不紊地說著這個名字，彷彿他已經練習過要把這個名字和姓氏組合在一起說一樣。「我們可以搬回東部。BU已經接受我了！」

「BU？」

「波士頓大學。我去念法學院的時候，你可以在實驗室工作。那裡有很多醫院和大學。你可以找到你想要的工作。羅雅，我想要和你一起度過我的下半輩子。如果你需要時間的話……聽著，也許我太——」

「好的。」

她很快地回答。

稍後，她會在腦子裡重播這個畫面。他向她求婚，而她也答應了。她想起她曾經怪罪巴赫曼那麼快就跳進他母親為他寫好的劇本。也許，他們兩人都只是跟隨命運的安排而已，那刻在他們額頭上、看不見的命運。

華特吐在她脖子上的氣息是那麼的溫暖。那麼的華特式。當她答應的時候，他是那麼地興奮！那麼地緊張不安，那樣地漲紅了臉。當他在門口轉身想要再次擁抱她時，他甚至差點就絆倒了。那晚，等他開車離去之後，羅雅動也不動地坐在基什博太太關了燈的起居室裡。其他的住宿生，包括札里在內，都還沒有結束各自週六晚上的約會。基什博太太也還沒從女兒和孫子家裡回來。

「今晚的月亮真是太美了！」札里終於回到家時說道。她走進起居室，聲音因為和傑克約會而充滿一股飄飄然的感覺。每次結束約會之後，羅雅總是可以感受到札里身上散發的那股和傑克約會後的氣息。

「你應該聽聽傑克今天晚上說了什麼，姊姊！」札里的紅寶石唇膏在透過窗戶灑進起居室的一小束月光下閃爍。「你為什麼坐在一片漆黑裡？噢，屋子裡好香！你煮了你的波斯燉菜？」

羅雅點點頭，但是，她不確定妹妹看到了她的動作。

「這雙高跟鞋真是要了我的命。」她聽到札里踢掉一只鞋，然後是另一只。「你知道傑克寫了一首每一行都以p開頭的詩嗎？除了倒數第三行是用z開頭之外。很高明吧？」

「很有天賦。」

「你和華特共度的晚上過得如何？你教他怎麼煮波斯燉菜嗎？」

「我要和他結婚了。」為了支撐住自己，也為了不讓自己從暈眩中蒸發：她所答應的那件大事讓她感到了頭暈目眩，羅雅那雙沾滿洋蔥味的手緊緊地抱住了雙腿。她意外成為了華特未婚妻的角色，那就彷彿在好萊塢片場徘徊，卻被誤以為是女主角而被要求說出別人所寫的台詞。

「什麼？」札里停下了一切的動作。

「你聽到了。沒錯。」

「哇！什麼時候？」

羅雅聳了聳肩。

札里穿著絲襪蹦蹦跳跳來到她身邊。當她抱住羅雅的時候，羅雅可以聞到傑克的古龍水味。她妹妹當然想知道細節。札里會想要和她徹夜長談，了解那個晚上每一分鐘所發生的事：華特是如何求婚的，他說了什麼，每一字每一句她都要知道。但是，她能告訴她什麼？華特求婚了，而羅雅答應了。就這麼簡單。

「晚安，札里。」羅雅笨拙地拍了拍妹妹的背。她還沒準備好要面對妹妹的追問。她只覺得精疲力竭。

「噢，我的天啊，姊姊！結婚！你能相信嗎？我們得告訴媽媽和老爹。你和他們說過了嗎？你徵求他們的許可了嗎？你會回伊朗舉辦婚禮嗎？他們要怎麼來這裡？我們要怎麼做？婚禮什麼時候舉行？我可以幫你。你想要在這裡舉行，在加州嗎？我們應該要告訴基什博太太嗎？你畢業後會和他搬到波士頓嗎？姊姊，沒有你，我要怎麼辦？那會是我們這輩子第一次分開。你知道我會留在這裡，對嗎？基什博太太說，即便畢業之後，我也還可以住在這裡。我是說，我不知道我和傑克會怎麼樣。他想要寫詩；他說舊金山太貴了。姊姊，你會需要一件衣服！你得和老爹說。噢，我的天哪！華特！美國人！你應該要列一張清單，把你需要做的事都寫下來。你得做張清單。我會幫你列出來的。」

「慢點兒，慢點兒——說慢一點，說慢一點，」羅雅對她說。她的頭發暈。札里說得太多了。這一切發生得太快了。華特的氣息聞起來像番紅花和奶油的味道。那天晚上煮的馬鈴薯飯顏色金黃又香脆，和煨煮好的波斯燉菜可以說是絕配。晚餐煮得如此完美讓她感到很驚訝。她原本還擔心燉菜會在基什博太太那只老舊的鍋子裡燒焦，黏在了鍋底，不過，煨煮好的燉菜卻完美地從鍋子裡被倒了出來。她沒有想過什麼衣服的事，或者需要把該做的事情列張清單。她只想要把頭靠在基什博太太的扶手椅背上哭泣。她累了。札里正在說什麼關於訂婚派對的事，問她是不是要舉辦派對，如果要的話，也許她們可以邀請化學課上的朋友，諸如此類的。羅雅不需要訂婚派對。窗外投射進來的月光，彷彿一條小小的束帶落在起居室的地面上，至於室內其他的部分則一片漆黑。

「妹妹，很晚了，睡覺吧。我們終究會想清楚的。」羅雅說道。

札里陸續又說了一些關於花、打電話、襯裙和傑克的事。然後起身走到門邊，在黑暗中的地板上摸索著尋找她的鞋子。當她走出起居室的時候，兩只鞋子吊掛在她的手指上不停地晃動。在她離開之前，她低聲地補充了一句：「你知道這代表了什麼嗎？我們和那個男孩再也沒有任何瓜葛了！」

札里離開之後，月光下的陰影宛如蕾絲般地在起居室的地板上顫動。羅雅無法把所謂的該做的事情清單踢出腦海。為了要搬去新英格蘭，她得打包多少箱的行李？當然，她還得買一件厚重的外套。她得要打電話給她的父母，讓他們知道她已經在準備婚禮了。老爹會想要和華特見面的——照理說，她應該要先獲得老爹的同意才對，他們的順序完全都錯了，在她父母同意之前，她就已經答應了。不過，在這個國家，所有的事情都是顛三倒四、亂七八糟的；既然老爹和媽媽遠在千里之外，那她又有什麼選擇呢？也許，他們聽到她要訂婚的消息，會感到鬆了一口氣吧。她和巴赫曼分手之後，他們當然很擔心她永遠都不會結婚了。在人們眼裡，她並沒有像離婚的下堂妻那樣受到重創，也但願不會發生離婚這種事。不過，傷害依舊存在。他們取消了她的婚禮——至少，她取消了。破裂的婚約本身就是一場公然的混亂。在他們的社交圈裡，這件事被人們議論了好一陣子。不過，華特是美國人；他住在這裡，在這個國家裡。這裡一切都不一樣。也許，這一切早已都寫在了劇本上。是那個寫在額頭上的命運。

她會需要一件衣服，當然，札里說得沒錯。她把這件事加進了代辦清單裡。

體貼又可愛的華特。他是如此地善良，不是嗎？他絕對不會背叛她。她喜歡他母親——當羅雅在返校節的週末見到她時，她雖然有所保留，不過卻很有禮貌。她一直說華特的父親會多麼希望自己也能在那裡。相較之下，他的姊姊派翠夏就冷漠了許多，不過，華特只是聳聳肩，低聲地對她說：「新英格蘭人就是這樣。」以此來解釋她的言行舉止。羅雅希望自己的心思可以只專注在華特和那份清單上。

然而，哽在她喉嚨裡的那個硬塊卻不肯消失。

我們和那個男孩再也沒有任何瓜葛了。

她會接受華特的龍蝦捲人生。無論怎麼樣都會。

我們和那個男孩再也沒有任何瓜葛了。

羅雅把沾滿洋蔥味的雙手扶在基什博太太的扶手椅上，等待著喉嚨裡的那個硬塊消失，然後將之吞嚥下肚。隨著時間過去，它會消失的。

✦

奶油色的玫瑰花覆蓋在位於鱈魚角的飯店欄杆和桌上。時序正值仲夏，新英格蘭的天空藍到讓人目眩。羅雅走過通道的時候幾乎就要暈倒。札里在舊金山的一家店裡，幫她找到了婚禮的衣服。長長的蓬蓬裙讓她看起來宛如一個洋娃娃。衣服的上半身是蕾絲製成的，裙子則是米色的絲緞。媽媽和老爹千里迢迢飛來了美國。當他們在機場相見的時候，她從他們的擁抱裡得到了安靜的庇護，她融化在了他們的臂彎裡。這段日子以來，她是如此地想念他們——遠遠超過她所能承認的。他們從伊朗寄來的航空信，他們在長途電話裡不由自主提高的嗓門，他們要她許下她和札里會互相照顧的承諾，這一切都無法取代將她的父母擁入懷中、呼吸到媽媽身上那股檸檬香味的安慰。老爹的頭髮幾乎都掉光了，他的體格變瘦了，背也佝僂了。媽媽雖然依然站得筆直，然而，她的頭髮卻比羅雅記憶中要灰白許多。在這間偌大的美國飯店裡，她的父母顯得如此渺小，如此地微不足道：他們對華特的母親點頭微笑，和華特高大魁梧的親戚握手，他們的臉上帶著些許茫然，不時需要有人幫忙翻譯和解釋。

「保持微笑，姊姊，保持微笑！」不停穿梭在舞廳裡的札里身穿一襲淺粉紅色的薄紗洋裝，緊繫的腰帶展示出她窈窕的身材。她把裝飾的緞帶綁緊，拉直了桌布，踩著輕盈的腳步檢查著每一只盤子。一整個晚上，她都不斷地把羅雅拉進舞池，並且確定華特的領帶沒有歪掉。

「你看起來很美，親愛的，」華特的母親愛麗絲對她說。「我的天，你真的好漂亮。噢，華特。但願你父親還在世。」

羅雅在典禮上一如預期地親吻了華特，並且在適當的時候向鼓掌的來賓們揮手。當被問及此刻是不是她這輩子最快樂的時候，她點了點頭，對相機擺出拍照的姿勢，全身動也沒有動一下。

✦

在羅雅和華特大學畢業之後，她從米爾斯學院畢業，而他則從加州大學柏克萊分校畢業，羅雅原本應該就要回伊朗了。幾年之前的早餐桌上，當他們吃著扁平的巴巴里波斯麵包搭配菲達起司和酸櫻桃果醬的時候，老爹曾經說她將會成為下一個居里夫人或者海倫・凱勒。不過，也許她現在可以成為一名新英格蘭的「女科學家」——高舉燒杯對著燈光、解決問題，並且陸續發現足以撼動世界的新知識。

在波士頓的一個郊區，她和華特買了一幢帶有深綠色百葉窗的白色殖民風格小屋。雖然他還是法學院的學生，不過，他母親很實事求是地幫忙他們支付了房子的頭期款。華特在平日的時候通勤到波士頓大學念書，至於週末的時候，他就帶著羅雅到處認識她的新城市。他們的新家距離美國革命發源地所在的那片綠地只有一哩遠，一七七五年四月十九日的上午，許許多多的義勇軍在那裡犧牲了性命，英國士兵在那裡激怒了英勇的殖民地人民，迫使他們不得不起身反抗。華特帶著驕傲向她敘述著這些歷史。他帶她來到震驚世界的第一聲槍響所在之地，為她展示悼念死者的紀念石碑。站在那片歷久彌新的綠草上，羅雅不禁想起，一九五三年那個熾熱的八月天裡，在德黑蘭那座廣場上被槍殺的人民，有朝一日，是否也會有人為他們蓋一座紀念碑。也許不會。在她新國家誕生的那片綠地上，羅雅鋪上了一張野餐毯，和她的新丈夫吃著龍蝦捲、喝著薑汁啤酒。薑汁啤酒的辛辣灼燒著她的喉嚨。她寧可選擇喝水，不過，華特告訴她，他的棒女孩會慢慢喜歡上這個味道的。她點點頭，是的，她會的。

當然，她的父母在婚禮之後就回伊朗了。羅雅無法問媽媽她應該在她的波斯綠豆飯裡添加多少番茄——她沒有辦法衝到母親家，很快地把她帶到市場。她無法為她父親大聲朗讀報紙的頭條新聞，或者和他坐在一起，笑著欣賞露希爾．鮑爾把巧克力塗在臉上的滑稽演出。她希望她父母可以看到華特新買的電視機。她希望自己沿街就可以走路到媽媽家，摸著媽媽的臉頰說：「把鞋子穿上，我們散步去吧。」

當札里和傑克結婚的時候，媽媽和老爹甚至都沒有來參加婚禮。札里在短短的三週內就決定要結婚，完全沒有讓賓客有充足的時間反應。此外，對媽媽和老爹而言，來一趟美國參加羅雅的婚禮是一趟昂貴的旅程；他們負擔不起在短時間內再來第二趟。在柏克萊校園裡的那片紅杉樹下，傑克情緒高昂地堅持他們交換傑克寫的詩作。羅雅飛到西部，見證了這個特別的場面，並且擁抱了妹妹，祝福她和傑克不會貧困到餓肚子。

「他真的要當個詩人嗎？那可不是穩定的工作。」

「你聽起來好嚴厲！」札里對她說道，然後低聲地告訴她：「別擔心，姊姊！我已經決定要介紹傑克到廣告圈。我想他會很喜歡的。他太有創意了。那些詩？它們也可以幫商品做廣告。」

「隨便你吧。」羅雅依然為她感到擔心。

兩姊妹在東西岸開始各自的婚姻生活，除了通信之外，偶爾也會打電話保持聯繫。羅雅在她的東北部深深地安定了下來。札里則跟著傑克在加州四處漂泊，一開始是和他的朋友在各地露營。不久之後，她在信裡告訴羅雅：傑克同意剪頭髮。他同意在一家廣告公司任職。他得從基層開始做起。不過，像他那樣一個創意天才，不會在底層窩太久的，不是嗎？

每個人都在等羅雅的肚子隆起，等著孩子來報到。華特的母親愛麗絲懷抱著希望，笑看著羅雅的腰線，彷彿希望她可以孕育新的生命。在這種情況之下，她實在很難讓他們失望。

某個晚上，華特的姊姊從她位於波士頓市中心的公寓來訪。羅雅準備了肉捲，也煮了胡蘿蔔，她不想讓派翠夏因為波斯菜而感到困擾。她上一次用雞肉和梅子烹煮而成的燉菜招待派翠夏時，派翠夏卻把食物挪到盤子的一邊嘆息。事後，羅雅只能惱火地把盤子裡的食物倒進垃圾桶。真是浪費。對於派翠夏顯然並不喜歡她的菜餚，羅雅覺得無傷大雅。然而，真正傷害羅雅的是，華特的姊姊很明顯地也不喜歡她。

「我們這對可愛的夫妻，你們的世界裡有什麼新鮮事嗎：華特和羅雅？」在聞了聞盤子裡的肉捲之後，派翠夏試探性地在晚餐時問道。

「華特最近很認真在念書，日夜都是。」羅雅回答她。

「喔，在法學院裡，他是得這麼做，這是完全可以理解的，不是嗎？你不能太在意這種事，羅雅。他得要認真念書。這裡就是這樣。」

「不，我的意思是——」羅雅開口。

「華特，你有充分休息嗎？有吃飽嗎？」派翠夏打斷她。「如果你要的話，我可以帶烤肉來給你。也許可以換個口味……和你平常吃的不一樣？」

「噢，我需要的一切，羅雅都提供給我了。我很好。不過還是謝謝你，派翠夏。」

「好吧。」派翠夏的笑容有點緊繃。「算我多事。」

他們繼續安靜地吃著晚餐。過了幾分鐘之後，派翠夏舉起手中的叉子說道：「怎麼樣了？」

「什麼怎麼樣了？」華特疲憊地問。

「噢，要我對你們兩個直接說出來嗎！我很快就需要在嬰兒毯上繡上名字了嗎？」

羅雅的身體立刻垮了下來。

「聽著，派翠夏。你得要明白，羅雅是個現代女性。看在上帝的份上，現在可是一九五九年哪。」華特說著，喝了一口他的通寧水加琴酒。「羅雅想要工作。」他繼續說道。「當個科學家。而且她也可以勝任。這點你是知道的。在我們搬回東部之後，她就一直在寄申請函，尋找適合的職務。」

派翠夏的叉子依然高舉在空中。當她放下叉子時，她又接著說：「別在我面前擺出高人一等的樣子，華特。好像我就不工作一樣！不過，既然你們已經結婚了，生孩子也是理所當然的事。我要說的就是這樣。」

派翠夏一直沒有結婚。她比華特年長五歲，受雇於金融區的一家銀行。眾所周知，數字是她的專長，因此，她越來越討厭做那些讓她感覺降格的秘書工作。

「要再喝一杯嗎，派翠夏？」華特問她。

派翠夏怒視著他，然後在鼻息底下咕噥了什麼聽不清楚的話。華特把姊姊的態度視為要再來一杯，於是逕自走進了廚房。

「我只是想要工作個一兩年。」羅雅被留在飯廳裡和她的大姑獨處時溫和地說道。派翠夏所說的事讓她感到不安。婚禮、丈夫、郊區的房子：這些事都不難做到，而且也已經在她的清單上被乾淨地劃掉了。然而，孩子卻讓她嚇壞了。她還沒準備好要扮演母親的角色。

派翠夏咬了一口肉捲，咀嚼幾下，然後吞嚥下肚。她小心翼翼地用紙巾擦拭著嘴角。「你不能因為你現在在美國，所以就可以按照你的意思為所欲為。不是那樣的。」

「噢，我明白。」羅雅回應她。「我當然明白。」她無法不用一種誇張的美國腔來說這句話。

派翠夏足足瞪著她好幾秒鐘，才喃喃地說：「可憐的華特。」

對於弟弟不只沒有在他們社交圈裡眾多的美國白人新教徒中尋找對象，反而選擇了一個波斯新娘，派翠夏向來擺明了這件事很糟糕。而現在這個伊朗女孩還莫名其妙地堅持要工作，這似乎真的讓她感到很惱火。

「那不是你現在可以控制得了的，不是嗎？」派翠夏又說。「你還要考慮華特。」

「派翠夏，給你！」華特回到飯廳，帶了一杯新調好的馬丁尼給他的姊姊。當他看到羅雅的神情時，原本勉強裝出的愉悅立刻消散。「我錯過什麼了嗎？」

「沒什麼，親愛的華特。」派翠夏接過飲料。「只不過有些人以為他們掌控了自己的命運，如此而已。這也太過天真、太過愚蠢了。」

✦

幾個星期之後，華特從法學院回到家時，給了站在爐子邊煮飯的羅雅一記親吻。「你知道，我有個同學的姊姊在商學院工作。她因為要生小孩，所以要離職了。」

「真為她高興。」在那次災難性的晚餐對話之後，羅雅不止一次私下對華特表示過，她還沒有準備好要生孩子。他說他知道。不急。不要讓我姊姊惹惱你。

現在，華特為什麼要提起別人的小孩？

「這傢伙說，他姊姊的職位即將空缺了。」

羅雅攪拌著醬汁的手瞬間停了下來。

「我知道這是商學院的職務，那不是你想要的。不過，這是一份工作，羅雅。而且——呃，也許你會想要在有人申請之前先提出申請。這個職務很快就會對外公開招聘了，到時候會有很多人要申請。」

「我不想當個秘書。」她想到穿著窄裙和緊身毛衣的派翠夏在銀行裡幫男人打字，因為志向遭到壓抑而悶悶不樂。

「我知道那不是實驗室的工作。不過，羅雅，那是個很好的職務。」

事實證明，要受雇於實驗室遠比羅雅預期的要困難許多。開放給女性的職位少之又少。她甚至至願意當個技術人員，從基層開始。但是，實驗室不願意聘雇她。一間實驗室給了她一個清洗瓶子的職位：面試人員對她說，燒杯和實驗的試管需要用手小心地清洗。羅雅甚至還展示了她幾乎完美的成績單和化學科學的大學文憑。都已經一九六〇年了，然而，她所到之處似乎都還是偏好雇用男性求職者。此外，她也還是——永遠都是——外國人。她是少數想要工作的女人。像她這樣住在波士頓郊外的人，大部分都很樂意待在家裡，為她們的丈夫持家。

「恭喜。」派翠夏在知道羅雅獲得了商學院的秘書工作時表示。「現在，誰要幫可憐的華特煮飯？誰來照顧他？」

「我會繼續幫他煮飯，就像一直以來的那樣，派翠夏。你不用擔心。」

她把荷蘭芹、芫荽、菠菜和薄荷切碎，煮了最濃的波斯濃湯麵，然後和華特舉杯慶祝。

儘管派翠夏反對，愛麗絲也報以悲傷的神情，然而，華特還是堅持自己的立場，尊重羅雅的意願，不急著生養孩子。

在接下來的一年裡，偶爾，華特會溫柔地問羅雅，她是否改變了心意。羅雅不想告訴他，自己害怕製造另一個生命，然後變得越來越依附於這個生命。她無法把那個醜陋的問題從她的腦子裡剔除：萬一孩子發生了什麼事情怎麼辦？

阿斯蘭太太很久很久以前曾經說過的那句奇怪的話，有時會在最可笑的時刻重新在她的腦子裡響起。有嬰兒死了，她曾經這麼說過。有哪個妻子會像羅雅一樣，有這種瘋狂的想法？派翠夏說得沒錯。可憐的華特，真的！

這麼多年以來，她都以為她人生中最大的失去就是她的初戀。或者死在她腳邊的那個文具商。她完全不知道她的未來將有更大的損失：這份失去將讓一九五三年的那個夏天看起來彷如兒戲。

第四部

第二十一章

1958
誕生

我並沒有預料到兒子和女兒會同時來到！這是一股結合了疲憊的特殊喜悅：讓人喘不過氣來的一種依戀。我們的眼裡只有他們。我們既幸運又感到敬畏。願真主護佑他們。

前幾天，我下班回家的時候，家裡的廚子做了一道雞蛋和大蒜的特別菜餚，那是她們北方家鄉的菜餚，結果雙胞胎同時都哭了，當時，我可以看得出來，如果沒有僕人和護士的話，夏拉一定會不知所措。我母親到家裡來訪，但她只是安靜地坐著，退縮在她的角落裡。

我一秒鐘都沒有忘記過她曾經對你說過的那些殘酷的話語。對於她無法過濾她的情緒，對於她那些激烈又尖酸刻薄的言詞，我感到很羞愧。我記得當你到我父母家的時候，我母親說了一些話來傷害你。刺激你。恐嚇你。我絕對相信她很無情。而我也可以了解，在我最美好的日子裡，那些行為為什麼會把你嚇跑。

不過，以下是你所不知道的過去：

我不是我父母的第一個孩子。我也不是他們的第二個孩子，甚至不是第三個。我不是我母親第四個孩子。我是我母親的第五個孩子，在我之前的那些孩子都死了。其中有兩個胎死腹中，另一個在我母親懷胎八個月的時候死了，還有一個則在出生的第一年死了。我父母的不斷嘗試，不僅證明了他們的渴望，也是那個時代的見證。我不知道在我之後，我父母是否還有過更多的孩子。也許有，只不過當時我的年紀太小，不記得是否又有其他的孩子死去。我母親是在迫不得已之下，才在一個我寧可忘記的日子，告訴我關於失去這些嬰孩的事。那個日子，就是我們的一切都遭到改變的那一天。你可以說，是你和我的一切。

當然，我母親並不是唯一一個在那個時代裡失去孩子的人，但是，其他人似乎調適得比較好。也許是因為她接二連三地失去了太多孩子了。

我把她的憂鬱歸因於失去這些嬰孩。我把她的沮喪、情緒的變化和不穩定——所有的一切——都歸因於此。

我怎麼可能會知道有一種失去凌駕於其他失去之上，籠罩在所有事情之上？

我希望你在美國很好。好好過日子。保重自己。祝願你健康、快樂。我的孩子是支持我前進的動力。你知道我所指為何嗎？

第二十二章

1962-1963

瑪麗歌德

姊姊，傑克和我正在期待我們的第一個孩子出世。另外，
我已經學會不用茄子做茄子燉菜了！

讀完札里的來信，羅雅把信整齊地收在她桌上那個待做事項的檔案裡。她用波斯文回信，並且在信紙最底下用英文粗體字追加了一句「恭喜」。當她舔好信封、封緊信封口之際，羅雅提醒自己不要忘了自己的目標。她現在在商學院裡辛苦地做著秘書的工作。她的打字速度飛升。這不是她原本預期要做的那種工作，但是，在她全新的成人生活裡，妥協就是這個遊戲的名稱。她就是無法在科學的領域獲得一份好工作（或者任何工作），而這並非是因為她沒有嘗試。她知道，這就是身為一個女人會遇到的事。即便只是堅持要工作，她都已經是在突破界線了。而科學界向來都有一種假設，認為她會從一個適格的男子手中搶走工作。尤有甚者，身為一個外國人——能

來到這個國家難道還不足以讓她感激嗎？這些都是她經常從善意的朋友和鄰居那裡得到的潛在訊息。

有個問題在她的潛意識裡糾纏著她。派翠夏是對的：她應該要開始建立一個家庭了。天啊，她為什麼這麼害怕。她為什麼認為會有什麼不好的事情發生？羅雅步行到郵局，把信寄給札里。本週稍後，她會打電話給札里，當然還要送她一份禮物。當然了。她很快地走路回家，記起了她應該要做的事情。她為札里和傑克感到高興。真的。

不過，她很忙，老天，不是嗎！她真的很忙。

有時候，巴赫曼會出現在她的夢裡。他的笑容、那股麝香味、那雙充滿希望的眼睛、他的撫觸、他在文具店裡靠向她的模樣、第一次嚐到義式濃縮咖啡的味道、那些甜點、他貼著她的背脊……當她醒來的時候，她希望自己能忘掉這一切。她不能讓這些干擾到她現在的生活劇本。在夢裡，他一直都很年輕，有時候還很快樂。

在波斯新年的一通電話裡，賈漢吉爾告訴她，巴赫曼和夏拉現在為了他們的孩子很忙碌。雙胞胎。雙胞胎！和賈漢吉爾一年一次的電話聯繫，是羅雅唯一能聽到巴赫曼消息的方式。媽媽和老爹當然不會提及他。在她剛到美國的頭兩年，她曾經和幾個她在伊朗一起上學的女孩以及她的兩個表兄弟通過信。但是，幾個月之後，他們就不再書信往來了。距離太遙遠。花費的時間太多。她唯一還在通信的人，就只有她在伊朗的父母，以及住在加州的札里。然而，和賈漢吉爾一年一次的通話，讓她和一個她無法拋棄的過去相連在一起，無論那個過去有多麼的痛苦。

華特很用功地念書，而羅雅也很快樂——應該說是滿足——她很安於她在哈佛商學院的工作。他們稱哈佛商學院為HBS。在美國，每個人都很喜歡用第一個字母的縮寫。她的同事工作效率很好，有時候也很大方。每天早上把紙張捲進打字機、打好信件給校長和其他教授、做筆記、把文件歸檔、把所有的東西都整理得井然有序，這些都讓人感到滿足。她喜歡讓事情都在自己的掌握之中。所有的東西都在正確的地方：檔案、信件、削好的鉛筆、牛皮紙文件夾。她很精確地掌控著自己的世界。

「好吧！」派翠夏在另一次來訪的晚餐席間說道。「你們倆現在如何了？有什麼令人興奮的事嗎？」

「我能幫你倒點什麼喝嗎，派翠夏？」華特咬牙切齒地問。

「我這杯還沒喝完，謝謝你的好意。」派翠夏笑著說。「華特，記得我們小時候那個住在海灣小屋的理查嗎？他們家和我們很親近。」派翠夏以一種解釋性的語氣說著最後一句，彷彿企圖要讓她了解最新狀況一樣，即便羅雅也認識理查。她和華特經常和理查以及他的妻子一起晚餐。「他和他可愛的妻子——噢，我好喜歡蘇珊！她好優雅！——他們就要生第三個孩子了！第三個！」說著，派翠夏啜飲了一口飲料。

羅雅走進廚房，沒來由地炸了一些洋蔥。她撒了一些薄荷在上面，顫抖著把炸洋蔥吃完。她和華特正處於二十多歲的年紀。他們大部分的朋友和認識的人至少都有了一個孩子。不過，對他們來說還不晚。派翠夏太沒有禮貌了。直接干涉他們的生活。這根本不關她的事。他們打算要再等一陣子，他們會繼續等等的。

✦

她如期地來到了。她在一九六二年一月十一日出生在奧本山醫院，當羅雅抱著她、凝視著她那雙出奇警覺的眼睛、把她那牛奶般柔軟的小身軀貼緊自己時，羅雅內心感到十分惶恐。不過，羅雅也再度感到了一種奇怪的真實感。她並不是美國電影裡的女主角。她覺得既錯亂又暈眩——是的——但是卻也同時感到無比的踏實。這是長久以來第一次，羅雅覺得她又是她自己了。

當他們從醫院回到家時，愛麗絲接手照顧了他們三人。身上散發著馬鈴薯沙拉和化妝水味道的愛麗絲對羅雅不溫不火，不過卻為她的孫女著迷。羅雅雖然十分想念媽媽，但也很感激愛麗絲的幫忙，愛麗絲把視線所及的所有物品都煮沸過，以免受到感染，並且營造了愉快的氣氛，還準備了吃不完的烤馬鈴薯配搭酸奶油。

當他們的孩子在一年後停止呼吸時，愛麗絲的臉都垮了。他們在恐慌中開車前往醫院，而愛麗絲的哭泣聲也一路沒有停止過。

孩子不停地喘息。瑪麗歌德。她的名字叫做瑪麗歌德。她降臨到他們的生命裡，有將近十二個月的時間，羅雅退縮的外殼幾乎都已經褪去。她從來沒有讓華特完全進入過她的內心；某一部分的她一直被自己緊緊鎖住。對此，他也接受了（畢竟他是華特！），因為，光是有她的存在、光是每天早上都能看見她，就足以讓他心存感激。然而，瑪麗歌德——她有著一頭淺棕色的頭髮和灰色的雙眼，呼吸時會發出微弱的喵喵聲，抓住羅雅的力氣也大到驚人——瑪麗歌德打破了羅雅所構築的每一片冰牆，她用她沒有牙齒的笑容融化了羅雅。在那十二個月裡，儘管筋疲力竭，儘管興奮難耐，但是，羅雅純粹只是她自己。即便她年少的那段愛情也無法相比；對她而言，這個孩子意味著一切，從來沒有任何東西讓她有過這樣的感覺。

在前往醫院的路上，華特沉默地抓緊了方向盤。車窗外的大雪不停地飄落；堆積在地上硬邦邦的雪堆已經變成了灰色。愛麗絲的禱告聲迴盪在車廂裡：來自聖經的經文和對上帝的祈求。當時，愛麗絲剛好從海灣的住處開車前來探訪他們；就在他們吃著週日晚餐時，瑪麗歌德的咳嗽聲持續不斷，她連日來的高燒越來越嚴重，就連她的呼吸也變成了喘氣聲。羅雅抱著渾身發燙的孩子僵硬地坐在車子後座，她覺得自己可能隨時就要破裂成碎片了。我只求我的孩子沒事，只求醫生能幫她降溫，她會好起來的，當然了，她一定得好起來。瑪麗歌德持續在喘氣，絕望之中，羅雅哼起了一首波斯民謠。愛麗絲停止了祈禱，靜靜地聽著她的歌聲，而華特則以最快的速度在冰上疾駛。

從羅雅手中接過瑪麗歌德的那名護士，在她的白色護士帽下，梳了一個蜂窩式的髮型。她的氣息聞起來帶有香菸的味道。羅雅不想把自己的女兒交給這個女人，她想要把女兒留在身邊。前來診斷的醫生嘴唇上有一顆面皰，看起來隨時可能爆開。幾年之後，當羅雅走在自家附近的街道時，一想起這個醫生的面皰和那個護士的菸味，她依然會感到憤怒——他們拆散了她和她的孩子，他們將自己置入了她生命中的悲劇裡，他們將永遠像鬼魂般地存在她的記憶裡。

在他們抵達醫院之後的四十三分鐘，瑪麗歌德被宣告死亡。

在白色的螢光燈下，羅雅站在油毡地板上的雙腿無法動彈。醫生的聲音含糊不清。彷彿口中含了一把土在說話。就像她初到美國時聽到的英文那樣，讓人完全無法理解。華特站在她身邊；高大而沉默地守著她，透過她的眼角，她看到了那雙大手在顫抖。愛麗絲站在她的對角；除了臉上的淚水，她的婆婆連動都沒有動過一下。

他們三人在黎明時分回到了家。雖然羅雅曾經考慮留在醫院不要離開，讓自己也許就餓死在醫院的油氈地板上，然而，他們還是無可避免地必須回家。在那棟建築物裡，在一片機器的嗶嗶聲和各式嘈雜的聲音裡，在無數前來急診卻絕對比不上瑪麗歌德性命重要的患者之間，在那個散發著死亡味道的地方，他們沉默地坐了好幾個小時，直到華特簽署好文件，他們就被告知可以離開了。在回家途中，路上的積雪陰森地堆積在兩旁。她的手臂、雙腿和手指都失去了感覺，她感覺不到自己的四肢；羅雅知道，坐在車裡的是另一個人，不是她自己。她是如此想念瑪麗歌德的臉貼在自己臉上的感覺。她可以確定的是，她的悲傷將永遠不會停止。

最後，是華特幫她沖了熱茶。是華特在每天早晨率先起床，也是華特幫她煮了過熟的水煮蛋。他不再吹口哨了。一股酸味從此永遠瀰漫在空氣裡，在瑪麗歌德留下的那個坑洞裡慢慢地腐爛。

「你不用來的。」幾週之後，當札里提著手提箱，帶著兩個幼小的孩子出現在羅雅家門口時，羅雅對她說道。羅雅站在她那間幽暗的屋子門口，身後的廚房水槽裡散落著髒碗盤，換洗的衣物推積如山，空氣裡充滿了一股霉味。

「噢，我得來，姊姊。」

札里的兒子達里斯已經四歲了。他的妹妹萊拉在札里的懷裡蠕動著。萊拉兩歲了。萊拉過去的那十二個月，是瑪麗歌德永遠都沒有辦法擁有的。一切——每個細節、每個字、每一秒、每個人——都讓羅雅想起瑪麗歌德。只是，想起並不是正確的用字。想起意味著她必須先忘記，然後再記起來。然而，她從來不曾忘記。一切的一切都和瑪麗歌德有關；再也沒有什麼可以杜絕於外，真的。即便很久很久以前，一個在伊朗的瘋女人低聲說過的話也不能。有嬰兒死了。

眼前的萊拉在札里的懷抱裡。這是她的外甥女，嬰兒肥、開心、呼吸著空氣、活著，頭上還戴了一頂粉紅色的針織帽。札里原本將會把這頂帽子包起來、放入一個盒子裡郵寄給她，還會附上一張紙條寫著：親愛的媽媽織了這頂帽子，寄來給我。萊拉已經戴不下了。瑪麗歌德現在應該可以戴了。

瑪麗歌德應該可以戴了。

倘若真的可以如此的話。

達里斯尖叫著跑進廚房。札里脫掉鞋子，一邊大聲喝令達里斯不要穿著濕答答的靴子在房子裡亂跑。當她的妹妹、外甥女和外甥從她身邊衝進屋裡時，羅雅靜靜地望著屋外的白雪。這個世界居然膽敢在冰冷、惡毒的歡樂氣氛下繼續轉動。

✦

為了改造傑克，札里可說是竭盡了全力。在札里精心的調教下，傑克從一個破詩人變成了一名乖乖在公司上班的雇員。他幫廣告寫宣傳語，一開始是平面廣告，後來則是電視廣告，至於這個曾經是理想主義詩人的傢伙是否對這樣的轉型感到悲傷，沒有人看得出來。羅雅每次看到他的時候，傑克總是眉飛色舞，他的孩子們吊在他身上像動物園裡的猴子一樣，他那一頭長髮也剪成了平頭。穿著西裝、打著細長領帶的傑克，活脫就是一九六〇年代廣告人的縮影。札里是怎麼把她的男人塑造成這樣的？她給了傑克什麼神奇的藥劑，是什麼讓他臉上的笑容永遠都不會消退？噢，姊姊，你我都知道，所有的事歸根究底都和床笫之間的事有關，不是嗎？那就是搞定一切的方法，我們就面對現實吧！我不是傻瓜，我知道要怎麼做。

對於床、床單和男歡女愛，羅雅現在只感到麻木。

札里把家裡打掃乾淨。那種通常只有在春季第一天的波斯新年才會進行的大掃除。但是，現在並非春天，此時還是冬天，外面到處都覆蓋著冰雪。札里不在乎；她只管打掃。羅雅想起了所有的習俗，她們在那樣的習俗下成長，慶祝春季的第一天——那些習俗現在都沒用了。彷彿她還會再有足夠的力氣去準備一張波斯新年用的七鮮桌，並且在上面擺滿以波斯字母s開頭、象徵重生和更新的七樣物品。不。把小扁豆泡在水裡，讓它們長出綠芽，彩繪雞蛋慶祝多產——再也不會了。波斯新年、春季的第一天、諾魯茲節——現在都不再有意義了，所有的這一切都失去了意義。華特和羅雅不會慶祝波斯新年，也不會慶祝耶誕節和感恩節。為什麼要慶祝呢？

札里幫她清洗窗戶（在二月！在新英格蘭！有必要嗎？反正窗戶終歸會被雪和霜所覆蓋）。札里也把所有的衣服都洗了。她甚至還到商店去，買了新鮮的食材，經過一番蒸煮炒炸，然後在羅雅的冰箱裡塞滿了燉菜、米飯料理、葡萄葉捲、煎肉餅，以及馬鈴薯波斯派。她把窗戶打開，讓新鮮的空氣灌入室內（基本上是凍人的冷空氣）。札里甚至還堅持要在平底鍋裡把糖融化，然後加入幾滴檸檬汁和溫水，製作成蠟，好用來去除羅雅的腿毛。

「你真的以為我現在還在乎這種事嗎？」

「我不是為你做的。」

「我可以向你保證，華特也不在乎。我可以向你保證，他甚至不知道我的腿上是不是有腿毛。」

「拜託你。有些時候，你得……」

羅雅的胸口在那股熟悉的悲傷下起伏。她想要消失。這有什麼差別嗎？沒有人可以帶來不同。

在札里來訪的兩個星期裡，羅雅曾經坐在地板上和她的外甥外甥女玩遊戲。她聽著他們咯咯的笑聲。然後，她站起身，爬上床，在床上躺了一整個傍晚。

當札里用托盤送來晚餐時，她靠在羅雅的床畔。「我沒有選擇，親愛的羅雅。我必須帶他們來。我不能把他們留給任何人照顧。傑克要工作到晚上；他幫不上忙。」

現在，情況已經變成了這樣。別人會因為他們自己的孩子而道歉，把他們的幸福藏起來不讓她看到，對他們自己的歡樂感到難為情。這就是她的新命運。

在那兩週裡，除了清掃家裡和不斷地在羅雅的冰箱裡補充食物之外，札里走進了育兒室。起初她徵詢過羅雅，但羅雅只是聳了聳肩。於是，札里明目張膽地把瑪麗歌德的衣服收進箱子裡，把玩具放入袋子裡，然後帶到教堂捐贈。她鼓起勇氣告訴羅雅，她保留了幾件衣服，日後，等羅雅準備好了的時候，可以隨時拿出來看。只是，她永遠都無法準備好。

「謝謝你，札里，謝謝你。」華特一再地道謝。「你真的太好了。你這麼做真的很好心。你不知道我們有多感激你。」

有禮、柔弱的華特。該死的這兩個人。華特的禮貌和札里的熱情，都讓它們見鬼去吧。幫她整理孩子的衣服、清洗那些討厭的窗戶，這些事有什麼意義嗎？羅雅躺在床上，空洞地看著前方。華特正坐在那張她曾經幫瑪麗歌德哺餵母乳的搖椅上，不發一語地前後搖晃著椅子。

在札里要飛回加州的那一天，羅雅並沒有落淚。她有嗎？這些日子裡，她已經哭了太多，哭泣彷彿隱形了一樣，有時候她已經無法分辨自己是否在哭泣。當她以為她已經哭乾眼淚時，總是會有新的淚水又湧了出來。

「拜。」羅雅說著。如此地簡潔，如此地美國。拜！如此地輕鬆。再會！這些美國精神也許自有什麼意義。活潑。隨意。它們讓一切感覺上就像草莓奶昔一樣甜美，就像美好的時光即將來臨一樣。

「我會想你的，姊姊。」札里把臉埋在羅雅的頸窩啜泣，用波斯語低聲地對她說。「我會很想念你的。你隨時都可以寫信給我。我會打電話給你。你知道下次我可以再來的時候，我會……」

「拜！」羅雅又說了一遍。「謝謝！」她不知道自己內心裡是否還存在著感激和善良。她希望自己可以阻止寒冰繼續將她包圍。

「我很遺憾。」札里身上的味道聞起來依然就像她們在伊朗共睡一間房時一樣。那是茶的味道，是家的味道。「你知道你隨時都可以——」

「走吧。你會遲到的。」

離開羅雅家讓小萊拉露出一副大驚小怪的模樣，而達里斯也躲在沙發後面，玩著沒人和他玩的躲貓貓遊戲。經過一番的哄騙和吼叫，札里終於把孩子都召到身邊，然後把他們都趕上在屋外等候著的計程車裡。羅雅揮了揮手。那天早上，華特在無數次的致謝聲中和札里道別，並且對於他無法親自開車送札里到羅根機場致歉，因為他需要準備一個議案，而這個案子的法官絕對不會手下留情。

羅雅站在門口，目送著雪中的計程車載走她的妹妹、外甥和外甥女。她身後是一間冰箱裡填滿食物、室內一塵不染、井然有序的房子。至於她眼前，則什麼也沒有。

沒什麼可做的，只能回去工作。最終，你又把蠟塗抹在了腿上。不要留任何一根腿毛讓華特覺得不舒服，知道嗎，姊姊？在他們的悲傷之中，這對夫妻慢慢地達到了一種新的平衡。起初，他們只能小心翼翼地待在彼此身邊，隨著時間過去，相互的陪伴變成了一種自然反應，因為，正如同人們所說的，不管怎麼樣，生活還是會繼續下去。

下雪的日子已經被春天所取代。然而，羅雅還是無法讓自己慶祝春季第一天的波斯新年。她沒有過諾魯茲節。有什麼要更新的？有什麼重生好慶祝的？對瑪麗歌德而言，什麼季節都一樣。有人破壞了劇本，撕掉了它們，扔進了火裡，毀掉了一切的意義和秩序。有人搞錯了。春天愉快！

春季的第一天，她比平時提早一點下班回家，然後為自己泡了茶。華特會工作到很晚，羅雅也竭盡所能地忽略波斯新年的存在。當門鈴響的時候，她以為是住在對面的米契爾太太（她有時會送來一些餅乾或派——自從瑪麗歌德走了之後，過去幾個月她就更常來了）。然而，當她打開門時，羅雅很驚訝地發現來客並非米契爾太太，而是派翠夏。派翠夏穿了一件縫有六角形釦子的深藍色外套，手上提了一只雜貨袋，腳上那雙藍色羌皮高跟鞋看起來似乎很昂貴。

「我可以進去嗎？」派翠夏問道。

「當然。請進。」羅雅站到一邊，好讓派翠夏可以進到門廊裡。羅雅很清楚她不需要開口要求她的大姑把鞋脫掉。當華特第一次提及羅雅希望客人不要穿鞋進屋時，派翠夏曾經一臉困惑地說：「如果要穿著絲襪到處走的話，我幹嘛還要把一半的薪水都花在買鞋上。」

羅雅接下派翠夏的外套，掛在門廊的衣櫃裡，然後帶著派翠夏走進廚房，像個機器人般地問她是否要喝茶。

「好啊，謝謝你。」派翠夏回答她。她把雜貨袋放到桌上，清了清喉嚨說：「我下班之後去了奧本山。」

羅雅瞬間無法動彈。瑪麗歌德就埋葬在奧本山公墓。

「奧本山街。那裡的商店，」派翠夏繼續往下說。「我幫你帶了一些東西。某些東西。」

羅雅看著派翠夏從她的紙袋裡拿出幾樣東西，一件一件地放在廚房流理台上。包括一小盆用玻璃紙包著的風信子、一袋蘋果，裹著金色錫箔的巧克力金幣、一包鹽膚木香料、一瓶醋，以及幾片蒜瓣。甚至還有一袋棗乾，也就是酸棗樹的果乾。

這些都是波斯語裡用s開頭的東西，是波斯新年時擺放在七鮮桌上的七樣以s字母開頭的傳統物品。在成長期間，羅雅每一年都會和媽媽、札里以及老爹，小心翼翼地把這些物品擺在桌上。這是她希望有一天可以分享給瑪麗歌德的傳統。然而，她從來不曾期望派翠夏會幫她慶祝這個傳統。

「新年快樂，羅雅。」派翠夏溫柔地說。

一塊彷彿一整個新英格蘭大的腫塊湧上了羅雅的喉嚨。一層汗水浮上了她的皮膚表面。她的心裡充滿一股感激之情，讓她想要彎下身來大哭。「謝謝你，派翠夏。」羅雅小聲地說。

派翠夏轉身把風信子擺正，然後把鹽膚木香料往左邊移開。她不是那種善於表達情感的人——羅雅深知這點。當她轉回來時，羅雅看到她大姑的眼裡盈溢著淚水。「我真的，」派翠夏對她說。「很抱歉。」

羅雅不知道她是為瑪麗歌德的事再次表示哀悼（這陣子以來，很多人一見到她，就對她表示他們很遺憾——這是她最常聽到的），抑或在對她過去所說過的其他話道歉。

羅雅只是點點頭。

派翠夏把手伸進紙袋裡，又拿出了一樣東西。那是一個透明的小袋子，裡面裝滿紅色的細線，那是羅雅再熟悉不過的東西。

「你在哪裡找到番紅花的？」羅雅屏住呼吸。

「噢，我做了一些功課。我有我的方法。」派翠夏說著走近她，輕輕地把那袋番紅花放到羅雅的手裡。有那麼一分鐘的時間，她的雙手握住了羅雅的手。然後，她很快地挺直背脊，以一種權威性的語氣說：「得啦！你說要招待我的茶在哪裡？」

那天下午，她們坐在一起喝著茶。起初，她們的對話有些斷斷續續，不過，慢慢地，她們開始敞開了心扉。自從她嫁給華特以來，這是她第一次和派翠夏一起對華特執著於紅襪隊表示同情。

「謝謝你，派翠夏。」當派翠夏起身告辭時，羅雅對她說。「我真的很感激你來。比你想像的還要感激。」

「不用謝我。」派翠夏說著，來到門廳拿自己的外套。她在門邊猶豫了一下，然後才說：「過去那幾年，我可能對你有點太苛刻了。也許。你得了解，華特是我唯一的手足，而我也很疼他。你可以說我過分疼愛他了。我母親總是說我太寵溺他了。我覺得沒有人配得上我的小弟。可是……」派翠夏不安地摸著她外套上的鈕釦，然後抬起頭。「羅雅，我們也許失去了瑪麗歌德。但是，我們很慶幸擁有你。」她很快地踏出門口，走下樓梯，坐進了她的車裡。

羅雅站在門口，這回，她忍不住任由淚水決堤。

✦

他們變成了一對讓人帶著悲傷笑容注視的夫妻，讓人在愛麗絲的教堂為之祈禱的夫妻，以及信箱裡會收到哀悼卡片的夫妻。羅雅持續在哈佛商學院工作，對於華特，她產生了一種奇特的親情。他們被痛苦連結在了一起。每天晚上睡覺之前，他總會坐在搖椅上喝酒。她則縮回她的硬殼裡。當融化的冰再度凝結時，甚至會比過去還要難以打破。

例行的工作、少數幾個朋友，他們煞費苦心地維持著重返世界的表象。終於，華特和羅雅又踏出了家門，再度到鄰居家晚餐。而她甚至也把鍋子重新拿出來，開始做飯。為了華特。她強迫自己買米，浸泡在溫水裡，然後煮飯。有一天晚上，當華特從辦公室回到家時（他現在在一家波士頓的大型法律事務所上班，靠近保德信大廈，每個人都對他說他很成功），他再度聞到了番紅花的香味，這都要歸功於派翠夏。他緊緊地擁住羅雅，呼吸著她頭髮的味道。她很高興他並沒有說出諸如「你回來了」之類的可怕的話。

幾個月後，他們在結婚紀念日當天前往一家餐館用餐，這是那件事發生以來的第一次。席間，華特握住了她的手。

「親愛的羅雅，我們應該再試試。」

這句話彷彿鋒利的針一般地刺在了她的頭皮、她的皮膚上。

「當然不能在你還沒有準備好的時候。不過，我不知道。我們還這麼年輕，不是嗎，親愛的羅雅？我不是說現在。我是說等你準備好的時候。」

她永遠都不會有準備好的那一天。無論用什麼方式，她都不想讓瑪麗歌德遭到取代。她為什麼要同意和華特出門？她甚至還沒準備好要到公共場合，到周遭的人都在享樂的餐廳。她只想要她的女兒。她想要感覺女兒的臉貼在她的臉頰上。她想要抱著她，聽到她的笑聲。她想要瑪麗歌德。

在餐廳昏暗的燈光下，華特的表情寫滿了懇求。這不是羅雅第一次發現他變老了。發生在柏克萊咖啡館那個打翻咖啡的事件，已經是七年前的事情了。他們結婚至今已經五年了。現在是一九六三年。他們已經二十七歲了。但是，他們的失去讓他們偏離了正常的軌道——他們是歷經生命自然法則遭到顛覆的菁英分子。瑪麗歌德在他們婚姻生活的第四年來到，雖然出乎預料，但是，她的來到卻受到了極大的歡迎。而她的消失也證明了羅雅最深沉的恐懼。

「寶貝。」

她討厭他叫她寶貝。因為他只有在想要說好話的時候才會這麼叫她。當他確實充滿深情的時候，他總是會稱她為親愛的羅雅，而寶貝則意味著我知道該怎麼做。寶貝意味著你沒想清楚，我們當然會再有另一個孩子。寶貝意味著他並不知道她之所以沒有放棄一切，只是基於她對他的義務。

「我做不到。不行。」她告訴他。

他從座位上起身，她以為他打算去洗手間。也許他還打算離開餐廳。他絕對有權從她身邊離開。自從瑪麗歌德去世以來，她一直都不近人情：自私、沉默而且退縮。也許，他會去洗手間，重拾他那華特式的理智，再假裝神采奕奕地回到座位上來——拿出他在公共場合裡所能做到的最大能耐——然後，他們會在喧譁的餐廳裡，繼續吃他們的酸奶燉牛肉。他們會假裝自己和現場任何一對夫妻一樣。

但是，他並沒有離開。他走到她的座位旁邊，蹲下來，雙手溫柔地捧起她的臉。那雙藍色的眼睛裡盈滿了只屬於他們的憂傷。

「她永遠都會在這裡。」華特說著，把手放在自己的胸口，就像多年以前，羅雅第一次在基什博太太的廚房裡為他做飯時一樣。然後，他把前額靠在她的額頭上。

服務生在餐廳裡來回穿梭。其他的顧客偶爾發出了餐具碰撞、聊天和大笑的聲音。羅雅和華特就這樣靜靜地靠著彼此——貼著額頭。對於他的愛，她從來不曾感到過如此地肯定。她所懷抱的每一絲悲傷，華特同樣也都擁有。在這份悲慟中，他和她一樣辛苦，他也在黑暗和痛苦的深淵中摸索前進，而在這個世界繼續轉動的這些日子裡，他一直都在她的身邊。華特一直都在那裡。可靠。值得信賴。穩重。她和華特共享的這份愛，是她不想失去的生命線。

在聖誕節結束的時候，在瑪麗歌德離開幾乎一年以後，她把那張搖椅拖下了門口的階梯，拖到了路邊。她知道對面的米契爾太太正透過她家的窗戶在看她。在這個美國歷史開始的城市，羅雅把那張搖椅丟在了路邊，就讓某個新來的人把它撿走，帶回家，繼續地搖晃吧。

第五部

第二十三章

2013
虛擬的朋友

如果有什麼克萊兒想要禁止的東西，那就是電視廣告。如果有什麼她無法不看的東西，那也是這些廣告。她的臉書朋友告訴她，她可以把她想看的節目錄下來，然後快進跳過廣告，或者直接從串流網站上下載，然而，克萊兒就是忍不住要即時收看每一個節目，包括廣告在內——幾乎是以一種自虐的方式。就像忍受著久未癒合的傷口，就像在一塊結痂上搔癢，然後感覺到它在刺痛。

每天晚上，在回到她那間座落於沃特鎮的小公寓之後，克萊兒總會用口袋麵包、火雞肉和番茄，幫自己做一份晚餐，或者泡一碗泡麵，又或者用微波爐加熱袋裝的白飯，再煎一個雞蛋。她打開電視，準備好要感受那份刺痛。她不看她臉書朋友看的那些節目——贏得所有大獎的有線電視戲劇節目：性感、劇本好又前衛的節目，那種節目往往提供了社交媒體的最新議題、劇透警示和虛擬的熱門八卦話題。她看的是——幾乎帶著恐懼地收看——真人實境節目，例如報導整容的家庭主婦在昂貴的餐廳裡吵架打架，或者有著二十個快樂小孩的家庭經歷製作單位安排好的混亂情境。在廣告的時段，克萊兒會躺在她那條米色的毯子底下，看著電視機的畫面出現分享速食的死黨、欣喜若狂地使用手機軟體的父母和小孩、包著尿布亂跑的幼兒，以及淚眼汪汪的父親看著坐在車用嬰兒座椅的女兒變成坐在方向盤後面的青少年。克萊兒總是嘲笑廣告裡的那些多愁善感，並且不表認同，但卻又同時對之懷抱著一份渴望。幾年以前，她曾經是一個主修英國文學的長腿大學生，當時，她相信自己將會成為一名成功而知足的大學教授。後來，她母親哭著在電話裡說「是陽性的」。她母親胸部那顆小腫瘤，儘管已經手術移除，卻繼續在她的體內邪惡地遊走，因此，在克萊兒二十四歲的那年，她母親就長眠在了麻薩諸塞州貝得佛德的墓園裡了，墓園距離當地的大型超市連鎖店全食超市只有一哩之遠，而克萊兒也陷入了長期的悲傷裡。她父親死於一場車禍意外時，她還只是個包著尿布、正在牙牙學語的幼兒，就像每天晚上她獨自在電視廣告裡看到的那些包裹著尿布的小孩一樣。克萊兒在很小的時候，就已經感受到了隻身一人的驚人現實。男友換了一個又一個。但是，從來沒有一個男人真正地留下來，即便她相信自己曾經一度墜入過愛河。或許兩度。

現在，她三十歲了，昔日學校裡的朋友若非已經結婚，就是有論及婚嫁的對象。她們散落在全國各地，甚至全球各地。她和她們的連結都是透過社群媒體，而非電話或那種面對面的古老方式。她在網路上追蹤他們多采多姿、快樂卻又謹慎自嘲的生活。她會在網路上看到他們最新的狀態，例如「是的，是真的，我們即將要有寶寶了！」然後為他們按下「讚」，即便這些貼文有時確實讓她感到空虛和嫉妒。她看到她那些懷孕的朋友曬出在海灘上被丈夫擁在懷裡的照片，也同樣為她們按「讚」。她打開電腦看到那些剛出生的嬰兒——戴著帽子、迷你又皺巴巴的新生兒——然後讀著所有的留言：「真為你高興，吉娜！」「噢，我的天啊——他好漂亮！」不免又要按「讚」，並且加上她自己的留言「恭喜！」。她滑著螢幕，瀏覽她昔日的同學和她們的孩子在哥斯大黎加和夏威夷度假的照片，心裡既覺得嫉妒、但也為她們感到高興。然後，她打開電視，看著一家人在一起喝熱巧克力、吵架又和好的畫面，看著父親把車鑰匙交給他們剛拿到駕照的女兒的畫面。而她所能想到的只有她對母親的無比思念。

她的房間裡排滿了那些大師和心靈導師的著作。那些書告訴她，她應該要向內尋求、要冥想、要感激、要感到慶幸和滿足，還要動筆寫下感恩日記。克萊兒確實也這麼做了。不過，當她明顯地意識到她從康乃狄克州一所小型的人文教育學院所拿到的英國文學文憑，只為她找到了行政職務和在零售店折疊衣服的工作時，當她了解到她永遠沒有勇氣去申請英文方面的博士班課程、進而變成一名教授時，她把她母親的壽險理賠金拿去租了一間位在沃特鎮的公寓，然後從零售的工作換到了行政工作，並且在她三十歲的某一天，找到了達斯頓老年中心行政助理的職務。

她喜歡她的工作。她喜歡日復一日地和那些似乎即將離開人生舞台的人相處。讓她最喜歡的是，他們沒有那種虛假的謙卑，也無須證明他們總是很快樂。她喜歡看到那些愛抱怨的老人咳嗽、爭吵，甚至咆哮，他們完全都不會假裝生活很美好。她喜歡幫忙那些老太太在符合宗教規律之下，塗上明亮的粉紅色口紅，彷彿缺少了這個動作，就等於完全向她們的年齡投降了。她幫艾蜜莉小姐把她的尼龍襪拉高到她那雙血管清晰可見的腿上，她也小心翼翼地幫羅森伯先生扣好他的開襟羊毛衫。達斯頓老年中心的這些老太太和老先生，是克萊兒沒有放棄這份工作唯一的原因。他們是她僅有的一切。她那些來自小學、中學和大學的朋友，現在都只是「臉書上的朋友」——似乎只是存在於她腦子裡的一種新類別：臉書朋友——那些人只以數位圖片的方式存在，那些人和她已經多年不見（她沒有參加同學會），那些人的生活充滿了快樂，雖然偶有混亂，卻總是讓人驚嘆。她的父親甚至不存在她的記憶裡，因為當時她年紀太小，根本來不及認識他。她對父親最鮮明的印象，來自於她母親用一個茄子吸鐵貼在冰箱上的一張照片：一名高大、露齒而笑、站在她母親和野餐籃旁邊的金髮男子。根據她母親的說法，他們沒有舉行過花俏的婚禮，只是去找了基層法官證婚而已。

在那些年裡，她只有她的母親——美麗又仁慈——她告訴她關於她父親的故事；她感嘆自己是家中唯一的孩子，感嘆自己剛好只生了一個孩子，雖然她們沒有什麼家人，但是她們卻擁有彼此，不是嗎？而那也是她們僅僅所需要的，她的孩子就是她的一切，她漂亮的孩子帶給了她生命的意義。她是她美麗的小女兒，不是嗎？如果我讓你難為情的話，我覺得很抱歉，甜心，不過事實就是如此——你就是我的生命——你和我，我的小女孩，我們將會一起面對這個世界，不是嗎？克萊兒，噢，你父親會多麼想要看到你現在的樣子，甜心，在這個地球上，我們什麼都可以做到，我的小女孩——我們可以——你是那麼聰明、那麼天賦洋溢，只要假以時日——你就會成為一個大人物，你現在就已經是我的驕傲和喜悅的來源了。然而，癌症卻將她的母親從這個世界上抹去了，這讓克萊兒感到了無法言喻的、絕望的、痛苦的、永遠的孤單。沒有母親的家可回，沒有母親和她通電話，也沒有母親和她一起料理一道她們最喜愛的菜餚。沒有母親告訴她說，一切都將會變好。而最陌生又恐怖的覺醒卻是，事情不會變好。永遠都不會。儘管她的臉書朋友依然在亞洲爬山，依然養育著完美的孩子，也依然在遙遠的度假村慶祝著浪漫的紀念日。但是，對克萊兒來說，一切都並不好。在三十歲的年紀裡，她明白了一件事，領悟了一件事，也知道了這件事——她覺得自己不需要硬裝。那些關於丈夫、孩子、愛情，以及「噢─我的天─看我這一團混亂─但卻如此充實而─美麗的─生活！」的臉書狀態更新，並不存在於她的未來。她的未來是晚上看著實境秀節目，白天則和行將就木的真人在一起的現實生活。

她很喜歡中心裡的老年住戶，即便是聽到那些隨時可能去世的人在每天早上對她說「嗨，克萊兒！」，都讓她覺得宛如奇蹟。羅森伯先生告訴她關於他「當年」住在紐約皇后區的故事；而溫杜拉太太則每週都差點就要「跨到另一邊去了」，根據她自己的說法。克萊兒最喜歡的是一位名叫巴赫曼．阿斯蘭的先生，他已經在這裡住了兩年。她稱他為「蝙蝠俠先生」。他很和善，她也很喜歡聽他說起他年輕時在伊朗的故事、他的政治冒險，以及他在戰爭期間所度過的那幾年歲月，還有他的摯愛。像蝙蝠俠先生這樣的人——他的玩笑、怨言、悲傷、病痛，悔恨、觀點、記憶——是克萊兒每天早晨醒來之後，嚥下乾燥走味的蛋白質能量棒，然後開著她買了七年的Honda，從沃特鎮來到達斯頓的原因。達斯頓老年中心是一個結合了老人中心和安養之家的地方。老人家可以來此造訪，參加這裡的活動，也可以選擇比較傳統的安養中心模式，成為這裡的住戶。克萊兒把全副精神都放在關心這裡的老人和住戶上。感恩節的時候和他們在一起。聖誕節也和他們在一起。她的生活都和他們在一起。除此之外，她的生活就只有臉書朋友、那些該死的電視節目，和電視上的廣告。

在她看來，她的住戶任何時候所發生的故事，都比那些精采多了。特別是巴赫曼・阿斯蘭先生的回憶和他一生的軼事。

第二十四章

1978-1981

急件

1978年8月

雷克斯電影院幾天前發生大火。四百多人在大火中喪生。民眾受困在火場裡，他們在裡面四下奔竄，努力想要逃出那裡，但是卻無法逃脫。我不由得想起了我們在大都會電影院的那些約會。政變已經是二十五年前的事了。現在，同樣的事又發生了。每天都有越來越多的街頭示威。我的孩子相信答案就在阿亞圖拉．何梅尼身上，這名遭到驅逐的教士突然之間有了一群追隨者。我真的不明白。現在，這裡的年輕人需要某個東西讓他們能夠緊緊地抓住，需要某個東西讓他們有所信奉，而那個東西不能是國王。

歷史會重演。看著這些年輕的學生再次湧上街頭，看著他們相信如果他們能夠擺脫國王，一切的問題就可以獲得解決。看著這些，讓人覺得好痛苦。是的，他是罷黜總理摩薩台的共犯，事後，西方國家也為他撐腰了。但是，現今的年輕人以為只要國王下台，他們的問題就可以迎刃而解。我很擔心國王下台之後會發生什麼事。我們想要民主，但卻似乎永遠都得不到。如果國王下台之後，情況變得更糟呢？

我不知道你在美國過得如何。我從賈漢吉爾那裡得知了一些消息，對此，我心存感激。我很高興你們倆還保持聯絡。一想到在這個現代世界裡，只要一拿起電話，人們就可以跨洋溝通，真是讓人感到不可思議！賈漢吉爾告訴我你現在在工作，你在哈佛有一份工作？真是太好了，親愛的羅雅。

你一直都註定了要做大事。

1979年3月

現在，國王已經下台了。我們之中那些還記得一九五三年的人、那些對於世界在一天之內重挫而感到強烈失望的人，在他們的臉上，我只看到創傷又回來了。年輕的一代充滿了希望。他們認為我們這次沒有問題了。他們很高興國王下台了。他企圖要到美國去，但我聽說你的新國家不讓他去。在他為美國做了那一切之後，你的國家怎麼會不讓他過去呢？

也許這次，我們將會有一個真正的民主政府。

當我親眼見到的時候，我才會相信。

你記得我向你求婚那天傍晚的暮色嗎？那片紫色的天空？你以為我沒有在幾百個夜晚裡看著夜空、想起你的吻嗎？

1981年8月

自從薩達姆·海珊去年九月攻擊伊朗以來，戰爭的狀況就變得每況愈下。每天晚上，我們都在地下室的防空洞裡度過。我的孩子時刻都感到害怕。這個國家的某些部分，你現在應該都不認得了。我們遭到了轟炸。一到晚上，我們就得用錫箔把窗戶遮起來，這樣，薩達姆的飛機就無法發現我們的城市和城市裡的燈光。我們活在長期的恐懼裡。我的孩子已經二十出頭了，我不希望我兒子被徵召入伍，被叫去攻擊和殺害伊拉克人。為什麼？為了讓這個新的伊斯蘭政府感到強大、為了讓我們團結嗎？此外，我女兒外出的時候也被迫要戴頭巾。我們變成了什麼？我已經不認得自己的國家了。

親愛的羅雅，賈漢吉爾加入軍隊成為了軍醫。我親愛的羅雅，他死在了前線。我好想念他。

第二十五章

2013
大盒子

札里的鼻子在手機螢幕上看起來出奇的大。生活中僅剩的少數幾樣令人寬慰的事之一，就是透過電話聯絡而無須被看見，然而，札里卻堅持每週都要使用Facetime。札里說她老派，但是，羅雅實在無法忍受看到札里的臉出現在電話上。實在是毫無意義。不過，她得承認，看到札里依然讓她覺得很安慰，即便只是出現在一個小裝置上。她的妹妹現在已經升格當祖母了，還動過髖關節置換的手術，而且幾乎每天都會和她的媳婦發生小爭執。

「華特需要迴紋針和碎紙機，我得走了，札里。」

「好吧，姊姊。你知道嗎，我覺得好驚人：你的皮膚還像個年輕女人一樣。七十七歲了！感謝老天賜給我們這樣的基因！」

「幫我向傑克、達瑞斯和萊拉，還有所有的孫子們問好。」

「我會的。希望諾魯茲節的時候可以見到你！幫我擁抱華特和凱爾。」

歲月一年一年地過去。瑪麗歌德死於哮吼已經是幾十年前的事情了，而摩薩台在政變中被推翻，距今也已經過了好幾十年。這個世界已經完全變了一個模樣。伊朗在一九七九年發生伊斯蘭革命——現在，她的國家已經不再由國王掌權，而是由一群宗教神職人員來統治。失去的東西不斷地累積，但羅雅並沒有時間去為這些失去的事物一一哀悼。華特總是謹慎地留意著新聞，不過，羅雅寧可埋首在爐子上，也不想看當今有線電視台播放的那些偽稱為新聞的垃圾。

但是，嬰孩不能死亡。他們不能就那樣消失，然後任憑他們的東西被遺留下來。她的孩子沒有死。醫院裡的人要她相信，一個幾分鐘前還在她懷裡呼吸的一歲大孩子，突然之間就沒了性命。瑪麗歌德不只日日夜夜都和她在一起；瑪麗歌德就是她的一部分。她無時無刻都把女兒放在心裡。孩子是不會離開你的。

可是，姊姊，想想凱爾！瑪麗歌德死了，但是，你還有凱爾！

四十二歲那年，當羅雅永無止境地忙於哈佛商學院的行政工作時，當她已經接受自己再也不會成為另一個孩子的母親時——凱爾來到了她的生命裡。被視為不可能的事再度發生了。一份驚喜、一個意外、一個孩子。她和華特再一次感覺到那張柔軟的小臉貼著他們的臉。再一次地，他們充滿了喜悅和恐懼。

凱爾變成了她的新世界。她把自己的夢想寄託在他的身上。他讓羅雅重新綻放了笑容，讓她再度甦醒了過來。他是她的使命。為了他，她會確保這個世界不會崩塌。

在凱爾完全長大成人之後（他已經是個醫生了！），每天早上的散步讓羅雅保持著頭腦的清醒，也維持了她的動力。讓她能夠保持冷靜。她不和朋友一起散步。朋友的話太多，而羅雅需要和自己的思緒獨處。當然，在室外太冷的時候，還是有些鄰居的婦女會相約到商場裡去散步。羅雅收到了一封來自城市伺服器的電子郵件，邀請所有的民眾參加有趣的活動：讓我們在肉桂車站外相見！郵件裡如此寫道。在那個販賣調味又油膩的炸麵團攤販前面集合。不，謝了。羅雅不想在一棟像箱子一樣的大樓裡面走來走去，呼吸著混濁的空氣，經過那些銷售著不必要的商品、燈光通明的商店。商場裡那些大量的垃圾讓她喘不過氣來。她會盡可能地待在大自然的環境裡。只要她還走得動的話。

她也必須要走得動。有些事就是會一直跟著你，一直揮之不去。有些灰燼會滲入你的皮膚。槍聲無法被忘記。而那股愛的力量也同樣無法被忘記。

有時候，她會在夜晚的時候，感覺到他的呼吸就在耳畔。起初那幾年，她總是以為她在新英格蘭、甚至在加州各地都看到了他，每當有人在匆忙之間和她擦身而過，讓她的身體莫名感受到一絲悸動時，透過她的眼角，她總是確定那就是他。但那當然不可能是他。有一次，當她在波士頓菲尼斯百貨公司幫華特選購襯衫時，衣架另一端的一名男子看起來就像巴赫曼。她覺得那就是巴赫曼，不過，那當然不是。不可能。又有一次，當她在機場中途停留時，一名年輕的男子外貌和走路的樣子都和巴赫曼一模一樣。當時，她不得不靠在柱子上，才能免於失去平衡。那名男子年約二十。當她在機場屏住呼吸時，她記起自己已經四十多歲了。也就是說，巴赫曼也應該四十幾歲了。那個年輕男子當然不可能是巴赫曼。在她的腦海裡，他一直都是年輕時的模樣，她無法塑造出他年老的模樣。他的頭髮會掉光嗎？會變胖嗎？華特的頭髮並沒有變少。套句派翠夏的話，他是個「尤物」，是經得起考驗的詹姆斯．史都華。那麼，巴赫曼是什麼呢？他會像哪個電影明星？生活對他造成了什麼影響？她不需要知道這些。

凱爾的出生為他們緊緊包裹起來的那個私密又痛苦的泡泡注入了一小袋的空氣。很快地，那一小袋的空氣擴張了，讓世界又重新進入了他們的生活。因為凱爾，羅雅開始和其他的母親一起喝茶。因為他，她參加了家長教師聯合會的聚會，而當他在棒球賽裡擊到球時，她也會興奮地跳起來。她再度擁有了喜悅，再度輕鬆了起來，她又開始在早晨的時候炒蛋，又開始討論足球，也會翻閱教科書和成績單。因為他，她再度看見了世界。

「當我們血管裡的血液流光時會發生什麼事？」

凱爾永遠都有問題要問。他的好奇心永無止境。她帶他到圖書館，讓他坐在她的腿上，一本又一本地為他讀著故事書。小的時候，凱爾說話總是帶著她的伊朗腔，因為他最常聽到的就是她的聲音。不過，一旦他開始上學之後，這個腔調就逐漸消失了。其他的母親都抱怨說她們的孩子不聽話，然而，凱爾卻很乖巧。他渴望知道這個世界是如何運作的。當他還小的時候，他們是他的兩個好朋友。第三個好朋友——他的姊姊——永遠都在羅雅的心裡。她的瑪麗歌德。

即便她為了陪伴凱爾而辭職，他們也還負擔得起家計，對此，羅雅心裡充滿感激。她想要盡可能地和他在一起。但願她可以把他的心裝在一只襯著軟墊的茶壺保暖袋裡，這樣，她就可以保護它，讓它不會破裂。但願她可以為他遮擋一切的危險、一切的失落和一切的悲傷。然而，她知道，他的命運以她看不見的墨水寫在了他的額頭上，再多的母愛、再多的陪伴、再多的擔憂，都無法阻擋得了危險。

她帶他到梅里亞姆山丘的池塘邊看蝌蚪，她學習了星星和月亮的距離，好教給他更多的知識，而他最喜歡的那些電視節目裡的角色，她也會為他在紙上描繪出來。在華特穩健的存在下，她為他們三人在新英格蘭刻畫出屬於他們的生活，把她所在乎的一切，都塞進了那間有著百葉窗和殖民地風格的房子裡。

每年，當凱爾吹熄他生日蛋糕上的蠟燭時，羅雅內心裡的寬慰和不安就會隨著那縷裊裊升起的白煙而飄動。這些感覺就停歇在他們的廚房角落裡。掉落在他們的每一根髮絲上。一年。又一年，而他就在那裡。

✦

那間文具店距離他們家有二．七哩遠；她之所以知道，是因為有時候她喜歡把車子的里程數歸零，只是出於好玩。那間箱子般的商店很大、很明亮，完全就像一間倉庫。那是一家全國連鎖的商店。羅雅小心翼翼地和華特走進店裡。走道上瀰漫著化學藥品和廉價的地毯味，以及企業的貪婪和疲憊的味道。一排又一排的筆記本、便利貼、消毒紙巾、塑膠盒、文件夾、信封、麥克筆、蠟筆、爆米花（這裡賣爆米花？為什麼？）。那是她曾經喜歡的東西：文具和削鉛筆刀、鋼筆和鉛筆。但是，她不再想要任何東西了，不像這樣，所有的東西都展示在一個巨大的空間裡，甚至也看不到老闆的蹤影。穿著員工制服、滿臉青春痘的青少年完全不理會她說了好幾次的「不好意思」，直到華特終於忍不住大聲地說「請問一下！」，彷彿在責備他們似地，店員才終於為他們指出碎紙機的貨架所在的方向。（華特決定要仔細檢查他們的舊檔案，並且把不需要的東西切碎，這樣一來，「當時候到了」，凱爾就不用再做這件事了：「我們最好整理一下，把我們保留了那麼多年的文件都扔掉。我們現在就應該要這麼做。在我們腦子還清楚的時候。這樣，我們走了之後，一切就會比較容易。凱爾不需要為處理我們的東西而感到負擔。」）

經過一番比較之後，他選中了一款碎紙機，然後帶著羅雅穿梭在散發著化學藥劑味道的地毯走道，直到他們找到了展示迴紋針的區域。光是迴紋針，就有那麼多不同的包裝選擇。終於，他們挑了一只裝滿亮藍色、草綠色、鮮黃色和深紅色迴紋針的透明罐子。

在收銀的櫃檯邊排隊時（八個櫃檯之一——居然有這麼多！），羅雅從一個籃子裡拿了一小罐乾洗手。罐子上有一條橡皮圈可以綁在皮包、鑰匙圈或者任何東西上。她可以用這個來抵抗感冒、傷風、肺炎，以及最近新流行的疾病。這可以讓瑪麗歌德抵抗得了哮吼嗎？她很好奇。這麼一小罐裝在塑膠容器裡的抗菌凝膠可以辦得到嗎？

當他們終於來到隊伍最前面的時候，羅雅咕噥著說：「這間店實在太大了，沒有一個青少年知道自己在做什麼。」

收銀員突然抬起頭。她看起來大約快要七十歲了，沒有比羅雅年輕多少。她有一雙深藍色的眼睛和淺灰色的捲髮。羅雅不禁擔心自己是否因為批評了她的同事而得罪了她。然而，收銀員只是笑了笑。

「我是不知道啦。不過，他們都是好孩子。我們不斷地收到新的貨品清單。你能怪他們嗎？」

「當然。只是……太大了。」羅雅喃喃說道。

「噢，這個地方對某些人來說很棒。什麼都有！媽媽們很喜歡在返校日前來這裡購物。不過，有時候我走進來工作時，這地方還是讓我感到頭暈。我告訴你」——她往前靠了一下，然後小聲地說：「反正，我自己是那種會在住家附近小店買東西的人。不要告訴我老闆！」

華特掏出皮夾，從裡面抽出一張信用卡，在機器上刷了一下，然後等待著收據。

「那種日子已經過去了，」羅雅回應道。「那種住家附近的小商店。」

「噢，還是有那麼一兩家那種由夫妻經營的文具店，」在華特把碎紙機放回手推車的同時，收銀員一邊說，一邊把迴紋針和乾洗手裝到袋子裡。「我說的不是那種店裡會有一排文具貨架的藥房——那種店只賣廉價的線圈筆記本之類的東西。不過，你知道的。老式的、真正的商店。就像座落在牛頓核桃街上的那家店一樣。那裡有最好的鋼筆。還有墨水瓶！我不知道在我們這種店和網路購物的競爭之下，他們還能撐多久。不過，我可以告訴你，那家店可是很懷舊。」

「好的，謝謝。祝你有個美好的一天。」華特說著，在收據上簽完名之後，很快地推著手推車離開了那個收銀員。他對她的推薦完全沒有興趣。

不過，羅雅卻突然對這名好心的女士萌生了一股特別的感覺。「非常感謝你。」

「祝你們有個美好的一天。」收銀員學著華特的說法，然後對羅雅眨了眨眼。

羅雅也對她眨眨眼，隨即跟著華特走進了冰冷的停車場。

「她真是個怪人。」華特把碎紙機搬進後車廂時悶哼道。

「我覺得她很幫忙。」

「可憐的孤老太婆，」華特說完，很快地又補充了一句：「我是開玩笑的！」

他們駛過結冰的街道，一路上，羅雅把裝了迴紋針和乾洗手的袋子放在腿上。

當他們回到家時，電話答錄機有一通留言，是華特的足科醫生辦公室打來的。

「你聽到了嗎，華特？」羅雅對他說。「你的矯正鞋墊需要換新的模型了。」

「鞋墊的新模型。真是沒完沒了！」華特說著。

「是啊。」羅雅說著，從冰箱裡拿出一些魚排準備烘烤。近來，她累到不想下廚煮波斯菜。

當你七十歲的時候，有些事情就是得要放棄。

✦

隔週，羅雅陪著華特在骨科診所等候。他們向來都到貝爾蒙特的一家診所，不過，因為這家診所正在整修，因此，足科醫生的秘書便將他們轉介到牛頓—威勒斯里醫院附近的一家新診所。

羅雅在椅子上挪動了一下姿勢。來自郊區每一所高中的運動員和討人厭的孩子似乎都選在那天來看診了。

「你不用在這裡陪我等。出去呼吸新鮮的空氣吧，羅雅。天氣好不容易變好了。」華特對她說。

「我可以陪你等的。我沒事。」

「你不用這麼做。到附近的商店去逛逛吧。如果你想的話，也可以去喝杯咖啡。我可以在這裡看看書。」語畢，華特拍了拍一本法律期刊。「這夠我看好一會兒了。」

能夠離開滿屋子喧鬧的小孩和一直在滑手機的青少年，這讓羅雅鬆了一口氣。室外的空氣幾乎讓人感到愉快。華特是對的：今天是幾個月以來最溫暖的一天了。一月中旬能有這樣的日子真是難能可貴！她已經有好幾星期都沒有辦法外出了。**我實在無法理解，你為什麼不離開那個冰冷的地方，搬到加州來呢，姊姊！**

羅雅小心翼翼地走到骨科診所附近的街區。他們最不需要的事情就是看到她失去平衡摔倒。感謝老天，她今天穿了她那雙好鞋：那雙鞋面上有著小蝴蝶結的灰色厚底鞋。走過幾條街之後，她來到了這個區域的中心地帶。在一間貝果店的玻璃櫥窗後面，一隻貓咪懶洋洋地躺在那裡看著她。另一家老式的手工鞋店外，成排的鞋子擺放在擦鞋油旁邊。她喜歡這一帶的牛頓。比起其他的購物中心，這裡沒有那麼花俏，感覺上更真實。沒有什麼彷彿大箱子一般的商店。

當她走過一間小披薩店時，香甜的番茄醬味似乎在召喚她停下腳步、買一片來嚐嚐。就在她猶豫著是否應該要走進店裡、好好享受一番時，街尾的一個招牌吸引了她的目光。那塊吊在二樓棚架上的黑色招牌表面，有幾個金色花式字體寫成的字文具店。

那裡有最好的鋼筆。還有墨水瓶！她的腦子裡響起了那個收銀員的聲音。她現在在核桃街嗎？一定是的。一股說不出的力量讓她朝著那個招牌走去。

當她打開店門時，一聲熟悉的叮噹聲響起。她上一次到一間有這種鈴鐺的店是多久以前的事情了。天啊，那些老式的鈴鐺發出來的聲音都一樣。

她花了一點時間，才讓眼睛適應了屋裡黯淡的光線和霉味。當她的眼睛適應之後，她看到了櫥櫃上排滿了不同形狀、不同尺寸的彩色日記本和筆記本。她的左手邊有一張桌子，桌上堆滿了禮物和各式小玩意兒：鬧鐘、拼圖、馬克杯，還有一些奇特的肥皂。店中央的櫥櫃裡放著裝在小盒子裡的各種鋼筆和鉛筆。她走過放置書寫工具的走道。只見裝著鋼筆的紙盒側面畫了許多不同的線條：那是人們用來試寫鋼筆時留下的塗鴉。老式的削鉛筆刀和漂亮的新鉛筆盒整齊地成排展示著。

她沿著一條走道走到另一條，覺得自己彷彿置身夢中。在主要的櫃檯前面，她停下了腳步。她看到了一只巨大的玻璃盒，盒子裡是閃閃發亮的鋼筆和墨水瓶，正如那名收銀員所說的那樣。它們宛如珠寶一樣：墨水瓶閃耀著藍寶石和翡翠綠的顏色，甚至還有紫色。其中一只瓶子裡的墨水竟然還呈現出石榴的顏色。她想要轉開一支鋼筆，小心地在筆管裡填進墨水，然後讓筆尖在一張乾淨清爽的紙上滑過。很久很久以前，她曾經用過一種特別的吸墨紙，這樣，墨水就不會在紙上暈開，這樣，在她把信放進那只將會被藏進魯米詩集的信封之前，信紙上的每一個字都不會渲染開來。

「還好嗎？」

她轉過身，彷彿行竊被抓了一樣。一名頭髮花白、橄欖色皮膚、深色眼睛的男子，就站在店後的一扇門邊。

「噢，是的——」她的聲音卡住了。她突然感到了暈眩。她的胸口緊繃，店裡瞬間開始晃盪了起來。

「你沒事吧？」男子問她。他的聲音。他的聲音就像她應該要認識的什麼東西一樣。

「是啊。」但是，她覺得自己在往下沉。「不好意思，我能坐下來嗎？」

他走過來，輕輕地扶住她的手臂。他扶她走到櫃檯後的一張椅子旁邊，椅子上擺了一只粉紅色的靠墊。她鬆了一口氣地坐到椅子上，然後往後靠向椅背。她的額頭在顫動。

「女士？要我幫你倒杯水嗎？」

「不，不用了。我只是需要喘一口氣。」

「我去幫你拿杯水吧。」

他的堅持，他的有禮，他的肢體語言散發著某種熟悉感。她突然發現自己想要問什麼。那雙深色的眼睛，橄欖色的皮膚，一點點的口音。「你是伊朗人嗎？」

「尊敬的女士，你好。」他微微地鞠躬。「我想，你也是伊朗人。」

「是的，我是。」

「我馬上回來。」他用波斯語對她說。「我去幫你拿點喝的。」

說著，他走進櫃檯後面的一扇門裡。她把頭靠在椅背上。幾分鐘之後，他捧了一只托盤回來了，只見托盤上有一只裝了紅茶的玻璃杯，還有一碟方糖。

「你不用這麼做的，」她說。「我沒事。」

「沒關係。我們後面有一只小茶炊。你知道為什麼的。波斯人一定得喝茶。」他的波斯語無可挑剔。他小時候一定住在伊朗，若非如此，就是他的父母一定很嚴格地教過他波斯語。

他放下托盤。「喝吧，這會讓你覺得好一點。」

她喝了一口。那股香檸、小豆蔻混合著淡淡玫瑰花瓣的味道，立刻就讓她彷彿回到了家鄉。「你顯然知道如何煮真正的茶。謝謝你。」

「我父母教我的。」他聳了聳肩。

熱茶的蒸氣和香味讓她的腦子開始清晰了起來。這名男子看似四十多歲、不到五十歲，或者五十出頭。他有可能是在一九七九年伊朗革命之後，隨著當時的移民潮，跟著父母來到了這裡。

「希望我沒有嚇到你，」她說。「我只是一時失去了平衡。也失去了一點點的理智。」說著，她把玻璃茶杯放到托盤裡打量著他。「還有，容我冒昧地說，我覺得你好眼熟。」

「我們伊朗人看起來都很像吧，不是嗎？」他笑了。

他的微笑讓她的胸口緊縮，彷彿就要挺不起身來了。她看著托盤上的茶，然後再度環顧著店裡。那些櫥櫃都呈對角線地排列，玻璃盒裡的鋼筆也都平行擺放。店裡的一個角落有一只單獨存在的架子，上面擺滿了平裝本的書籍。稍早的時候，她並沒有留意到那只架子。從她現在所坐的位置，她可以看得到架上那些書的封面：每一本都像是波斯畫作的微型藝術品。其中一個封面上畫了一名包裹頭巾的男子手抱古老的薩塔爾琴，在諸多的封面裡顯得特別醒目。

「你也賣書？」她虛弱地問。

「噢，是有一些。」男子回答她。「兒童的彩繪書。工藝書。貼紙書。諸如此類的。」

「那些呢？」她指了指那個架子，那上面原本應該展示賀卡、展示那種印有貓狗照片的日曆。然而，架上卻擺了她所熟悉的書籍系列。她曾經買了那些書給凱爾，好讓他可以用英文閱讀到那些打從她年少開始就一直深愛的詩集，好讓他可以親自見證她所鍾愛的那些文字裡的智慧和熱情。「你也賣魯米的詩集？」

男子再度聳聳肩。「那其實是我父親想賣的。對於這家店要呈現出什麼模樣，他總是自有一股特別的看法。而且一定要做到精確完美。」

「是嗎？」

「噢，是的。要開這樣的一家店真的很不容易。而且還可以維持這麼多年。不過，我姊姊和我撐過來了。」

「你姊姊？」

「是啊。我們是雙胞胎。總之，我父親有他的願景，而我們也努力地讓它實現。現在……我們想要按照他所希望的那樣保持下去。」他再次笑笑。「我們很努力地在經營。」

羅雅的心跳突然加速，她以為自己也許就要心臟病發了。佈置成這樣的一家店。排放在圓形架子上的魯米詩集。這個藍圖。這個願景。然而，這不可能。不可能。

「你父親，」她屏住呼吸地問。「我可以請問他的大名嗎？」

「當然可以。我們來自於德黑蘭。我父親的名字叫做巴赫曼·阿斯蘭。」

第二十六章

2013
預約

當羅雅走回診所，打算聽華特向她報告鞋墊模型的狀況時，她的臉已經漲紅，彷彿隨時都會崩潰。你也許以為這個複雜的世界充滿了失落的靈魂，那些曾經在你生命中留下足跡卻又消失的人，永遠都不會再出現，然而，這些事終究都可能改變。一間店，一杯茶，就足以翻轉你原本以為的事。

巴赫曼的兒子，奧米德——他告訴她他的名字——很容易相處。這是住在美國的一個優點，是他這個世代的一個優點。他的態度開放，而且樂意分享。他既沒有心防，也不多疑，如果他處於她的時代，想必就不會如此了。當她告訴他，她以前曾經認識他父親時，他瞪大了眼睛。「真的嗎？哇。你不是在開玩笑吧？」她無法開口問他，他父親是否還活著。自從賈漢吉爾去世之後，她就失去了巴赫曼的訊息。反正，她已經把他推到了心裡的最底層。

然而，他兒子卻說：「我應該要告訴他我見到你了嗎？他一定會很高興知道我遇到了他的一個老朋友。」

「那就不用了，真的不用了。」她告訴他。「不用打擾他。我們只是點頭之交而已，我只是很高興知道他……還很安好。也很高興遇到了他的兒子。和你聊天很愉快。謝謝你的茶。我得走了。我丈夫在等我。」

「噢，那是。順便告訴你，他現在住在達斯頓老年中心。他很寂寞。我姊姊和我盡可能會去看他。但是，你知道的，這種忙碌到不行的生活是什麼樣子。」

她無法想像那個將會改變世界的男孩住進了一間安養中心。夏拉發生了什麼事？不過，她沒有勇氣問眼前這個善良的男子有關他母親的事。她說她得走了，然後，他們雙雙一再地重複表示這個世界有多小，以及她應該要再來店裡看看。

新鞋墊是泡棉做的。當她回到診所時，華特告訴了她。他說，即便是泡棉材質，但新鞋墊卻出奇的堅固，還問她覺得如何？他們上了車，華特抱怨著最新的新聞。「在華盛頓的那些人就不能好好做事嗎？我們應該要投票把他們全都趕出華府。」又說：「怎麼了，羅雅？你的臉色好蒼白。羅雅？羅雅，發生什麼事了？」

「沒什麼。我只是在不久之前覺得頭暈而已，就只是這樣。」

「要我停車嗎？」

「不用，華特，繼續開。我們繼續往前走吧。」

✦

回到家之後，她仍然覺得喘不過氣來，仍然在發抖。

「我去煮咖啡，」華特對她說。「熱咖啡會讓你振作起來的。呃，我沒有別的意思。」他套上他的軟皮拖鞋，然後走向咖啡機。滴咖啡。不是札里一直鼓勵他們買的那種帶有咖啡壺的時髦濃縮咖啡機。華特偏好用一款 Mr. Coffee 的舊式咖啡機來煮咖啡，儘管不得不因此而整天都得站在水壺旁邊。

「謝謝。我去一下洗手間！」

說著，她匆匆地掠過穿著駱駝軟皮拖鞋、腳踝被米白色長毛裹著的華特。

帶著一股新的、恐懼的能量，她以多年來不曾有過的速度爬上樓梯。她快步走到華特在他們臥房裡搭建的書桌，然後坐下來，打開了他們的電腦。她的手已經汗濕了（一定是因為手套的溫度），她的心也在狂跳。也許這些都是心臟病即將發作的症狀。就像他們的鄰居米契爾太太發生中風那樣，她的頭會撞在鍵盤上，然後，華特會發現她病發在臥室裡，並且永遠不會知道她原本打算要打些什麼字。也許她應該停下來。但是，當那間文具店的門鈴聲再度迴盪在她的腦海時，她忍不住落下了淚水。她按照凱爾教過她的那樣，在電腦上點擊著瀏覽器。當游標停在搜尋框時，她很快地鍵入了幾個字：**達斯頓老年中心**。

我真不明白，這麼多年來，你怎麼都沒有在谷歌上搜尋過他呢，姊姊？天知道我曾經搜尋過

每一個我愛過的男人。德黑蘭的約索夫現在已經是住在馬里蘭的一名退休神經外科醫生了——我在一個網站上看到過他的照片。你知道嗎？但是，你堅持說，你想要把過去都留在過去。好像那真的可能一樣！

她的手指在顫抖。如果她真的會中風的話，至少也讓她先弄清楚發生了什麼事。在那個夏天晚上，在那些散發著茉莉花香的樹叢邊，她曾經深深地吻過他。她從他那裡學會了探戈。在那個熾熱的夏天，她一次又一次地跑去收他的信，是他讓她用藍色的鋼筆墨水寫了一封又一封的信。是他，讓她在那個廣場痴痴地等待。

華特應該正在倒咖啡。羅雅拿起她的老花眼鏡。

螢幕上的圖片和文字瞬間清晰了起來。達斯頓老年中心是一個擁有生活輔助設施的社區中心，就座落在麻省美麗的達斯頓市中心。網站上張貼著幾張照片，綠樹成蔭的湖邊、舞廳裡跳舞的老人，還有一張盛滿燉牛肉、胡蘿蔔和玉米的餐盤特寫，旁邊的文字說明寫著可口的自製餐飲！她覺得自己彷彿正在看什麼遭到禁止、但卻又絕對正常且平凡的東西。那個把他們的文具店搬到美國設立的男孩，就住在這個老年中心——根據她現在搜尋的資訊，這個中心就位於她這間房子以南五十三．五哩之處。這間華特正在等她下樓的房子。你能相信嗎？

那個中心有一個電話號碼，一個傳真號碼，網頁上還有詳細的說明，介紹如何從中心的北、南、東、西前往該中心。羅雅遮住眼角。這個荒謬的老太太正在重新審視某個她自以為在一千年以前就已經放下了的東西。

她站起身，準備下樓去找華特。

然而，一股勝過任何地心引力的拉力，卻讓她重新坐回了椅子上。只要問他為什麼就好。他為什麼說謊？他為什麼把她留在那裡？他為什麼那麼突然地說斷就斷？他為什麼改變心意？經過了這麼多年以後，至少，她值得知道答案。誰知道心臟病何時會發作？就讓她一次都弄清楚吧。

她點擊了那個「聯絡我們」的連結，螢幕上很快地出現了一個電話號碼。

但是，她並沒有打電話。相反地，她下了樓。華特再一次地問她出了什麼事。

早年，當他們剛開始在加州交往的時候，她曾經告訴過華特，她在德黑蘭有過一個愛人。只是高中時的一段戀情。沒什麼大不了的。誰沒有過年少的愛情呢？

現在，要對華特提及那間位於牛頓的文具店似乎很奇怪，彷彿她在透露別人而非她自己的秘密一樣，彷彿她即將拉開一道窗簾，而藏在窗簾背後的是既嚇人又甜蜜、同時也充滿危險的東西。

在接下來的幾天裡，她會莫名地哭泣。每一次，當她想起那間位於核桃街的文具店這麼多年來一直都在那裡，在她居住的這個州，在距離她生活的地方只隔了幾座城鎮，而且距離她這間殖民地風格的房子並不太遠的時候——她就覺得自己彷彿就要崩潰了。她就要在自己晚年的時候失去理智了。而現在，當她看到巴赫曼的兒子奧米德在店裡整理存貨時，她覺得好不真實，她覺得既懷念又難以置信。她比過去還更想念那個好心的文具商，起初，他曾經在那間德黑蘭的商店裡指引了她。創傷和失落從來都不會消失——那些回憶當然一直都在她的心裡。然而此刻，她卻哭得好像好幾年都沒有哭泣過一樣，好像自從瑪麗歌德死了幾年之後，她就再也不曾哭過了一樣。

她再度為一件她以為多年以前就已經了結的事情感到了哀傷。

振作點，姊姊！札里一定會這麼說。

然而，隨著日子一天天過去，她無法忘記的還有那名男子善意的徵詢：「我應該要告訴他我見到你了嗎？他會很高興知道我遇到了他的一個老朋友。」

她想要見他。只是去問他為什麼。這樣，她就可以徹底明白了。因此，在她造訪那家核桃街的文具店之後一週，在她最後一次於德黑蘭那間文具店裡見到那個男孩的六十年之後，她拿起了電話。

一名接待人員接起了電話。有什麼能幫你的嗎？等一下，讓我看看，我會和他說，然後再回電給你。之後來了一通電話，是的，請你一定要來。阿斯蘭先生會等你來訪。

就這樣。

掛斷電話之後，她等著地板裂開，等著牆壁壓過來。

當她告訴華特，她預約了要去見那個很久以前認識的男孩時，華特只是靜靜地用一條廚房毛巾擦拭著洗好的盤子，毛巾上還印有一隻打傘的黃色小雞。世界並沒有崩裂。

他們會一起開車過去，她和華特一起。他就是那樣的一個人——如此地善良。他說，他不能讓他的妻子坐在那裡悶悶不樂地哭泣。如果她需要和他談談，那她就應該要和他談一談。他說，我們已經太老了，不需要再沒來由地承受痛苦。天知道生命本身已經夠脆弱的了。

而他也會跟她一起下車，確定她那條針織圍巾可以幫她的口鼻擋住寒風，他們會一起爬上那棟標示著達斯頓老年中心的灰色建築的階梯。室內，一名金髮的行政人員會帶領羅雅走到一間大廳，大廳的窗邊有一名坐在輪椅上的老人正在等待，到時候，她將會再次見到那個她曾經相信會永遠屬於她的男孩。

第二十七章

2013
重逢

當行政人員轉身離去的時候，羅雅和巴赫曼被單獨留在了這間暖氣過熱的大食堂裡。他轉過輪椅，臉上帶著笑容——他的雙眼依舊充滿了希望。「我一直在等你。」

她要很努力才能讓自己不至於摔倒。她的心跳加速，彷彿這很重要，彷彿一切對他們兩人來說都還不會太遲。多年以前，當巴赫曼第一次在一月的一個星期二打開法赫里先生文具店的大門時，那陣瞬間在店裡刮起的風——當時那股吸引她的力量——現在也同樣攫住了她。他是她的，他曾經是她的，他的聲音未曾改變。彷彿六十年來，她一直都在聽著這個聲音。那個男孩就在這裡，他曾經在週四晚上的聚會裡和她共舞，他曾經於他們決定要結婚時在茉莉花叢裡吻她，也曾經在那個政變的夏天裡寫過情書給她。

她低下頭，腳上那雙鞋面上縫了小蝴蝶結的灰色厚底老人鞋立刻將她拉回了當下。她七十七歲了。她不再是十七歲，也不再是期待和這個打算改變世界的男孩共度一生的初戀少女。一股昔日的傷感像膽汁一樣地湧起。「是嗎。不過，我只是想問你，上次，你為什麼沒有等我？」

她又感到了暈眩；她得坐下來。她走到窗邊的塑膠椅旁坐了下來。她不能在他面前癱倒在地上。他沒有說話，只聽得他的電動輪椅發出一陣呼呼聲，他隨即就來到了她身旁。他們就那樣並肩而坐，面對著窗戶。她連看都不敢看他。那會像是直視太陽，或者直視一支燈光強烈的手電筒一樣。那會造成太大的傷害。

厚重的窗戶玻璃宛如彎曲的波浪。或者，那只是她視線模糊下的產物？暖氣的鏗鏘聲和巴赫曼重重的呼吸聲充斥在室內。她看著雪花一片一片地堆積在窗沿上，堆積在停車場裡的引擎蓋上，堆積在這棟建築物其他廂房的屋頂上，堆積在人行道的裂縫裡，也堆積在達斯頓的樹梢上。她的思緒就像這些雪一樣：它們需要像塵埃般地落定，然後堆積在一起，才能帶來眼前的新畫面。她和巴赫曼又在一起了。這裡只有他們。在六十年之後，他們單獨坐在了一起。

這麼多年以來，她當然想像過再見到他。人們總是會偶遇彼此。她嫁給華特，就是因為她的手肘打翻了他櫃檯上的咖啡，不是嗎？看看你，姊姊，坐在那個充滿牛肉臭味的地方，像個傻瓜一樣地望著窗外！至少也和他講講話。看著他！

「我很擔心見到你。我很緊張。但是，真的是你。真的是你。」他用波斯語再次說道，那是她從來未曾停止聽到過的聲音。

很久很久以前，巴赫曼沒有出現；他娶了別人，並且從此沒有再回頭。她想來這裡對他說的話，她得要說出來。

「我原諒你了。」

這句話清楚明白地從她口中說了出來，彷彿她已經在鏡子前面練習了很久一樣。但是，這完全不是她計畫中要說的話。為什麼？這是她一直想要問他的。然而，她現在就在這裡，就在他旁邊，那個問題的答案似乎不再重要了。他們已經來到了他們生命的傍晚；他們已經超越了那些問題，甚至超越了更多。

「原諒我？」

這是一個問題，還是在請求原諒？她轉過身看著他；她會忍受他散發的強光，如果必要的話，她會把眼睛瞇起來。他看起來是那麼地脆弱和震驚。「我原諒你了，巴赫曼。」當著他的面再度叫著他的名字，甚至只是將他的名字說出口，感覺上都很詭異。「當時，我們都還是小孩。我們懂什麼呢？」

他的眼裡流露出困惑。他沒有聽到她說的話嗎？也許他從來都沒有用過他的助聽器，就像她和華特的很多朋友那樣。

「我不是來這裡埋怨的，巴赫曼。」她提高了音量。「我甚至連解釋都不想要。也許，我以前想要過。但是，我不再想要尋求解釋了。」

「你原諒我了？」

「是的。」

「我不明白。」

「聽著，我對我自己感到悔恨。」

「為什麼？」

「我以為事情可以有所不同。我要說的是，生活就是這樣，我原諒你了，而且我想再見到你。只是想看看你。想想看，那麼多年以來，我們一直沒有交談過。為什麼？我當然從賈漢吉爾那裡聽說了你的消息——願他安息——有一陣子，我知道你的狀況。直到後來我聽札里說，賈漢吉爾死了，可憐的賈漢吉爾，死於戰爭。但是，我們已經太老了，老到不需要再記仇。我只是想讓你知道這點。」她有一股衝動，想要伸手去輕拍他的手。但是她不敢。眼前的人是他，他仍然對她具有影響力，她幾乎無法相信，然而，光是他的存在——這件事本身就相當驚人——就讓她內心裡充滿了愛。看到他變得這麼老了！她的巴赫曼。那個將會改變世界的男孩就坐在這張輪椅上，就在這裡。

是的，她愛他。這個真相就像一波浪潮向她沖刷而來，將她淹沒在了充滿鹹味的激流裡，糾纏著她的頭髮、刺激著她的鼻子，甚至把她的生命從她體內都抽離了。她當然愛他。地球是圓的，白天過後是夜晚，他就在她眼前，而她是愛他的。她可以在他的臉上看到她記憶中的善良。他曾經是如何地照顧她、信任她，和她分享著一切。當他為他母親的憤怒和不理性感到悲傷時，他是如何將頭依靠在她的肩膀上。最終，他母親對他的影響還是勝過了羅雅對他的影響。但是，十七歲的他們又能做什麼呢？命運自有它的計畫。

「你原諒我了？」他的聲音聽起來似乎很遙遠。

又一波突如其來的浪潮打來。這次的波浪是如此的冰冷、殘酷。當然了。他一直在說著重複的話。她怎麼會期待有什麼不同呢？記憶會流失。也許是失智。很可能巴赫曼甚至已經不記得她了。也許，她終究來晚了。

「巴赫曼？」她慢慢地叫他，彷彿在和小孩說話一樣。她應該要伸出手擁抱他。他曾經不止一次地擁抱過她。

「你不知道你來這裡讓我有多高興，」他說。「我一直夢到自己見到你。那是我的夢想。」

他毫不猶豫地握住了她的手。

她當然記得他的撫觸。那是如此地熟悉，熟悉到讓她心痛。她可以聞到他身上樹林般的古龍水味道。他是為了她的來訪才噴的嗎？他們又再度像是渴望取悅對方的青少年嗎？為了讓自己好看一點，她也拒絕穿笨重的雪靴來見他。

「我等了你一個下午。」

「現在是上午。」她溫和地提醒他。

「不，我說的是在那個廣場。」

「什麼？」

「我好擔心你被暴民抓住，擔心你受到傷害。當你沒有出現的時候，我只能祈禱你沒有發生任何不測。當我知道你平安無事的時候，我真的鬆了好大一口氣。你沒事才是最重要的。直到今天，那仍然是最重要的事。」

「我想知道你現在過得怎麼樣，」他繼續說著。「告訴我你好嗎？告訴我所有的事情。」

年華老去的殘酷，腦力的退化！這個可憐的人不知道他們過去的歷史。

「夏拉死了。」他突然說道。

那個高挑、有著一頭波浪捲髮的女孩，那個在甘納迪咖啡館裡打量她的女孩，那個在賈漢吉爾家悄悄靠近她、怒氣沖沖地瞪著水晶吊燈、踩著探戈舞步和他們擦身而過的女孩，突然出現在了這個房間裡。聚會那晚的甜瓜味道、含在羅雅口中的碎冰，此刻又都出現在她的眼前。死亡不是什麼新鮮事，最近這幾年，她的好幾個朋友都死了；他們兩人都失去了法赫里先生——她甚至還失去了她自己的孩子！不過，這句話還是讓她感到了悲傷。「很遺憾。」她對他說。

「我們養了兩個很棒的孩子。雙胞胎。」

「天啊。這是真主的恩賜，」語畢，她強迫自己接著說：「我見過你兒子，奧米德。」她沒有提起那間店的事。即便只是問起那間店，都會揭開太多的可能性。她還無法這麼做。

「奧米德告訴我了。我很高興你看到我們做了什麼。我只是想要」——他捏了捏她的手——「擁有我們自己的店。」

她覺得自己可能再度要被淹沒了。一想起牛頓的那間店，就讓她看到了在德黑蘭灰燼中的那家店。「夏拉發生了什麼事？」她提起勇氣問他。

「感謝老天，她並沒有痛苦太久。他們在二〇〇四年感恩節前的那個星期二，告訴了我們她的病況。到諾魯茲節的時候，她就走了。」

「癌症？」

「胰臟癌。」

諾魯茲是春季的第一天。羅雅暗自算了一下，從診斷到去世總共四個月。「願真主保佑她的靈魂。」

「她是一個好妻子，」他說完停了一下。「但是，她不是你。」

羅雅看著地板。

「告訴我，你兒子好嗎？」

「你怎麼知道我有個兒子？」

「我在網路上搜尋過你。我從網路上得知他是個醫生。恭喜。原諒我，希望你不要覺得我是個愛窺探的人。我忍不住。我還知道，你嫁給了一個叫做華特・亞契的律師，他從利平斯考特和馬克維法律事務所退休了。網路……什麼都知道！」當他說出華特的名字時，他看起來似乎有點不自在。他把華特唸成了「瓦特」。把利平斯考特唸成了「利平愛司考特」。

「就像賈漢吉爾一樣，他是我們的全球資訊網。」她對他說。

一提到他的老友，巴赫曼的臉立即亮了起來。「是啊，他向來都是新聞中心！記得他的那些派對嗎？」

「我怎麼可能忘記？他留聲機裡播放的音樂！」

「羅雅。」

當他叫她的名字時，一切都不重要了：過去的幾十年、孩子們、癌症、背叛、失去、政變、重寫的歷史。他叫著她的名字，一如他過去那樣。他們又是當年的巴赫曼和羅雅了，一對翩翩起舞的情侶，倚靠在那間店的書櫃上侃侃而談的年輕男女。她抓緊了座下的塑膠椅。她絕對不能從椅子上摔下去。

他的呼吸聲變大了，彷彿胸口有一輛拋錨的車子一樣。她轉向窗戶。屋外的積雪更厚了。沒有人走進餐廳——沒有賓果遊戲，也沒有人在準備午餐，即便空氣裡瀰漫著燉牛肉的味道。這裡只有他們兩人。窗戶摸起來會很冰冷嗎？儘管室內的暖氣這麼熱，但是，如果她往前觸摸玻璃的話，她會覺得冰冷嗎？她和一個陌生人在這裡。她和她的愛人在這裡。這兩個真相同時盤旋在她的腦子裡，讓她覺得難以開口。

「我非常想念你。」他說。

也許，舊愛就是可以無拘無束地穿越幾十年的時光，即便遭受過否定。

「我也是。」

「你在這裡自在嗎？」

「當然。」她在椅子上挪動了一下，不過並沒有放開他的手。

「在美國，你的生活。」

「那當然。」她以一種美國式的口吻回答他。

「不要為我住在這裡感到難過。我知道我們的文化瞧不起這種事。不過，我女兒和她的家人常來看我。他們就住在達斯頓。奧米德和他妻子以及小孩也會來看我。要照顧我實在太辛苦了。他們都試過了。但是，我不想成為他們的負擔。特別是在我罹患了帕金森氏症之後。這個地方很好。他們在這裡都叫我『蝙蝠俠先生』。」

「帕金森氏症？」她僵住了。「你沒有——」

「我沒有顫抖？像美國人說的那樣搖晃身體？時好時壞。我原本以為我整個早上都會在抖個不停之下和你見面。不過實際上，我覺得好多了。」

「我不知道……」

「我很久沒有這麼好過了。都是因為你的關係。」

「拜託你，別這樣說。我們不是十七歲的孩子。」

「我們永遠都是十七歲。」

「好吧，先生。」現在，經過暖身之後，要再像昔日那樣地開玩笑就容易多了。但是，她也不能太過頭。「好吧，告訴我。你有幾個孫子？」

「六個！」

「噢，我的天啊！但願他們在他們父母的守護下長命百歲。」還好有這些舊習俗。當你不知道要說什麼才好時，這種波斯式的表達方式不僅是一種本能反應，同時也能避免尷尬。

「我一直都在想你。我想要說的是，親愛的羅雅，自從在廣場的那天起，我對你的想念就未曾停止過。」

她放下了他的手。然後，她只是拍拍他的手臂，那雙曾經讓她感到那麼安全的手臂。他的衣袖不僅起了毛球，還很破舊。「沒關係的，巴赫曼，沒關係的。」這是她唯一能做的。她從來都不需要擔心會失去她和華特的記憶。和札里也一樣，噢，天啊，那會是一場惡夢。她有幾個朋友偶爾會抱怨忘記事情。但是，眼前這種情況——這對她而言是一個陌生的狀況。她不確定是否應該順著他對事情的理解繼續說下去。她聽說失智症患者一旦覺得別人不了解自己，就可能會因為憤怒而產生暴力行為。

「在廣場的那天？羅雅，我站在那裡，等了你好幾個小時。我是那麼那麼地想見到你。我把所有的文件都準備好了，那樣，我們就可以去婚姻辦事處，把一切都蓋好章，正式地結婚。我在那裡等待，看著暴徒在前往總理官邸的路途中佔據了廣場。支持摩薩台的群眾要求我幫忙，但是，我不能加入那場戰鬥。我沒有走開。我所能想到的只是，萬一你來的時候，我不在那裡該怎麼辦。我不想讓你一個人在那裡。我等著你。我之所以等待，是因為我只想要見到你，向你解釋一切，再度擁抱你。但是，你一直都沒有出現。」

羅雅企圖想要記起她對於帕金森氏症的認知。這也是其中的症狀之一嗎？「我原諒你了。」她再一次低聲說道。

「原諒我，為什麼？我會把一切都給你，如果你當初給我機會的話。」他像個小男孩般地拉下了嘴角。

「你娶了夏拉。沒關係。我們只是……我們只是註定了不能在一起。」

「我娶她是因為我失去了你。」

「你失去我是因為你娶了她！」

巴赫曼的手在發抖。「摩薩台被推翻、法赫里先生和那麼多人死了，這是一回事。那是個重大的損失。但是，我最大的損失是什麼？就是失去你。我的生命裡沒有比這個更痛苦的事了。在過去六十年裡，我不斷地想起你。」

他繼續往下說：「但是，我並不打算阻礙你。當你寫信給我，說你終究不能嫁進我家，承受我母親的情緒和憤怒所造成的負擔和犧牲時，我的心都碎了。我受到了很大的傷害。關於她的精神狀態、關於她，我能怎麼辦？那是我無法改變的。因為這件事，我父親的親戚對我們已經避之唯恐不及了。對於別人避開我們這種事，我已經習慣了。我怎麼能不讓你離開？當時，我不想讓我們引以為恥的事情變成你的負擔。你再也不想見到我的家人，也不想看到我家失衡的樣子，而我也不想變成你的障礙。夏拉對我母親的狀況並沒有成見。她完全可以接受，我想，我內心裡有一部分對她這麼做覺得很感激……」

瘋了。他完全瘋了。羅雅以溫和但堅定的口吻告訴他：「巴赫曼，我不知道你在說什麼。我知道，你也許不記得所有的事了。但是，我從來沒有說過那些話。我絕對不會說那種話，或者有那樣的感覺。因為你母親而離開你？因為她的精神不穩定就躲避你？我想要陪在你身邊，我想要一直都和你在一起。去幫助你和你父親。還有你母親！你才是那個告訴我說你要往前看的人。你還記得嗎？」

巴赫曼動也沒有動一下。他靜靜地看著她的臉。幾秒鐘之後，他突然用力地吸了一口氣，聽起來就像快要窒息的喘氣一樣。

在他編造更多的故事之前，她得讓這場對話從他荒謬的胡言亂語中回到正軌。她用自己所能做到最冷靜的聲音對他說：「我去了廣場。好嗎？我還為你感到擔心。沒來的人是你。你母親要你和夏拉結婚；那是個不同的時代。老實說，沒關係的。想想你的孩子。你的孫——」

「不。」他的頭和脖子、甚至肩膀都在顫抖。「噢，天哪。」

「聽著，那不重要。讓我們把這些都忘了吧。拜託你。」

他的臉孔因為痛苦而扭曲。「你不明白。親愛的羅雅——」一陣氣喘式的咳嗽突然讓他難以招架。他咳得那麼用力，她不禁擔心他馬上就要心臟病發了。當他終於咳完之後，他再度看著她。「你去了哪裡？」

「我一直都在這裡，在美國。你知道我到加州去念書。記得嗎？我父親幫我申請了第一批提供給伊朗女性來美國念書的名額？」

「是的，賈漢吉爾告訴過我。這些事我都知道。親愛的羅雅，那天你在哪裡？」

她嘆了一口氣。這實在太困難了，可憐的傢伙。「在廣場上。」

「哪個廣場？」他不再顫抖了；他像一根棍子般地靜止不動，他的呼吸在咳嗽之後也沒那麼辛苦了。他看起來彷彿真的屏住了呼吸一樣。

「你叫我去和你見面的那個廣場。瑟帕廣場。」

「我說的是巴哈瑞斯坦廣場。」

噢，天啊。他確實還記得一些事，但是卻不記得細節了。不管是現實還是真相，他都有他自己的版本。見到他變成這樣真讓人難過。她想要回到華特身邊，回到龍蝦捲和單純的過往所帶給人的安心裡，回到華特穩定的記憶。「你不記得了，不過沒關係。」她喃喃地說著。

「那些信——」

一陣鞋跟的喀噠聲打斷了他們的談話。是克萊兒；她端著一個裝滿藥瓶的豆形塑膠托盤走進了食堂。「蝙蝠俠先生，吃藥的時間到了！」當她走近的時候，她的臉瞬間漲紅了。巴赫曼的淚水即將就要奪眶而出。「對不起，我打斷了你們。我可以稍後再回來——」

羅雅立刻起身。「我也該走了。我真的得走了。我丈夫在等我。」

「留下來。」巴赫曼開口說。「你不需要走。」

「我很快就回來。」克萊兒表示。

「不，羅雅，我說的是你。拜託你。你留下來。我們有很多要談的。」

「我丈夫在等我。」

「我開始明白了。」他小聲地說。

「你要吃午餐嗎？」克萊兒輕聲地問她。

羅雅穿著她那雙灰色的厚底鞋站在那裡。看到巴赫曼這副模樣，看到他已經失去了一半的理智，看到他的記憶錯亂，他的帕金森氏症和失智，她的心都要碎了。她想要那個她曾經認識的男孩，那個將會拯救世界的男孩。她想到她還愛著他！她突然覺得好疲憊。

「雪，」她終於說道。「下得太快了。我們還要開很長的一段路。我沒辦法再等了。我們不希望路況變得危險。」

在克萊兒面前，他們的交談轉換成了英語。在美國人面前就得這麼做。聽他說英語感覺很奇怪。她想要擁抱他、向他道別，擁抱他、向他問好，她想要為他的失憶而擁抱他，想要為他還記得一點點事情而擁抱他，她只是想要再度擁抱他。

「是誰耍了我們，羅雅？有人耍了我們。我說的是巴哈瑞斯坦廣場。是誰篡改了我們的信？」

克萊兒看著羅雅，然後又看著巴赫曼，她手中的塑膠托盤差點翻倒。

「是你妹妹嗎？她向來都不喜歡我。是賈漢吉爾嗎？你知道嗎，親愛的羅雅，他後來告訴我說他愛上了一個人？」說著，他看著自己的手。「他愛上了我。」然後，他再度抬起頭來。「是誰對我們做了這樣的事？夏拉絕對不會涉及此事。她不可能這麼做。可能嗎？是法赫里先生嗎？當然不會是我母親。」

當過去像洪水般襲捲回來、當那個夏天裡，在他們生命中扮演著重要角色的那些人又浮現在她眼前、當她聽到她所深愛的那個人已經失去了那麼多，包括他的理智時，羅雅的心跳再次加劇了起來。

「再見，巴赫曼。」

「你一定要再來。當你可以的時候。你不知道的過去太多了，」

第二十八章

2013 店後的儲藏室

巴赫曼的信郵寄到了羅雅家。要找到華特先生和華特太太，以及羅雅．亞契的地址有那麼容易嗎？只要在網路上搜尋一下就可以找得到？羅雅帶著一種似曾相識的奇怪感覺打開了信封：她感到了一股熟悉的顫慄流竄過全身，即便此時的她正坐在自家的廚房裡——在七十七歲的此時！——等待著華特從雜貨店回來。

親愛的羅雅，

在我們的訂婚派對之後，我想要好好的補償你。我母親企圖破壞我們歡樂的慶祝，這讓我感到了極度的悲傷。我只想要一個正常的母親，一個善良的母親，不會用她的策略、心計和無窮無盡的計畫來主宰我的生活，讓我去過她想要我過的生活。她希望我在她所垂涎的那個虛假的資產階級世界裡往上爬。她的憤怒表現讓我父親和我被人所遺棄。那些憤怒就像一股大自然的力量，就像無法控制的颶風，而我們在那個家裡的平靜假象一旦遭到了破壞，剩下的就只有疲憊和脆弱。我母親生病了。她需要幫助。但是，我們不知道該如何幫她。

在我們的訂婚派對結束後，一連好幾天，她都很不安、激動。我父親建議她坐下來，寫她的書法。我父親教她寫書法，希望寫書法能讓她保持冷靜——藉此，她可以有個出口、可以消磨時間，可以把她不安的能量聚焦在其他積極正面的事物上。而她也出人意料地喜歡上這件事。但是，她絕對不可能寫得像那些從小就學習書法的人那麼好。

在他們那個世代，書法是最優秀的學生才會的技巧。那些頂級學校裡的學生會接受大師的訓練，學習如何控制他們的手，如何寫下他們的一筆一畫，如何握穩他們的筆。

當然，日後，我會發現到這個技巧所造成的破壞。它在我們的生命中所造成的裂痕。當你在幾天前來到達斯頓中心的時候，我不得不承認長久以來我內心裡的恐懼。我母親在我們的信上動了手腳。她篡改了信的內容，確保你去的是一個廣場，而我去的則是另一個。除了我母親之外，沒有人會想要那麼做，親愛的羅雅。她覺得她的世界將會崩潰，如果她兒子沒有按照她的計畫舉行婚禮的話。我母親是如何染指了我們的信？噢，羅雅。這個問題的答案牽涉到你所不知道的歷史。所以，就讓步入生命尾聲的我，坐在這個輔助生活中心裡，告訴你那年夏天發生的事情。

在我們訂婚派對結束後兩週的那個星期五，我母親無法安靜地坐下來。她站起身，在房子裡來回踱步。她抱怨天氣太熱，說熱氣讓她徹夜難眠，說她腦子裡有太多雜音。她要求要用冰涼的黃瓜皮敷在眼睛上。我削了黃瓜皮，把它們貼在她的眼皮上，我還能怎麼辦。我用竹扇幫她搧風，就像她喜歡的那樣。即便我並不高興，我依然順著她，希望她可以因此冷靜下來、放鬆下來，讓她內心裡的惡魔受到控制。

但是，這些都沒有奏效。她把黃瓜皮從眼睛上掀開，扔到地上。她對我說，我不知道自己為她帶來了多大的痛苦，她只不過希望自己的兒子能有成功的人生，希望自己的兒子生活裡充滿對的人，那些來自最好的社交圈子裡的人，那也就意味著要和夏拉結婚。她又說她是如何幫我挑中了夏拉，如何和夏拉的父母溝通過，如何計畫所有的事。她問我，我知道自己丟棄了什麼？真的知道自己在做什麼嗎？她自己曾經是甜瓜小販的女兒，是她的婚姻拯救了她，因為她嫁給了一名正直優秀的工程師，而最重要的是，這個工程師來自於上流階級。她繼續又說，一個人被困在生活裡、沒有地位，不論多麼努力想要爭取更好的生活，卻因為你的祖父母是誰、因為你的父親沒有受過教育、因為你出生的階級，你就被困住了。她問我知道那都代表了什麼嗎？我感到很憤怒。她逃出了她出生的那個階級，而現在，她卻不讓我為愛情結婚，反而堅持要我繼續往前，彷彿我是她的接棒人一樣。她不允許我停下腳步、不允許我轉身，彷彿我一旦和我所愛的人結婚，就會抹煞了她為她自己命運奮鬥的「成果」。

我從地上撿起枯萎的黃瓜皮。因為接觸到她的皮膚，黃瓜皮已經變得溫暖而柔軟。觸摸著這些黃瓜皮讓我覺得噁心。我為我們而爭辯。我告訴她，你有多麼聰明，你的成績是多麼優異，你在學校多麼努力念書。我甚至還強調，你父親在政府機構裡的雇員工作有多麼的穩定。此刻，當我坐在暮色裡寫這封信的時候，一想到我曾經說過那些話，就讓我感到十分痛苦。彷彿我有義務要說服她一樣。彷彿光是我們的愛還不足夠。我對自己的軟弱感到錯愕。

我父親買了一瓶新的墨水，他把毛筆放到她身邊，央求她寫下幾行她喜歡的詩。任何可以讓她專注的東西，任何可以讓她轉移憤怒的東西。

「如果巴赫曼和那個女孩結婚，我就會失去他，我知道。羅雅不會像夏拉那樣。她不會讓我待在他身邊。彷彿我失去了其他的孩子還不夠。」

這句話讓我父親退縮了，他把頭埋在手裡，無法動彈。

她怒氣沖沖地走開了。接著，我們聽到廚房裡抽屜開關的聲音。然後，聽到她的臥室房門重重關上的聲音。一如既往那樣。

我們坐在不自在的沉默之中，就像平時那樣，我父親和我靜靜地等待著她的怒氣消散，等待著那股醜陋的暴風雨過去。我閉上雙眼，在腦子裡唸誦著魯米的詩句來分散注意力。最終，我聞到一股濕潤的甜味。我睜開了眼睛。空氣裡散發著腐敗的玫瑰花味道。我母親盛裝打扮地回到了起居室，臉上也化了妝。她噴了很多的香水。一層層厚重的腮紅蓋在她的臉頰上。她緊緊地拿著她的手提包。在我父親來得及開口之前，在我來得及乞求她不要出去以前，她就衝出了前門。

有時候，她一離開這棟房子，感覺就像一層令人窒息的煤灰突然散開了一樣。然而，這次，那種不自在的感覺卻依舊存在。我無法動彈，就那樣不知道過了多久，只能等待著我的雙腿重新恢復力氣，我才能站起身去追她。我父親什麼也沒有說。他看起來像洩了氣一樣。我們當然得去追她。誰知道她在這種情緒下會做出什麼事情來？我擔心她的心智、擔心她的安全，甚至擔心在她快步過街時，那些行人臉上會出現的表情。也擔心她會讓自己變成什麼奇觀。

「我去吧，」我說。「我會帶她回來。」

我走出了家門。我不知道應該先往哪裡走。我詛咒著自己，不應該在沙發上坐那麼久才起身，不應該沒有立刻追上她。我不知道她去了哪裡，她選擇了哪一條街。因為那天是週五瞻禮日，大部分的人都在家休息，或者在清真寺祈禱，因此，街上的行人寥寥可數。而我要怎麼問他們：你有看到一個畫著腮紅、怒氣沖沖的女人走過嗎？

我只是想和你在一起。我想要見到你，抱著你，感覺你在我身邊。我不知不覺走到了你家。但是，我應該找到我的母親。有一次，她在一間蔬菜店咬掉了好幾根茄子的蒂頭，因為她說蔬菜店的人對待她就像對待沒有受過教育的低層農民一樣。「你們把我當動物一樣對待，那我就表現得像動物一樣，你覺得如何？」我聽了都快被羞恥所淹沒了。還有一次，當一個賣甜菜的小販和他的女兒推著他們的手推車沿街叫賣時，我母親把他們逼入了困境。她對他說，他永遠都不能把眼光從女兒身上挪開，因為她可能很輕易地就會淪為妓女，變成蕩婦、垃圾，然後早早就會懷孕。當她被這些瘋狂的力量控制時，我母親殘酷的性格就會像蛇一樣地突然現形，毫無預警，也無法控制。

我找不到她。商店在假日都關門了，路上也沒有什麼人在走動。有那麼一兩次，我看到了一名婦人的背影，不過，那當然不是她。我不停地尋找，但卻毫無進展，只感覺到了更加的茫然。

在筋疲力竭和煩躁不安下，我去了一個能讓我冷靜下來的地方。我知道，法赫里先生有時候會利用週五的時間來補足他的存貨，並且在店後的儲藏室裡整理東西。高中的時候，我曾經在每個週五幫他拆封一箱箱的書籍，並且對自己能成為他的助手或什麼的引以為傲。

當我打開文具店的門時，那清脆的鈴鐺聲給了我很大的安慰。店門沒有鎖住，因此，法赫里先生必然在裡面工作。我想起在我們的訂婚派對上，我母親是如何和他說話的。當時，她既無禮又直接，責怪他助長我們的戀情。我想，我不僅想要為我母親的行為致歉，也同樣想見到法赫里先生令人感到冷靜和撫慰的存在。

當我走進店裡時，我聽到類似爭吵的聲音含糊不清地傳來。我環顧四周，卻沒有看到有人在店裡。那股書籍和小冊子表面熟悉的灰塵味裡，似乎還混雜了其他的味道。枯萎的玫瑰花。我母親的香水。

我走向通往後面儲藏室的那扇門。聲音越來越大。腳下的地板感覺上突然變得扭曲了起來。店裡的時鐘發出的聲音彷彿壞掉了一樣。我討厭那股香水的味道；但願我錯了。但是，我認出了門後的聲音，那是我母親。

「告訴我你愛我。」我聽到她這麼說。

「不要這樣，巴德里。」我從來沒有聽過法赫里先生的聲音如此柔弱。在那一刻裡，我明白了他小時候說話是什麼模樣。他為什麼直接叫我母親的名字？她在這裡做什麼？

「記得我父親用來切甜瓜的那把刀嗎？」她說。「我很會用那把刀。我現在就可以用它來結束你所造成的所有的痛苦。你曾經是、也永遠都是一個謀殺了自己的孩子、沒有用的、沒有骨氣的懦夫。」

「巴德里，求求你。」法赫里先生說。

就在此時，我打開了那扇門。我母親正站在一架小梯子上。她的手臂垂在身體兩側。一把屠夫的刀就握在她的右手裡。我的身體瞬間冰冷。我想要相信那把刀只是掛在她的大腿旁邊而已。那不可能握在她的手裡。她從哪裡弄來這把刀的——從我們家的廚房嗎？是我父親用來切開肉塊的那把刀嗎？被他放在廚房抽屜深處的那把刀嗎？從那鐮刀般的大片刀面上，我看到了法赫里先生的眼鏡反射在上面的倒影。

她俐落地舉起刀子，瞬間滑向她自己的喉嚨。

我不確定自己是怎麼穿過那間儲藏室的。我推倒了一堆堆應該是書籍、箱子、雜誌和小冊子的東西，衝到了我母親的身邊，然後一躍而起。我搶走了她手中的刀。當我落地時，我的手緊緊地握住了那把刀，緊到我以為我的手都要斷了。

「巴赫曼？」我母親的臉色剎那間發白。

一股金屬的、鐵罐般的味道在我的口中散開。我以為自己可能感冒了。當下，我所能做的只是用我的雙臂抱住我母親的膝蓋。她依然站在那架梯子上，而我的手中也依然握著那把刀。

她輕輕地揉了揉我的頭。當我抬起頭時，只見鮮血像水珠般地從她的脖子上冒出來。

我放開手裡的刀子，在一聲刺耳的叮噹聲中，刀子掉落在了地上。

我把她從梯子上拉下來。她神情恍惚。佈滿淚水的臉龐上沾著斑斑點點的胭紅。她把一隻手放在喉嚨上的傷口，然後伸長手臂，看著手指上的血跡。「看看你讓我做了什麼，」她說。「阿里，都是因為你。」

法赫里先生前後搖晃著身體，喃喃地唸誦著經文。然後，用他那雙擦到完美發亮的鞋子，一腳踢開了掉落在他身前的刀子。他走近她。從口袋裡拿出一條正方形的手帕，往前傾身，似乎打算把手帕壓在她的喉嚨上。

她拒絕地發出了噓聲。「不要。」

她傷口上那一小串鮮血，以一種奇怪的對稱方式，逐漸擴大成了一條直線。

「先是你，然後是我，對嗎？」她悲傷地對著我笑，就是不肯看法赫里先生一眼。「你的脖子在一場示威中被劃裂了，而我則是必須要動手解決這個叛徒的謊言和背叛。還好我們都認識一位好醫生。你覺得賈漢吉爾的父親會給我們家打折嗎？」

我覺得反胃。我為了要衝到她身邊而踢倒的那些書，現在散了一地。那把刀就在一疊政治雜誌旁邊。她做出這個輕率的舉動是為了我；我可以看得出她對於我的恐懼感到多麼的害怕。天啊，她為什麼會這樣？她為什麼要折磨我們、恐嚇我們，威脅我們？

然後，她毫無顧忌地哭了，她深深地陷入自己的情緒裡，以至於她的哭聲聽起來很輕柔。我曾經見過她放聲大哭，不止一次。但是，我從來沒有看過她像這樣地哭泣。「太遲了，」她說。「絕對太遲了。對我的孩子來說，一切都太遲了。」

我以為她說的是我。我以為她說的是我即將展開的婚禮，那個她不贊成的婚姻。我以為她用她自己扭曲的方式在說，即便我想要按照她的計畫生活，一切也已經太遲了。

「你讓我殺害了我自己的孩子。我親手殺了我的孩子。」她轉向法赫里先生。「因為你是個懦夫。」

我差點無法呼吸，雙腳彷彿生了根一樣地定在地上。

「巴德里，我求你，」法赫里先生說。「現在不要說這個。」

「在我殺了它之後，我的身體就毀了。」她看著自己的肚子，彷彿在對什麼她以前曾經祈求過的力量說話。「我的身體實在太殘破了，導致它又殺了其他的孩子。所有的孩子。」她抬起頭看著我。「你知道我埋葬了多少個孩子嗎？我以前就應該要告訴你的。」

「巴德里，不要說了。」法赫里先生低聲地說。

「他們從你體內出來，你以為他們是完整的。你以為你可以愛他們，養大他們，珍惜他們。但是，你看到的是什麼。他們並沒有按照他們應該有的樣子出來。他們出生得太快，或者他們一出來就……沒有聲音，還帶著體溫，只是死了。」

一股難以置信的感覺在我心裡燃燒。我從來都不知道我母親以前曾經失去過孩子。她和我父親都沒有對我提過。我十七歲了，直到此時，我才知道這件事。

「你以為你可以對我為所欲為，阿里。在那間清真寺後面。在那個廣場上。你什麼責任都不用負。你有錢，有特權。我什麼都沒有。」她把臉埋入手裡哭泣。「我只是個孩子！」

「我真的很抱歉，」他小聲地說。「我真的、真的很抱歉。」

在儲藏室那扇小窗下，空氣裡的塵埃在一束陽光裡緩緩地浮動。這個空間裡瀰漫的不是書的味道，不是我母親的香水味，或者我滿身汗水的酸臭味。而是一股不同的味道：一股我無法說清楚的味道，那股味道不只籠罩在那天，還籠罩在從此以後的每一天裡。我想，那是一種哀慟的味道。

法赫里先生走到她身邊。她撲倒在他的懷裡，繼續在他的懷裡哭泣。她提到失去的孩子、死掉的孩子，在她脫序而沮喪的言語裡，我得知我並不是我母親所生的第一個孩子。我也不是她的第二、第三或第四個孩子。我是我母親的第五個孩子，也是唯一活下來的一個。現在，我慢慢了解到，她把她對所有其他孩子的希望和夢想，都灌注到這個唯一存活下來的孩子身上。就在那間儲藏室裡，在一陣寒顫之下，我了解到我母親所懷的第一個孩子——那個在出生前就被她墮胎拿掉的孩子，也許還是經由她自己的手——是我們那位冷靜、撫慰人心的文具商，法赫里先生的孩子。

我站在掉滿一地的書籍之中，在那些藝術家花了好幾年快樂而曲折的時光所寫成的文字之中。法赫里先生靠在我母親身上，彷彿一隻受傷的動物一樣。

我想要離開、不要再回到那間店，想要逃離這座城市，想要離開這裡，找個地方躲藏起來。

我衝了出去，在人行道上吐了，然後盡一切所能地不讓行人看到我的眼淚。

當我父親看到我母親的傷口時，他立刻帶我們去賈漢吉爾的家。我們無法去德黑蘭的任何一間醫院。當時，這一切都是那麼的羞愧，親愛的羅雅。包括她的疾病、她企圖結束自己的性命、甚至自殺的念頭。

當我們帶我母親過去的時候，賈漢吉爾也在家。他抱了抱我，然後向我們保證他會幫我們保守這個秘密。賈漢吉爾的父親也允諾，他絕對不會對外說起我母親企圖想做什麼。

感謝老天，她並沒有機會把刀子再刺得深一點。我及時奪走了她的刀子。最後，我們只需要用到一塊紗布繃帶和一些軟膏。「不過，如果再晚一秒，位置稍微再偏差一點……」賈漢吉爾的父親搖了搖頭。

她可以在脖子上圍上圍巾出門。她也可以在家待到傷口完全癒合。但是，我們全都——我母親、父親，以及我自己——嚇壞了。不只是因為她幾乎做成的事，也不只是因為知道「如果再晚一秒，位置稍微再偏差一點」就可能造成不一樣的後果。我仍然在試著弄清我母親和法赫里先生之間所發生的事。而我也很好奇，我那沉默的父親是否知道此事。

賈漢吉爾建議我們到我們北邊的別墅去。去待個幾天。直到我們找出自己的方向，直到我母親痊癒，直到我們都恢復表面的正常為止。他向我保證，他會讓你知道最新的消息。我想，他對於那個承諾動搖了。我當然知道賈漢吉爾愛上了我——拜託，羅雅，我們沒有時間假裝了。我不會佯裝我不知道。雖然在那個時候，我們絕對不會承認這件事。我們不會說出口。這是必然的。

但是，我愛你。我想要的只是你。我會為你付出一切。賈漢吉爾保證，他會確定你和我能保持聯絡。幫我們傳遞信件的人就是他。他是我的管道、我的知己、我的中間人。他心地善良，親愛的羅雅。他試著要保護我們。他只希望我快樂——這點，我真的相信。而最終又是誰更改了我們的信件，讓我們去了不同的廣場？我想要說是我母親。天知道她有多麼不想讓我們結婚。不過，親愛的羅雅，我母親一直都和我在北邊的別墅。而且，就算她很痛苦，我也不認為是她動了手腳。那是某個你我都信任、但是卻覺得自己需要償債的人。

她說服了法赫里先生那麼做。當然了，這是我現在才明白的，在事情過後幾十年、試圖拼湊出真相的此刻。因為他虧欠她。他虧欠她，因為他完全拋棄了她，拋下她和她未出世的孩子。那個孩子，呃……當年，伊朗並沒有合法的墮胎。她只能靠自己解決。

隔天，我想要告訴你我人在哪裡。我以為我可以在北邊找到電話，打給你，讓你知道。我想要讓賈漢吉爾告訴你。

隔天早上，我走進我母親在別墅裡的房間。我甚至不用開口說一個字。我不用告訴她我想要和你聯絡。她只是看了我一眼，然後說：「如果你打電話給那個女孩，告訴她我們在哪裡，你如果這麼做的話，你猜猜會怎麼樣，巴赫曼？」她蒼白的臉上閃過一抹笑容。「我就會再做一次。而這次，我會做得乾淨俐落。我向你保證。」

她深深地吸了一口氣，然後用手摸著脖子。「讓她走吧，巴赫曼。為了我。你只要和她聯絡，我就會再做一次。」

✦

我記得別墅主要房間的木板牆上有一道縫，風會從這個裂縫吹進室內，每到晚上的時候，別墅裡就會變得很冷。即便是在夏天：你知道北方的夜晚可能是什麼樣子。為了擋風，我父親在那個裂縫裡塞了一塊薄棉布。不過並沒有什麼太大的幫助。每個夜晚我都坐在那裡，讓冷風刺痛著我的背。我會確定自己不偏不倚地坐在那道裂縫前面，因此，寒風總是會穿透我的背脊。

我會負責煮飯。我母親最終也加入了我們，和我們一起吃飯。她得了妄想症。她不斷地提起我和夏拉結婚的事情。為了轉換話題，我父親會談論總理摩薩台遇到的問題。我想念你；我是那麼那麼地想見你。但是，我的羞愧讓我無法告訴你，我們之所以逃離這座城市，是因為我母親企圖要自殺。

悲慘滲進了那個地方，而且完全不可能被驅離，就像從那些木板裂縫中吹進屋裡的冷風一樣，無論我父親再怎麼努力想要塞住那個裂縫都徒勞無功。你的那些信讓我得以往前邁進。我不想告訴你發生了什麼事。因為那讓我感到丟臉，也讓我感到困惑。我希望我母親很正常，就像其他的母親一樣。我希望她在乎我、支持我，我希望她能參加我們的婚禮，希望她能讓我們過我們自己的生活。那是我最希望的事。但是，她並不像其他的母親。她就是她。她帶著憤怒、帶著抑鬱，她很暴力、很無情，她不願讓我平靜地過日子。她想要控制我的生活，她對我說，她是那麼地愛我，所以，她要我得到最好的。她說，她曾經太窮困、曾經放棄太多，因此，她不能讓我浪費掉我自己的未來。

我父親對她而言什麼都不是，而只是她獲取地位的手段嗎？她甚至真的曾經愛過他嗎？

我只能在那些信裡對你傾訴。那些信還在嗎，親愛的羅雅？你有把那些信保留下來嗎？我猜你不會留著它們。

我父親和我不應該企圖想要靠我們自己來處理這一切。我現在明白了。但是，當時的我太年輕，不懂世事。我一直都很擔心你。我依舊拒絕和夏拉結婚。我母親越是把她塞給我，我就越是抗拒。儘管我母親並不相信，但是，我那麼做並非出於惡意。我之所以拒絕夏拉，並不是因為叛逆。我眼裡只有你，站在文具店裡的你，綁著辮子的你，揹著書包的你。我耳朵裡只有你的聲音。只要你在，我就能找到平靜。

無論有什麼威脅、什麼疾病、什麼苦難，我都決定要和你結婚。那就是我為什麼寫那最後一封信的原因。她不能阻止我們。她不能用自殺的威脅來結束我們的幸福！我受夠了，我決定要逃脫。她用她的威脅讓我們淪為人質，而我不想讓她控制了我。

她知道我去了廣場等你。她知道我因為擔心你而悲痛。當我讀完你的最後一封信，並且在憤怒和困惑中告訴她說，你不想再和我見面時（我怎麼能告訴她說，你在信裡說你無法忍受她？），她笑了。她對我說：「很好，我早就說過了，我告訴過你那不是個好女孩。」她還保證說，如果我企圖要和你和好、如果我企圖要讓你回到我身邊的話，她就要絕食而死。

我原本應該是那個「會改變世界的男孩」。然而，生命有一種粉碎夢想、粉碎計畫和理想的方法。最終，我並沒有報效我的國家。沒錯，我曾經是一名幫國家陣線散布政治資訊的積極分子。在一九五三年的時候，我是一名激進分子。但是，在一九五三年的政變之後，對於政治和其他的一切，我不再抱有幻想。而在一九七九年看到國王下台時，我也無法像其他人一樣感到欣喜。因為我太擔心接下來會變得更糟。最後，賈漢吉爾做的比我還多。他到了前線！他跟隨他父親的腳步，變成了一名醫生。在戰爭期間，他在阿瓦茲治療傷兵和受傷的民眾。然而，他卻死於一次轟炸之中。所以，在我們分開的那幾個星期裡，我並沒有被關進監獄。我並不是因為政治的原因而躲藏起來。我只是單純地想讓我母親活下去，並且試著想找出如何解決問題的方法，包括她的威脅、她動輒要再度自殺，以及不准我們和好的那些問題。

還記得你有多擔心我們會遭到邪惡之眼的詛咒嗎？當時，我曾經嘲笑說那是迷信。但是，當我回顧著自己過著沒有你的生活時，誰又知道呢？也許，那真的和我們的文化無法擺脫邪惡之眼有關。看看我母親到頭來發生了什麼事。

儘管你在最後一封信裡要求我從此不要再和你見面，不要再和你聯絡——但是，我從來沒有停止過愛你。而我也不願去想這件事的可能性——那封信真的是你寫的嗎？因為現在我真的不知道。

我親愛的羅雅，當我們上週在中心相見時，我可以看到你眼裡有相當的憂慮，你擔心我也許失去了我的理智或記憶。但是，請你知道。有些事情也許我已經不記得了——兩天前我吃了什麼午餐或者什麼時候應該要吃什麼藥。那些事情，我需要克萊兒的幫忙。但是，一想到那個夏天所發生的每一件事，一想到我內心真正的感覺，我的思緒就銳利得有如一把刀。

事實是，親愛的羅雅，和你在一起是我最快樂的時光。雖然我和我的孩子，以及夏拉，也擁有很多美妙的時光，但是，這些從來都比不上和你在一起的快樂。有很多年裡，我醒來第一個想到的就是你。所有的東西都讓我想起你。不過，我知道你屬於別人，就像我一樣。然而，羅雅，你一直都是我的一部分。有些事情就是無法自已。

現在，我發現我不能再這樣下去。

當我想起我們訂婚那天傍晚的紫色天空，以及我們共享的時刻，我才會記起這個世界的美麗。但是，在我們的國家發生那些事情之後，真的，當我看著這個摩登世界時，我忍不住會想，這個世界存在著醜陋和殘酷。我一直試著要保持正面思考，就像美國人倡導的那樣，我也一直試著不要變成那種愛抱怨的老人！達斯頓中心的克萊兒對我很好。她叫我「蝙蝠俠先生」。對於我的故事，她永遠都聽不膩。我很信任她。甚至還把我們年輕的愛情都告訴了她。那些美麗而有所連結的時光讓我得以往前邁進。我可以見到我的孩子和孫子，我感到很高興。至於其他的——那些政治、那些將我母親淹沒的精神疾病、那些殘酷的迂迴和曲折——也罷，有時候，生命的底層確實存在著腐臭。當我那樣想的時候，就是我最絕望的時候。

我愛你。當年，我愛你，現在，我依然愛你，我會永遠地愛著你。

你是我的愛，

巴赫曼

第二十九章

2013
牙膏味的床單

羅雅拿起手機，搜尋著中心的電話。阿斯蘭太太和法赫里先生。從來未出世的第一個孩子。在那之後，阿斯蘭太太的身體背叛了她，奪去了她所有其他孩子的性命。只有一個倖免於難。

她仍然可以看到訂婚派對當晚，阿斯蘭太太那張畫了腮紅的臉。她知道失去一個孩子會讓一切都如何破碎。失去四個？噢，那是個不一樣的時代，姊姊，你不記得了嗎？人們常常失去孩子。

她已經等得夠久了，天啊。不管雪有多大，她都不在乎。她必須再到那裡，面對面地見到他。

「只怕你沒有多少時間了。」克萊兒在電話裡對她說。

「什麼？」

「他的狀況變差了，亞契太太。過去兩天，他兒子和女兒都來過了。」

「可是，不到兩週前，我才見過他。我收到這封信……」

「他寫那封信的時候，就好像他的生命都傾注在那封信上面了。他要我幫他寄信。這麼說吧，有時候，這種情況只是嚇嚇人而已。有時候，帕金森氏症會爆發，情況會加劇，之後，他會再好起來。希望這次也是這樣。」

「噢。」

「不過，如果你想要看他的話……你最好盡快來。」

✦

當她到達中心的時候，地上的冰都還沒有融化。厚厚的一層雪依然覆蓋在停車場的每個角落，只不過白雪已經變灰了，雪的縫隙之間填滿了塵土。

一踏進室內，羅雅就等著克萊兒再帶她到那間食堂。大廳裡依舊瀰漫著燉牛肉的味道。（他們這裡的午餐向來就只有燉牛肉嗎？）她希望克萊兒帶她穿過走廊，走到那間食堂去見坐在窗邊輪椅上的巴赫曼。他們也許還在上次那個位置為她放了一張塑膠椅。他們可以再度一起眺望停車場，一起看著窗外的雪，即便雪現在已經變灰變髒了。她會把那封信從她的皮包裡掏出來，而巴赫曼的眼裡也會充滿那股同樣的、該死的希望，然後，她會和他聊聊那些直到現在她才知道的過去。

然而，克萊兒卻帶她走到另一間全然不同的大廳。這裡的顏色和她見過的所有醫院的走廊都一樣，她最後一次抱著瑪麗歌德的那個地方就是這樣的顏色。她用盡全身的力量一步步地踏出她的步伐。等他們走到克萊兒率先進入的房間時，羅雅已經滿頭大汗了。她應該早就要脫掉她的羽絨外套的。

房間裡很陰暗，窗簾是拉上的。當她的眼睛適應之後，她看到了一張床，一張靠窗的椅子，擺了一只花瓶的床頭櫃，水槽旁邊的角落還有一張桌子。巴赫曼就躺在床上，他的呼吸聽起來像是壞掉了的機器。

「讓我幫你把外套脫掉。」克萊兒說著拉下她的一只衣袖，然後是另一只，她們一起合作把羅雅蓬鬆的外套脫了下來。羅雅走到床邊的椅子上坐下。她靠得很近，因此可以清楚地看到巴赫曼嘴邊的那些皺紋。他閉著雙眼。鼻子裡並沒有插著什麼塑膠管。沒有什麼大罐的液體正在輸入他的身體；他完整地躺在那裡，她的巴赫曼。他得要好起來。

「如果你需要什麼的話，我就在大廳裡。只要按一下床邊那個鈴，我就會馬上過來。不過，亞契太太？」

「什麼事？」

「慢慢來。」

「噢。」她反應了一下。然而，她真正想說的是：他為什麼躺在這張床上，而不是在他的輪椅上，還有，請你不要離開。

當克萊兒的腳步聲遠去之後，羅雅又再次地和他獨處了。他的胸口在一張白色的床單和一件鬱金香色的毯子下起伏。她想要拉開窗簾，讓光線灑進室內。

「我一直在等你，」他睜開眼睛說道。「開車過來的路上還好嗎？你好嗎？」他的聲音很小，聽起來很沙啞。

「很好。發生什麼事了，巴赫曼？你怎麼了？」

「我沒事。就像美國人說的，我還在撐著。我女兒今早來過了。她今天晚上還會再回來。」

羅雅應該要早點來的。她想起他寫了那封信給她。所有的告白。突然之間，一切都不重要了。了。有人在他們年輕的時候更改了他們的信。無論是法赫里先生為了阿斯蘭太太所做的，如同巴赫曼所懷疑的那樣，或者是夏拉還是賈漢吉爾做的，她可能永遠都不會知道了。她只想要他知道，她也曾經有過那樣的日子，她每天第一個想到的人是他，她只想要和他在一起。他們年輕的時候曾經發生了一件事，一件令人費解而且無可挽回的事。他們以一種無法抵抗的方式彼此連結在一起。她曾經愛他，而她的愛從來都沒有真正停止過。她曾經試著要壓抑這份愛，把它隱藏起來，讓它消失。但是，它一直都在那裡。那份愛浮在她加州大學寄宿家庭屋外的樹梢，飄在新英格蘭天空的雲層裡，也在冬天裡唱著歌的紅色小鳥身上。那份愛無所不在。至今仍然如此。

「巴赫曼？」

他的呼吸變緩了。她看著他臉上的鬍碴，他額頭上的皺紋。

「我想你。每一天。」他對她說。

「我也想你。」淚水隨著她的話流下她的臉頰。她把椅子盡可能地拉近床邊，握住了他的手。他的手很乾燥，感覺上比兩週前她所握的那雙手要小。一股刺鼻的土壤味、一股雨水的味道，從床頭櫃上那只花瓶飄散而出，彷彿什麼被遺忘的東西。

她站起身。用左腳撐著自己，然後用盡全身的力氣爬上床。當她躺在他身邊時，他瞪大了眼睛。她把手臂橫跨在他的身上。他們完美地躺在彼此身邊。躺在他身邊的感覺是如此地自然。她把頭緊緊貼在他的肩膀上。

「親愛的羅雅。」

床單聞起來有一股牙膏的味道。他聞起來既像風、又像水和鹽，像他們年輕時在一起的所有時光。

在一個平行的宇宙裡，一個讓她首度了解陷入愛河意味著什麼的男孩，一個承諾會等她的男孩，永遠都會屬於她。她既躺在中心的床上，也被壓在書櫃上偷偷地親吻。她同時存在這兩個地方。而他也永遠都會在那裡。

她在牙膏味的床單下擁抱著他，同時也和他處在一座城市的甜點店裡，那是一座很久以前就已經改變了的城市；他們穿過大都會電影院那間擺著紅色圓形沙發的大廳，走到室外的天空下親吻。在她意識到以前，他們已經置身於賈漢吉爾的客廳裡練習著舞步，客廳裡鋪著那張他們熟悉的波斯地毯，地毯上有著海軍藍和白色的幾何圖案。「看著我。」巴赫曼輕輕地托起她的下巴。他的手指和她十指相扣。透過留聲機上那個巨大的黃銅管，探戈的音樂迴盪在起居室裡。巴赫曼不可能知道要怎麼做，他怎麼可能知道要怎麼做，但他還是帶領著她。起初，他們的動作很笨拙；他們無法配合彼此的腳步。一對對的男女在他們身邊舞動，她只感到汗水沿著她的背脊流下。他擁著她纖細的背；他們終於抓住了節奏，身體彷彿合而為一。他們在那間燠熱的客廳裡移動著舞步，她覺得自己就像被他抱了起來一樣。音樂落在羅雅綠色的裙褶裡，飄散在她的髮絲之間。她醉在了他的氣息裡。他們一起搖曳著，身體緊貼著彼此。他把她的臉轉向自己，然後親吻了她。她以為那應該是一種飛翔的感覺，然而，那卻像是落地一樣。她降落在了一個柔軟又甜蜜的所在。

在牙膏味的床單下，羅雅輕輕地揉著他的胸口，尋找著他的手臂，那些她曾經那麼熟悉的肌肉。她親吻了他的眼睛、他的顴骨、他的嘴唇。她把臉頰貼在他的心臟上，靜靜地躺在那裡，對她曾經和他一起共度的那段時光心生感激，不管那段時間是短是長，她都很慶幸自己認識了他，很慶幸在她年輕的時候，她曾經經歷過一段如此強烈的愛情，而這份愛情至今仍未離去，即便是幾十年的時間、即便相距千里、即便有了孩子、即便那些謊言、那些信，都無法讓它消失。她把他擁在懷裡，傾訴著她所需要說的一切。

在那短短的時間裡，他完全都屬於她。

第三十章

2013

藍色的圓盒子

「沒關係的。他在中心裡的一些朋友也會在那裡。」

「噢，我不能去，那會顯得很奇怪。」

「別人會以為你只是其中的一個住戶。一個朋友。」

「是啊，就算是這樣，但華特要去城裡開會。而我不喜歡在冰上開車。」

「亞契太太，我可以去接你，然後再送你回家。我想，他會希望你在場的。就這樣？」

美國人喜歡說「就這樣」和「這計畫聽起來不錯」。不過，這個叫做克萊兒的年輕女子是真的有一種誠摯的善良。她堅持說沒有人會注意到羅雅出現在追悼會上。

因此，羅雅去了。

幾十年以來，羅雅一直未曾解脫，未曾告別，她和巴赫曼之間存在著許許多多未解之事。然而，在他生命最後一天和他獨處——她永遠都會對那一小段時間心存感激。她想要去參加他的追悼會。她想要在他身邊。

追悼會在達斯頓一間普救教派的教堂舉行。他要求被火化。巴赫曼從來都沒有任何宗教信仰；他也不做禮拜。普救教堂那座灑滿陽光的白色尖頂，不知道為什麼就是很適合他。

在克萊兒的協助下，羅雅爬上階梯，走進了教堂。看到奧米德和一名看起來和他十分神似的女子，讓她有一種奇怪卻說不出來的安慰。奧米德把她介紹給他的雙胞胎姊姊莎娜茲。奧米德的姊姊也遺傳了巴赫曼的笑容。羅雅用盡全身的力氣，才能走到巴赫曼的孩子面前，對他們表達哀悼之意。奧米德在介紹羅雅給他的姊姊時，稱呼她為「爸爸的一個老朋友」，然後緊緊握了握她的手。

在追悼會的儀式中，羅雅一直坐在克萊兒旁邊。一名牧師走上講台，先是感謝所有人前來出席，接著表示她想要藉由阿斯蘭先生最愛的一首詩裡面的幾句，來為這場追悼會揭開序幕。當羅雅聽到她和巴赫曼第一次在文具店裡分享的那首魯米的詩時，她感到血液湧上了臉頰，她的耳朵在轟轟作響。在印有那首詩的詩集扉頁裡，他們曾經交換過彼此的信件。

看看愛情
它是如何和墜入愛河的人
糾纏在一起
看看靈魂

它是如何和賦予它新生命的大地
融合在一起

他的孩子站起來致詞。他們表示，他們的父親所在的社區和他的顧客是多麼地愛他。透過他們的言語，羅雅隱約瞥見了巴赫曼的人生。

「媽媽和爸爸很喜歡慶祝諾魯茲節，」奧米德的姊姊莎娜茲說。「我們家裡總是充滿了波斯米飯的味道，爸爸也總是確保我們會準備象徵春天的七樣傳統物品擺在桌上。」

「爸爸會確定我們總是努力工作，」奧米德告訴台下的來賓。對於他們摯愛的父親，他怎麼說都嫌不夠。「他一直都想要改變這個世界。」

羅雅聽著這兩名得體的、口才流利、已經長大成人的孩子致詞。她可以看得出來，巴赫曼終究改變了世界。他們就在這裡，站在講台上侃侃而談，衷心地述說著他們對父親的愛。那是他的孩子。

有時候，她以為她和巴赫曼共享的一切，足以填滿整個宇宙。那是一份如此強烈的感覺。然而，事實上，那只是他生命中的一個小碎片。他的孩子、他們的生日、他們求學的過程、他們的男朋友和女朋友、他們的配偶和孩子。那才是他的人生。他的妻子。她才是他的人生。

當追悼會結束的時候，所有的人都轉而聚集在教堂裡的接待室。克萊兒靜靜地啜泣著。羅雅想要安慰她，卻不知道該怎麼做。看著滿室相互交談的賓客，她留意到有一張桌子上擺了一些茶點。「我去幫你拿點吃的。」她拍拍克萊兒的肩膀對她說。

茶點桌旁的莎娜茲，正在把甜點擺放在一只盤子上。「這些一直都是爸爸最喜歡的。」她說著，把盤子遞向羅雅。「他喜歡把它們叫做『大象的耳朵』。」

羅雅想說，我知道。那個在甘納迪咖啡館把甜點端給她的男孩此刻就在她身邊，也永遠都會在她身邊；她可以聞到那間擁擠的咖啡館裡那股肉桂和糖的味道。「謝謝你。」她把兩只大象耳朵放在一個小紙盤裡，隨即走回克萊兒身邊。

「你拿了什麼，亞契太太？」

「試試這些。這是他很喜歡的。」

克萊兒咬了一口大象耳朵，羅雅則陷入一張椅子裡，時光的流逝讓她感到了無比的驚嘆。

✦

年紀小一點的孩子們在吃過甜點而興奮起來之後，開始在接待廳裡奔跑玩耍。周遭的氛圍逐漸輕鬆了起來，眾人或吃或聊，偶爾也有笑聲響起。這裡的每個人都和巴赫曼有所連結，和這些陌生人共處一堂的感覺很好。除了克萊兒和不算熟悉的奧米德之外，她不認識任何人，但是，很明顯地，每個人都喜歡巴赫曼，喜歡他的能量、喜歡他的善良。賓客們的對話斷斷續續傳來：「還記得他很喜歡……」「天啊，他吹口哨總是吹著同一首歌，真要把我們搞瘋了……」羅雅在這個空間裡待得越久，和這些同樣喜愛他的人在一起，她就聽到越多關於他的事情。一旦離開這裡，她就會回到一個沒有人認識他的生活。她好想哭。為了分散自己的心神，她試著辨認哪些孩子是巴赫曼的孫子。一個十幾歲的女孩嘴裡嚼著口香糖，靠在牆上。她活脫就是阿斯蘭太太的模樣。

✦

接待會結束之際，奧米德和莎娜茲以及他們的伴侶站在出口，和每個人握手，感謝他們來參加追悼會。奇怪的是，羅雅想要待在他們旁邊，越久越好。他們是她和那個她曾經愛過的男孩之間唯一的連結。而她永遠也不會再見到他們了。

「準備好要走了嗎？」克萊兒眼眶泛紅地問。「我送你回家吧。」

✦

克萊兒把車開上車道，在那幢裝有深綠色百葉窗的殖民式屋子前停了下來。羅雅解開安全帶，不過卻沒有下車。「要進來坐坐嗎？」

她這麼說雖然是出於禮貌，卻也是因為克萊兒比任何人都知道更多關於羅雅和巴赫曼的故事。她是巴赫曼在中心的知己。他曾經和她分享他們的過去。羅雅感到一股莫名的需要，需要和克萊兒在一起。巴赫曼的孩子並非她和他唯一的連結。克萊兒也是。

「噢，」克萊兒看似驚訝。「如果你確定不麻煩的話……」

「一點都不麻煩。」羅雅對她說。

「好吧。謝謝你。原本我就打算在你下車的時候把一個東西交給你。那我就進去再給你？」

「什麼東西？」

「他希望你能擁有那個東西。我只知道這樣。」

羅雅把水壺放在爐子上，示意她的客人在餐桌旁邊坐下。華特還要好一會兒才會結束他的市鎮會議回來。那些會議向來都超時，並且因為與會者的爭執不下而拖延好幾個小時。

克萊兒坐下來之後，在她的托特包裡翻找了一下，然後拿出一只印有丹麥奶油餅乾圖案的藍色圓形鐵盒。

幾年來，羅雅和華特不知道吃過多少盒這種餅乾。羅雅的櫃子裡就有一個一模一樣的盒子。

她把她的縫紉工具都放在了裡面：各種線軸、別針、縫衣針、頂針，還有一些備用的鈕釦。

「他非常堅持要把這個給你。他的孩子把他其他的物品都拿走了。但他執意只有你能看這個盒子。」

羅雅感到輕微的頭暈。克萊兒輕輕地把盒子推到她面前，她顫抖著雙手，撬開了盒蓋。紙。一疊薄薄的紙張。她拿起一張打開。那些字跡驚人地熟悉，但她卻不記得了。突然之間，她的心跳停止了。

那是她自己的字跡。她放下手裡的那張紙，然後匆匆翻閱著盒子裡其他的紙張。這些是她在一九五三年的那個夏天寫給巴赫曼的信。這些都是她心裡的話。她很快地把第一封信放回盒子裡，彷彿一旦觸摸太久，就會燒傷她的手指。然後，她蓋上盒蓋，把盒子收進了廚房的抽屜裡。

克萊兒什麼都沒說。

「好吧，」羅雅開口。「你要喝什麼茶？」

✦

一開始，她們只是聊著有關巴赫曼的事情。克萊兒告訴她關於他在中心裡的故事，而羅雅則和她分享了一些一九五三年的回憶。後來，羅雅問了克萊兒有關她自己家人的事。她說，她的母親死於癌症，而她的父親在她兩歲的時候就因為車禍意外而喪生了。克萊兒臉上那股失落，讓羅雅深有感觸。這個年輕的女子相當孤單。

「我真的該走了。」克萊兒在喝完她的波斯茶、也把果仁蜜餅吃完之後說道。

「你要不要留下來吃晚餐？」

羅雅甚至說不上認識這個女子。除了她們都喜歡那個克萊兒口中的「蝙蝠俠」之外，她們有什麼共通點？然而，華特還沒回家，加上天色已晚，某一部分的她擔心，如果克萊兒走了的話，克萊兒就得要獨自面對自己的傷悲。而這個女孩看起來不應該一個人獨處。「你吃過波斯菜嗎？」她脫口而出地問。

「瓦特鎮上有一家烤肉店。」克萊兒低聲地回答她。

「噢，烤肉串？算了吧。你吃過燉菜嗎，任何一種我們的燉菜？你吃過波斯式的拌飯嗎？」

「我確實常常聽到蝙蝠俠先生提到這些。他最喜歡的一道菜叫做阿里巴洛——」

「阿巴洛！酸櫻桃抓飯？」

「對。他還常常說起什麼薩布齊？」

「吉爾梅薩布齊！波斯香草燉菜！今晚，我打算烤冷凍魚排。華特很喜歡吃魚排加番茄醬和美乃滋。他還在市鎮會議裡。他們在討論超乘乘車的問題。你知道嗎，他能參與這些對他來說很好。你得要保持參與。如果你願意的話？我們可以準備一頓美好的晚餐，給他一個驚喜。如果你留下來的話。」

在基什博太太住宿家庭的那個第一堂烹飪課的晚上，華特戴著他的捲邊帽，頭髮梳得無比完美地前來赴約，而她也為他煮了茄子番茄和雞肉燉菜。用雞肉並不尋常；照理說應該要使用牛肉。不過，她只能湊合著用雞肉取代牛肉，結果也出奇地美味。而現在，這個年輕女孩看起來似乎可以來一頓豐盛的家庭料理。有何不可？在克萊兒為巴赫曼做了那麼多之後，羅雅至少可以為她做一頓可口的晚餐。天啊，她教別人做波斯菜已經是多久以前的事了。對於這種事，派翠夏和愛麗絲從來都不在乎。然而，這名坐在她廚房裡的年輕女子，她的父母雙亡，她曾經花時間和巴赫曼說話，曾經傾聽他的故事，照顧他，她所做的完全超乎了她的職務範圍，她值得享用一頓像樣的晚餐。「你能幫我嗎？」她又說。「我們可以試試看。」

克萊兒聳聳肩。「告訴我要從哪裡開始。」

她們一起在廚房繞了一圈。羅雅告訴克萊兒東西都放在哪裡。她們一起洗了香米，再把香米浸泡在水裡，然後，羅雅讓克萊兒使用華特從亞馬遜買來的波斯電鍋。她再也不需要像媽媽那樣，得把一塊布蓋在鍋蓋下以保持蒸氣，才能煮出鍋底有香脆鍋巴的黃金米飯。電鍋就會幫你做到這一切！

她拿出一袋波斯青檸、黃色的去皮豌豆，再從冰箱裡拿出一些雞肉。她曾經在基什博太太家的第一堂烹飪課晚上，用雞肉為華特做過茄子番茄燉菜，不過，今晚，她沒有茄子，所以，她會用去皮豌豆來做豌豆番茄燉菜。她們一起切菜、剁碎、翻炒，然後加上番紅花和薑黃，以及各種波斯香料。克萊兒開啟了心房，滔滔不絕地述說著蝙蝠俠先生的各種故事。他如何為老年中心計畫探戈的舞蹈課，即便坐在輪椅上，也親自參與了課程。他是如何閱讀所有他能取得的報導，關於失去所造成的影響、憂鬱和焦慮的報導。

「他決定要知道更多有關他母親病況的知識。他對我說，如果她可以生在一個不同的地方、生在一個不同的時代，也許，她就可以被診斷出來，可以獲得治療。」她停了一下。「在中心所有的住戶之中，他是和我最有連結的人。他想要分享他的故事。我也很喜歡他的故事。我很喜歡他的善良。」

他的心跳最終停止了。羅雅在他睡著的時候、在他還有呼吸的時候下了床。稍後，在他女兒那天傍晚來看他的時候，他嚥下了最後一口氣。對於她能夠在他生命的盡頭和他一起躺在床上的那一個小時，對於他們兩人可以獨處的那一段時間，她將永遠心懷感激。她也會永遠感激克萊兒給了她那樣的機會。感激華特沒有阻止她。

「有人在嗎？」華特的聲音聽起來像在前門的門廳裡。

「我們在這裡！」羅雅大聲回應。自從得知巴赫曼的死訊以來，這是她第一次不再感到那麼沉重。事實上，她甚至已經很久沒有這麼快樂過了。和克萊兒在一起讓她感覺很舒服。也許是燉菜裡的番紅花味道，讓她產生了一種自然的興奮。札里總是說，番紅花是天然的抗憂鬱劑。噢，而且也是一種春藥，姊姊！把半匙的番紅花泡在一杯熱水裡喝掉，並且確保要在華特的食物裡多放一點。

華特走進了廚房。「噢，妳們在做什麼？」他看看羅雅，然後再看看克萊兒，接著又看回羅雅。「羅雅，房子裡好香！我還在想外面的車子是誰的！哈囉，克萊兒。」

「哈囉，亞契先生。」

「我以為我回到家時會看到魚排，我可以向你保證，魚排確實很好吃，不過，我聞到的是令人垂涎的燉菜嗎？」

「我有一個很棒的助手。我想要給你一個驚喜。」

「真有趣，因為我也有一個驚喜要給你！你猜我看到誰把車開進我們的車道上？」

凱爾進門時，一張臉被寒冷的天氣凍得通紅，可想而知，他是穿著襪子進門的，因為她教導他絕對不可以穿鞋進屋。她不敢要求克萊兒脫掉鞋子——客人第一次來訪就堅持這點會顯得有點奇怪。凱爾最近幾天一定很忙，因為他的臉上明顯覆蓋著鬍碴，不過，鬍碴向來都很適合他。噢，她的這個孩子，他是如此的英俊。「凱爾！」羅雅衝上前擁抱著兒子。

「你好嗎，媽？」

「噢，凱爾，這是克萊兒。她是——」她原本打算說她是老年中心的行政人員。但是，她停了下來，轉而說道：「她是我的朋友。」

「很高興認識你。」凱爾走過去和克萊兒握手。克萊兒的臉立刻紅了。

華特把盤子和刀叉擺好，凱爾也準備了飲料，他們四人圍坐在廚房的餐桌旁，分享著燉菜。房子裡充滿了米飯和燉菜的味道；就各方面來說，她都覺得自己完完全全地回到了家。他們並沒有搬到小一點的房子，也沒有搬到任何提供輔助生活的地方，儘管札里一有機會就建議她要這麼做。羅雅想要保有她的廚房、她自己的鍋子、她的烹飪書、她的扶手椅、她那舒服的大臥室，還有她美麗的後院。她想要盡可能地一直住在她自己的房子裡。她和華特最終會搬進像中心那樣的地方嗎？她不想去考慮這件事。

這道燉菜的酸味和甜味控制得恰到好處，米飯充滿了香味和療癒，所有的味道都完美地混合在了一起。今晚，她很高興能和華特、凱爾，以及這名正在嚼著鍋巴的年輕女子，一起分享這頓晚餐。

凱爾狼吞虎嚥地享受著食物。「沒有比這個更棒的了，媽。謝謝你。」

✦

凱爾在前廳把鞋穿上，華特則幫克萊兒套上外套，同時提醒她：「小心階梯。可能會很滑！」

「噢，天啊，你們兩個都沒戴手套。你們的手會凍傷的！」羅雅對他們說。

羅雅和華特並肩站在前門，目送著克萊兒和凱爾各自坐上自己的車駛離。

「你還好嗎？」華特把大門關上之後問她，現在屋子裡又只剩下他們兩人了。

「出乎意料的好。」

「追悼會呢？」

「他的孩子很了不起。」

「那就好。我來收拾廚房。你上樓去就好。聽起來不錯吧?」

✦

羅雅坐在臥房裡的扶手椅上,這張扶手椅早已取代了那張當年她第一次餵哺瑪麗歌德的搖椅。在今年冬天剛開始的時候,她並沒有想到過去的回憶會讓她如此震驚,也沒有想到她會找到那個來自另一個世界的男孩,以及她居然真的造訪了老年中心去和他說話。她原本以為,在這個年紀,再沒有什麼能夠踏入被她緊緊封鎖住的生命裡。不過,當然了,凡事皆有可能。而且,一切從來都不會太晚。

如果有人在幾個月前告訴她,她會再一次坐在巴赫曼・阿斯蘭的身邊,聽著他的聲音(他的聲音依然一樣!),和他談論很久以前就被埋藏起來的事情,她絕對不會相信。當時,她也不會明白時間並不是一條直線,而是一個圓。沒有所謂的過去、現在和未來。今日的羅雅依然是那個在文具店裡的十七歲女孩,永遠都是。她和巴赫曼是一體的,而她和華特是相互結合的。凱爾是她的靈魂,而瑪麗歌德也從未死去。

過去永遠都在那裡,潛伏在角落裡,在你以為自己已經往前邁進時朝你眨眼,它就在你的身體裡面牢牢地抓住你。

✦

稍後，羅雅會打開那個藍色的鐵盒，然後，一封一封地把信拿出來閱讀。她會看到自己在那麼多年以前寫給巴赫曼的信，也會看到那封並非由她所寫，而是以她的語氣、以看似她筆跡的方式寫給巴赫曼的最後一封信。她會知道有人擅自寫了那封信，告訴他她永遠都不想要再見到他。她也會讀巴赫曼在過去那麼多年裡寫給她的信。告訴她他的最新狀況，告訴她他的工作、他的孩子，以及他的日常。那些他從未寄出的信，和她年少時所寫的信一起收藏在了這個藍色的鐵盒裡。

她把巴赫曼在他們於達斯頓中心重逢之後寫給她的最後一封信也放進了盒子裡。

冰雪會融化。在春季的第一天，在波斯新年來臨的時候，他們會清洗窗簾、擦拭窗戶。他們會徹底的大掃除。慶祝重生和更新。她想起了在伊朗的父母，他們沒有來得及認識她的這個兒子。她想起了在加州的札里和傑克，以及他們的孩子與孫子。她想起了和巴赫曼一起跳著探戈、卻死於兩伊戰爭的賈漢吉爾。她記起政變那一天，當她的國家在她四周分崩離析時，她是如何地站在那個廣場中央。她想起了她的國家曾經充滿驕傲和希望，卻也在恐懼和鎮壓中垮台。也許有一天它會獲得自由。她想起了今晚原本應該和她一起在廚房裡的那個女兒，想起了在他生命最後一天，和她一起躺在床上的那個男人。突然之間，她對他的愛、對華特的愛，對所有那些已逝和在世者的愛，重重地淹沒了她。

尾聲

1953，8月19日

守密者

其他人，即便是像他這樣的階級，偶爾也都會到市中心的主要市場去。那裡有很多金飾、毯子，以及適合戴在像阿提耶這種高貴女子纖細手腕上的手環。番紅花成堆成堆地賣。蕾絲的女用內衣用衣夾吊掛在繩子上面。色彩繽紛的馬賽克盒子堆成了一座金字塔，任人挑選。但是，阿里躲開了市場，就像人類想躲開心臟病一樣。聞到水果在太陽底下的味道，聽到小販高聲叫賣各自的商品，即便一點點的甜瓜味，都會讓他變得盲目。他不需要去那裡購物。為什麼？家裡的東西已經太多了。阿提耶把家裡收拾得既整齊又讓人放心。他的兒子們未曾讓他感到頭痛。至於女兒們也都已經長大成人，婚姻美滿。他還有什麼好要求的呢？老天。這一切都很體面，阿里。

他開了那家店，想要幫助年輕人。他把書籍列為店裡的首要之選，盡可能地和文具的分量並駕齊驅。來自世界各地的著作，書背上引人入勝的書名，流傳古今的優美文字，充滿知識和冒險的書卷。這間店——這個天堂——拯救了他，特別是在他父親狂笑著否決了他和那個女孩的未來之後，那個肌膚散發著甜瓜氣息的女孩，那個他依然想要的女孩。禮教、傳統，還有「看在老天的份上，看在維持體面的份上，阿里」，讓他有了一個穩定的婚姻，也讓雙方父母都感到滿意。他和阿提耶簽下了婚約，而那個把裝滿瓜皮的桶子頂在臀邊的女孩、那個在市場後面的廣場裡親吻他的女孩，遭到了遺棄。幾乎遭到了遺忘。

他的孩子接二連三地很快就出世了。他有四個小孩，每個都很健康，感謝真主。他們在他母親的照顧和他的指引下成長。兩個兒子也都得到了獎學金（阿里的父親對至少還有孫子跟隨了他的專業腳步感到慶幸，雖然阿里選擇了「像商人一樣、像市場小販一樣」卑躬屈膝地販賣貨品）。

今天，波斯曆的五月二十八日，他獨自在店裡工作。總理要求人們不要上街。除了他在儲藏室裡拖拉梯子所發出的摩擦聲之外，店裡靜悄悄的，什麼動靜也沒有。巴德里在幾個星期前站在梯子上的身影盤據在他的記憶裡。還有那把抵住她喉嚨的刀子。那浮現在她皮膚上的血跡。

他突然渾身汗濕。那會過去的——這股痛苦，他內心裡的這份混亂。這些都必須得過去。忘了那個女孩，阿里。

他得把書整理完。他得趕快回家。阿提耶在等他，有時候，當他晚歸時，他可以看出阿提耶的疑慮，懷疑他和別人約會。

阿里拾起掃帚，開始清掃地板，此時，她又出現了。他很訝異自己現在無時無刻都掛念著她。當她出現在這家店裡、再一次進入他的生命時，當她在這麼多年以後帶著她年幼的兒子出現時，他立刻又回到了市場後面那個廣場裡的垃圾桶旁邊。他真的離開了那個地方嗎？當全世界都高舉雙手在祈禱時，他們在那裡擁有了彼此。

現在，他想念她。他依然想念她。他為什麼要為她做那些事情？他為什麼不能拒絕她？她一次又一次地告訴他，羅雅和巴赫曼終究不能在一起。

她叫他篡改那些信。她要他發誓會那麼做，而他也發誓了。因為他虧欠她。因為他讓她在市場後面的那個廣場哭泣。他讓她懷了他的孩子、偷走了她的貞操、終結了她的童貞。因為他是一個男人——年輕的男人，沒錯，但依然是個男人——佔了一個十四歲女孩便宜的男人。而當他應該要娶她的時候，他卻轉身走開，反而聽從了他父母的話，娶了白皙的肌膚薄如紙張、性格宛如優格的阿提耶；阿提耶值得嫁給一個更好的男人，而非一個想要娶巴德里的男人。

他只想要幫助這些帶著求知若渴的欲望走進店裡的孩子。他想要把他們從可預見性和停滯不前的僵局中拯救出來。讓他們在傳統的陷阱中獲得自由。他散布那些政治演講和論述，因為他相信民主。他知道，摩薩台總理是一位公平的領袖。當那些像巴赫曼．阿斯蘭的男孩走進店裡時（噢，他母親第一次帶他來的那天——再度見到巴德里的痛楚和喜悅），他忍不住想要幫助他們成長。也許，他可以指引這些理想主義的男孩和女孩，藉由他們的聰明才智和技能，讓這個國家和他們自己變得更好。也許，他可以拯救他們。

在羅雅．卡哈尼於放學後衝進店裡，要求他推薦書籍的那些日子裡，他感到相當的滿足。沒有什麼比把信夾在書頁裡來滋養愛情更讓他感到快樂的了。他傳遞的那些情書，讓許多年輕的情侶有了一種溝通的方式，也是唯一的方式。那讓他們在父母的壓力以及令他們感到窒息、困住他們——他們每一個人——的傳統下，得以稍微喘一口氣。他幫助那些無法和彼此相見的戀人傳遞情書。那些被階級、宗教或者文化分隔，卻依然止不住對彼此渴望的戀人。他幫助那些穿著打扮對富家男孩來說太過襤褸的女孩。幫助那些財務前景對上流女子來說太過絕望的男孩。幫助那些愛上猶太人的回教徒。幫助那些愛上君主制的共產黨員。

他很樂意做這些事。他希望他們可以擁有他遭到否決的東西：去愛的自由。

若非他的協助，阿巴斯和萊拉．格拉米，德黑蘭最樂善好施的夫妻之一，就絕對不可能有他們現在的婚姻。賈萊．塔巴塔巴伊和賽洛斯．格杜西，一名共產黨員和一名君主制的擁護者，將可能會結為連理。他幫了他們很多。想起他曾經幫助過的人，堅持行善，這讓他心裡覺得好過一些。

他也幫了巴赫曼和羅雅陷入了愛河。當他匆匆忙忙趕去銀行的時候，他難道不知道他們會留在店裡獨處嗎？他難道沒有一次又一次地停留在他的儲藏室裡，好讓他們能安心交談嗎？他一直都在幫助他們，給了他們一個隱密的聖地。給了他們和彼此相處的時間。他帶著喜悅，目睹巴德里的兒子在他的屋簷底下愛上了羅雅。後來，他也幫他們交換信件。

直到她叫他結束那一切。

他的心為什麼不能釋懷？為什麼有些人會住進我們的靈魂裡，哽在我們的喉嚨裡，烙印在我們的思緒裡？

忘了那個女孩，阿里。

羅雅現在正在廣場上。等待著。

願真主原諒他。真主會赦免他。

巴德里告訴他，她用自己的工具流掉了他們的孩子，她的身體從此一蹶不振，造成她之後的孩子全都沒有活下來。除了巴赫曼。因此，阿里試著要拯救巴赫曼。給他他所想要的一切：書籍、政治、愛情。然而，有一樣東西，巴德里並不希望她的孩子擁有，因為那會讓她的計畫失敗。她都幫巴赫曼計畫好了。而羅雅並不在這些計畫之中。

當她像那樣用刀劃過她的脖子而幾乎喪命時，當她在事後北上到海邊去療養時，她仍然在操縱著他。她要他向她保證。

是的，在她的吩咐下，他重寫了巴赫曼的信。他只改了一個字。僅此而已。他只改了廣場的名字。但是，那卻是最殘酷的一個更動。那封信讓他們懷抱著那個希望，讓他們在不同的地點等待，但事情卻沒有因此而結束。巴德里並未罷手。她要看到羅雅受苦。她不斷地從北方的海邊打電話給他，以確定他完全按照她的要求行事。她很享受這樣的戲劇性。這樣的危險和殘酷。而讓他驚愕的是，巴德里要求增加兩封信：一封是巴赫曼給羅雅的，另一封則是羅雅給巴赫曼的，並且要他承諾在信寫好之後，於孩子們預定要在廣場「見面」的前幾天，把信寄出去。這樣，兩個孩子就可以在他們約定見面的日子過後不久、在對方失約的錯愕下，收到對方的來信。

這樣，巴德里就可以用她自己的方式為一切畫下句點。

他同意了。他並不想那麼做，但是，他還是同意了。為了要彌補他過去沒有做到的事，他按照她的話去做了。雖然他知道，他只是在製造更多的心碎而已。

他的筆跡很完美——向來如此。他可以模仿任何的筆跡。畢竟，早在他很小的時候，他就在一流的學校裡被訓練學習書法，被訓練要成為一名學者，不是嗎？在那個時代裡，出色的書寫就象徵著地位，而他就是那個時代的產物。他對於手的控制，鮮少有人能出其右。

真主能原諒他嗎？

如果巴赫曼和羅雅結婚的話，巴德里必然會怪罪於他。那時候，他該怎麼做？而她又會怎麼做？她會自殺嗎？他沒有辦法接受這種事發生。

他坐在梯子上，渾身依然在顫抖。他真的只是按照巴德里的吩咐在做事嗎？還是某部分的他，其實對那兩個孩子將會擁有的東西感到嫉妒，儘管他向來都充滿善意。他們將會擁有愛的生活，那是他從來不曾擁有過的。

他記起羅雅是如何在他的店裡看著那個男孩。

他滿頭大汗。當他坐在那裡、把頭埋在雙手裡的時候，他知道了。

不。那是錯的。

他打從心裡知道他該怎麼做。

他關上店門。

然後飛奔而出。

他不停地跑、不停地跑、不停地跑。自從他不再年輕之後，自從他墜入愛河之後，他就不曾跑得這麼快了。隨著他跨出的每一碼、每一步，他的心裡就越能感受到一份新的光明。巴德里錯了。他們不能這樣對待這對年輕的戀人。他無法忘記那個女孩。那個站在廣場裡的女孩。

在他的奔跑下，巷弄、街道和擁擠的人群都變得模糊了起來。當他終於到達目的地的時候，他已經完全喘不過氣來了。他在人群中推擠著。示威顯然又開始了。民眾難道永遠都學不會嗎？羅雅。羅雅。羅雅。他當然知道她站在哪裡。他一路推開人群。就在暴民和混亂之中，他看到她了。他用力擠過憤怒的群眾。他來到她身後，抓住了她的肩膀。

「羅雅！」鬆了一口氣的感覺讓他幾乎就要哭泣。他找到她了。他會告訴她的。她看起來累壞了。她的臉色蒼白，嘴唇乾燥。他心裡充滿了想要保護她、把她帶離這場混亂的渴望。他需要告訴她。

「噢，感謝老天！法赫里先生！你是否看到——」

「尊敬的羅雅，請聽我說……」他用兩手抓著她的肩膀。

「我需要找到巴赫曼。」她說。

「尊敬的羅雅，我需要你知道一件事——」

她掙脫他的雙手。隨即，在一股爆炸的衝擊力之下，他被丟向了空中，也同時跌到了地上。

他被這股力量所震撼。他努力地想要呼吸。他只知道他現在倒在了地上，他的胸口濕了，他無法停止這股浸濕的感覺。他想要找到羅雅告訴她他做錯了告訴她因為他的關係她來到了錯誤的地點她應該要去巴哈瑞斯坦廣場找巴赫曼他們應該到婚姻辦事處他們應該把握這一刻他們不應該放棄他們的愛情他們應該要在一起很多年在一起變老他們會一起成長一起變老一起變得更溫和更完整他們會生養孩子他們會做很棒的事情他們會一起老去他想要告訴她他很抱歉他想要告訴巴德里他對不起她他還記得市場後面那個充滿蒼蠅和瓜皮的廣場他也記得他是如何一吋一吋地一本書一本書地把那間店設立起來的他想起了他的孩子想起了他們小時候充滿歡樂的尖叫聲他錯了他也看到阿提耶在夜晚的時候靜靜地坐在椅子上縫製衣服他想要讓這個世界知道他很抱歉還有那個巴德里拿掉的孩子到這個夏天應該也三十六歲了而他永遠都沒有機會認識那個孩子，他永遠都無法握著它的手。他很抱歉。他很抱歉。羅雅的臉就在他面前。還有其他幾個人。一個男人壓住了他濕答答的胸口，他無法呼吸，他正在漂浮。來自市場的巴德里就站在那裡，在那感覺像是有別於其他時空的瞬間裡踮起了她的腳尖。她的嘴唇溫暖又濕黏地貼在他的臉上。她的感覺就像一簇熊熊燃燒的火。現在，他的胸口上裹了一片甜瓜色的布條。他在作夢嗎？他看著他那間文具店的方向，那間他為了彌補他的罪過，為了傳播知識，為了滋養愛情而開的店，他覺得他看到了濃煙，但是他確定並不是那麼回事。那間店會繼續開下去的。即便在他離去之後，人們還是會走進他的文具店裡。他不知道那間店會如何經營下去但是他知道顧客依然會走進去有人不會讓它就那樣消失有人會讓它繼續下去他正在消失他正在萎縮天空越來越暗窗簾從兩邊逐漸拉上了他正在離去但是愛會持續下去年輕人會繼續保有他們的希望為民主做出的奮鬥不會死亡他的那些書那些文字那些短箋那些信和希望永遠都不會結束。那是一份我們永遠都無法從中復原的愛。

致謝

有很長的一段時間，我獨自坐在我的書桌前寫著這個故事，從頭開始塑造這些角色。我相信，他們只屬於我。然而，等到草稿完成之後，我大膽地把它拿給別人看時，這些人的慷慨讓我感到無比的驚訝。對於那些奉獻自己的時間和精力，讓這個故事得以展現在世人面前的人，我永遠都深表感激。

溫蒂．薛曼從一開始就陪伴著我，她是一名不屈不撓的支持者，也是很棒的超級經紀人。當我需要時間讓這些角色成型和發展的時候，她只是靜心等待，當我需要被推一把的時候，她就會溫柔地鼓勵我。我很幸運有她在我的生命裡，並且對我們一起走過的旅程充滿驚嘆。

諸如賈姬．坎特這種作家夢寐以求的編輯們，他們會打從肺腑來「感受」角色和故事，他們的智慧和指引都發自內心。當賈姬對我的手稿給出回應時，那讓我相信了魔法的存在。她對這本書的信念以及她對本書的強烈投入至關重大，我對她深表感謝。

這本書很幸運地能誕生在Gallery Book，對於Gallery Book的整個團隊，我要大大地向他們致謝。謝謝溫蒂．西寧那場令人超級興奮的出版前巡禮，謝謝梅根．哈里斯和米雪兒．波貝里茲尼克的宣傳天賦，以及莎拉．奎蘭塔在每個階段的付出。還要特別感謝細心的排印編輯喬爾．海瑟林頓，另外還有負責封面書套設計的美術指導莉莎．里瓦克和她優秀的團隊。

一九五三年的政變烙印在經歷過那個時代的人的記憶裡，而那個事件的漣漪效應也對全世界造成了影響。在歷史部分的研究上，史蒂芬．金澤所著的*All the Shah's Men*一書（該書也以哈瑞．杜魯門的那段題詞作為序幕）給我的幫助甚大。在詩集方面，作家美樂蒂．莫茲協助我挑選由納迪爾．凱里利、科勒門．巴克斯，以及她自己所翻譯的魯米詩篇。我還要感謝我家族裡的長輩們，他們不厭其煩地回答我有關那個動盪時期的問題，包括我的婆婆巴里，感謝她分享了許多她學生時代的趣聞軼事。

在波士頓的寒冬裡，當我以為我的修改將會是我永遠無法解決的難題時，編輯戴尼絲．羅伊突然來訪，用她專業的眼光和出眾的頭腦閱讀我的草稿。她那些精準的建議和指導讓我深為感激，我很慶幸我們曾經有過那些對話。我的朋友作家蘇珊．卡爾頓在無數個冬日和夏天的下午和我相約在圖書館、漢堡店以及貝果店見面。她的建議和支持為我帶來了很大的影響，我不知道沒有她的話我會怎麼做。還有瑪麗亞．瑪齊，感謝你閱讀了我的第一稿，感謝你成為我生活中歡樂和光明的泉源。感謝伊蘭．莫查里多年來的友誼和智慧，感謝我當年在紐約大學攻讀藝術創作碩士時的同學，他們永遠都是我的支柱：蔻特妮．博科特、卡拉．戴維斯．科諾莫斯、傑夫．傑克森，以及蘇菲．鮑威爾。此外，還要特別感謝照亮我的勞拉．威爾森，她在一次偶遇的午餐中坐在我的對面，冷靜地對我提出某個情節的轉折（在完全沒有看過我的原稿之下）。謝謝你的友誼，親愛的勞拉。對於第一個閱讀成書，並且在新書樣本印好之前分享他們意見的艾莉諾．利普曼以及懷特妮・夏瑞爾，我也要深表謝意。你們在初期的支持對我意義非凡。

如果作家也有霍格華茲魔法學校的話，那就是波士頓的GrubStreet了，而我很幸運能發現這個聚集了優秀藝術家的團體。謝謝伊芙・布利伯格創建了這個團體，它無疑是這個國家最棒的作家組織，也謝謝她的友誼；感謝克里斯多福・卡斯特拉尼一直都支持著我，一直都那麼地慷慨、善良和深具啟發性。謝謝索尼亞・拉爾森以及Grub所有工作人員的付出，也感謝達里爾・蘇拉茲給了我機會，讓我幫那些非常優秀的作家們上課。我為我所有的學生感到驕傲，並且很高興參與了他們創作的旅程。

我身為作家的自我成長，很大一部分是受到了幾位無私的老師所影響，他們的言語和忠告我一直銘記於心：加州大學柏克萊分校的查爾斯・穆斯卡廷、李奧納德・米歇爾、麥斯恩・洪・金斯頓，以及巴拉提・穆赫里吉；當我試著想找到自己應該要走的路時，對我深信不疑的亞歷山大・齊伊；我就讀藝術創作碩士時的老師E・L・達特羅、查克・瓦徹提爾和帕里・馬爾夏。還有我絕對不能漏掉的一位，那就是我在森林之丘就讀P. S. 144小學時的六年級老師賈西亞先生，他給予了一個甫到美國的伊朗移民小女孩尊重和尊嚴，並且鼓勵我寫作、述說故事。

我也要感謝那些讓我保持理性的朋友：史黛芬妮、茱莉亞、瑞秋、艾比、莉莉和大衛・勞倫斯（大衛是出色的攝影師，他拍的作者照片跟著我在全世界遊走！）、維多利亞・費雪、瑪卓里・特拉維斯、潘，彼得、珍，克萊兒・勞倫斯、亞歷珊卓・辛德斯・戴克曼、瑪格麗特・戴克曼、琳達・K・沃西梅爾、潘・沃佛森、克維・楊・丘伊，以及勞瑞・布察塔。我也永遠不會忘記傑伊・布察塔的慷慨，並且永遠都會想念他。

感謝我第一本書*Together Tea*的讀者：你們的短箋和電子郵件，以及在讀書俱樂部多次面對面的互動，都是我前進的動力。還要特別感謝那些才華洋溢的作家，透過*Solstice*文學雜誌和阿靈頓作家沙龍，我才有幸與你們共事。並且要感謝詩人派西斯・卡利姆教授，感謝他支持我以及許多美籍伊朗作家的作品。

我的姊姊瑪利亞姆，當我們小時候在德黑蘭躲避炸彈攻擊時，是她在地下室裡鼓勵我閱讀和寫作，而那第一次的創作也拯救了我。我喜歡和她一起笑，我喜歡看著她美麗的女兒們成長，我也很慶幸我們擁有這份牢不可分的羈絆。我母親在面對艱辛時的勇氣和幽默，每天都激勵著我。她的愛支撐著我，我只希望自己能夠擁有她一半的堅毅和力量。謝謝你，親愛的媽媽，感謝你所做的一切。你是我的全部。至於我的孩子，莫娜和羅德：你們讓我的生命裡充滿喜悅，你們的聰明才智和善良，是世界上最好的禮物。我深愛我們在一起的時光。沒有人的陪伴比你們更讓我快樂……也許除了你父親以外。謝謝你，親愛的卡姆蘭，謝謝你在我寫完某些章節時為我拭淚，謝謝你的傾聽，謝謝你的陪伴，謝謝你從一開始就對我充滿信心。我愛你。

最重要的，我要感謝我的父親，他花了無數的時間告訴我關於他年少時的那座城市，以及城市裡的咖啡館、電影院、示威活動和舞會。他畫了昔日的德黑蘭地圖，為我解釋著歷史和地理，告訴我詩人和政客的故事，他的知識和記憶讓我大開眼界。寫完這本書讓我和他更加親近了，光是這點，一切的付出就已值得。親愛的爸爸，這一切都只是為了聽你說話。這一切都是因為你。

國家圖書館出版品預行編目(CIP)資料

德黑蘭文具店/瑪里安.卡馬利作;李麗珉譯.--初版.--
臺北市：春天出版國際文化有限公司, 2023.03
面；公分. --(春天文學；26)
譯自：The Stationery Shop
ISBN 978-957-741-655-1(平裝)

874.57 112001200

春天文學27

德黑蘭文具店 The Stationery Shop

作者 瑪里安・卡馬利
譯者 李麗珉
總編輯 莊宜勳
主編 鍾靈
出版者 春天出版國際文化有限公司
地址 台北市大安區忠孝東路四段303號4樓之1
電話 02-7733-4070
傳真 02-7733-4069
E-mail frank.spring@msa.hinet.net
網址 http://www.bookspring.com.tw
部落格 http://blog.pixnet.net/bookspring
郵政帳號 19705538
戶名 春天出版國際文化有限公司
法律顧問 蕭顯忠律師事務所
出版日期 二〇二三年三月初版
定價 410元

總經銷 楨德圖書事業有限公司
地址 新北市新店區中興路二段196號8樓
電話 02-8919-3186
傳真 02-8914-5524
香港總代理 一代匯集
地址 九龍旺角塘尾道64號 龍駒企業大廈10 B&D室
電話 852-2783-8102
傳真 852-2396-0050

ISBN 978-957-741-655-1 Printed in Taiwan